身代わり令嬢は
人質婚《ひとじちこん》でも
幸せをあきらめない！

MELISSA

身代わり令嬢は人質婚でも幸せをあきらめない！

小山内慧夢

Illustrator
アオイ冬子

この作品はフィクションです。
実際の人物・団体・事件などに一切関係ありません。

身代わり令嬢は人質婚でも幸せをあきらめない！

MELISSA

1・身代わり令嬢の結婚

「アルビナ、……さま。到着したようです」

侍女のメラニーの声に、アルビナは閉じていた瞼《まぶた》をゆっくりと開いた。

身動《みじろ》ぎすると輝くような銀の髪が光を纏《まと》って、晴れた日の水面のように煌《きら》めく。

芽吹いたばかりの新緑のように鮮やかな瞳で馬車の窓越しに外を見ると、石造りの堅牢《けんろう》な城壁と一分《いちぶ》の隙もなく整った歓迎の列が見える。

さすが軍事力で他を圧する大国・フェルン王国の王城だ、とアルビナは息を呑《の》む。

この馬車を降りたらもう、生半可なことでは母国アンザロードへは戻れないだろう。

事実上人質としてやってきたからには覚悟を決めなければ。

アルビナは親友でもあるメラニーと頷《うなず》き合い、それから扉を開けてもよい、と窓越しに合図を送る。

扉が開けられ、エスコートのための無骨な手が差し出される。アルビナが視線を上げると顔の下半分を髭《ひげ》に覆われた壮年の男性がニカ！　と笑う。

彼は旅の護衛を担当してくれた騎士団長で、旅に不慣れなアルビナとメラニーに、なにくれとなく親切にしてくれた。

その飾り気のない笑顔に勇気をもらい、アルビナは前を向いた。

今日は少しでも清楚《せいそ》に見えるように貴重な染料を使用した金糸雀《カナリア》色のシルクに、レースをふんだんに重ねたドレスを着ている。

いつもの動きやすい侍女の装いとは大きく違い、美しさを追求したドレスは馬車の乗り降りも一苦労だ。

ドレスだけではない。輝く銀の髪を複雑な形に結い上げた上、控えめながら王女を表すティアラや国宝級の宝石がついたネックレス、耳朶《みみたぶ》が伸びた上にちぎれそうなイヤリングまで装着しているのだ。

いつもの『入れ替わり』とは念の入れ方が違う。

全体的に重くなった頭をぶつけないよう低くしてステップに足をかけたとき、ヒヤリとした空気が頬を撫《な》でた。

(そうか、こちらは少し肌寒いのね)

慣れ親しんだ母国とは風すら違うのだと思うと、僅《わず》かに心が沈んだがそれを顔に出すようなへまはしない。

王女たるもの、常に口角を上げ優雅に微笑《ほほえ》んでいなければ。

アルビナが微笑みを湛《たた》えたまま姿勢を正すと、騎士団長が身を屈《かが》めて囁《ささや》く。

「私のエスコートで恐縮ですが、謁見の間へご案内いたしましょう。国王陛下と王妃陛下、そして王太子殿下が首を長くしてお待ちです」

彼に小さく頷くと、歓迎の列に目を向ける。

残念ながら熱烈歓迎されているような雰囲気はない。

便宜上歓迎の列、と言ったが実際は品定めの列に相違ない。これからアルビナはこの国に相応《ふさわ》しいのか、じっくり検分されることだろう。

なにげなく列に視線を滑らすアルビナは、その中でとても目に付く人物がいることに気付く。

彼女は勝気そうな美貌を持ち、舞踏会かと見紛《みまが》うほどに着飾っており、アルビナのほうを睨《にら》むようにして見ている。

パッと見たところドレスもアクセサリーもいいものを身につけているところから、高位貴族の令嬢かと思われた。

しかし同じような年頃の令嬢がいても彼女のようには着飾っておらず、アルビナはそれを自分に対するアピールだと感じた。

(わたしと同年代くらい？　もしかして王太子殿下をお慕いしていたのかしら？　そうならば憎まれているかもね……まあ、そんなのとっくに承知の上ですけど！)

大国フェルン王国の王太子ともなれば、妃《きさき》候補は星の数ほどいたに違いない。その星の中には純然たる政略結婚ではなく、王太子を慕う令嬢がいてもおかしくはない。

そんな中輿入《こしい》れしてきたのが自分のような『偽物』であることは、どんな茶番なのだろうかとアルビナは内心ため息をつく。

(誰も幸せにならない結婚……か)

アルビナ自身結婚に過剰な夢を抱いていたわけでもないが、ここまでこじれたものになるとも思っていなかった。

数奇な人生に思いを馳《は》せていると、階段を上がりきったところにいる背の高い男と目が合った。

黒髪に冷たく冴《さ》えわたる整った顔立ちと隙のない雰囲気、見るからに王族だとわかる出で立ちに鋭い視線、二十代後半と思われる背格好。

(王太子殿下？　もしかして迎えに来てくださったのかしら？)

彼が夫となる予定の王太子だと判断したアルビナが、会釈をと思い口元に笑みを湛え膝を曲げた瞬間、男は長い足でズカズカと階段を下りてきて腕を掴《つか》み、低い声で言った。

「服を脱げ」

「え？」

「ついて来い」

男の言葉を処理しきれず混乱していると、彼はそのまま強く腕を引き歩き出す。現れた王太子を微笑ましく見ていた騎士団長は、意表を突かれて目を丸くしている。

「殿下？　お待ちを……！」

「ちょ、ちょっとお待ちください……、あの、騎士団長……っ、メ、メラニー！」

侍女の名を呼ぶが、彼女はまだ馬車のステップに足をかけたところだった。しかもアルビナの声は彼《か》の人物の問題発言で発生したざわめきにかき消されてしまった。

「メラニー！」

もう一度呼ぶと彼女はようやく気付いてくれたが、顔を青褪《あおざ》めさせてアワアワと慌てるばかり。

いくら王女付きの侍女とはいえ、母国でもそんなに地位の高くないメラニーが他国に来て急に居丈《いたけ》高《だか》に立ち回れるわけがなかった。

アルビナは自分も動転していることに気付いて、気を取り直して腕を引く男を見る。

手袋越しにも少し熱いと伝わる体温の高いこの男は、間違いなくフェルン王国の王太子イェオリ・レーヴェンラルドだ。

堂々とした体躯《たいく》と艶《つや》のある黒髪には見覚えがある。

何度か国王の名代としてアンザロード国に来たことがあるはずだ。

「あの、殿下……、お待ちください。いったいどちらへ」

アルビナの問いには答えないまま城の中に入ると、イェオリはすれ違う人々が驚き制止するのにも構わず無言のまま進む。

彼には目的があるようだったが、アルビナには皆目見当がつかない。

なによりもまだ挨拶《あいさつ》も自己紹介もしていない状態なのだ。

本当ならば到着の挨拶をした後、騎士団長のエスコートで王と王妃、そして王太子に謁見するはずである。

すべてはそこから始まるはずなのに。

(仮にも大国の王族が、格下相手だからといってこんな無礼なことをする?)

身分に関係なく、初対面の女性の手を許可なく握るのは失礼なことだ。

それを知らぬわけではないだろうに。

長いドレスの裾に躓《つまず》かないように必死についていくが、なにしろ初めて来る場所で、どこに向かっているのかわからぬ状態は如何《いかん》とも難《がた》い。

いろいろと考えていると案の定躓いてしまう。

「きゃ……!」

なんとか体勢を整えたが、つい上げてしまった悲鳴が気に障ったのか、素早く振り向いたイェオリは小さく舌打ちをする。

(舌打ち……? 今この人、躓いたか弱い女性に対して舌打ちをした……!?)

事情も説明しないまま、無理に腕を引いてどこかに連れて行こうとするイェオリへの好感度は下がるばかり。

アルビナは己の中の猛牛を制御できず、眉を顰《ひそ》めて抗議の声を上げようとした。

しかし抗議の代わりにアルビナの口から出たのは、さきほどよりももっと大きな悲鳴だった。

イエオリが素早く腰を落としたかと思うと、アルビナの膝裏を掬《すく》って横抱きにしたのだ。

「きゃあーーーー！」

その声は廊下中に響き渡った。

「うるさい、静かにしろ」

イエオリは人一人を抱えているとは思えないほどの速度で駆ける。

長じてから誰かに抱き上げられた覚えのないアルビナは、振り落とされないように無我夢中でイェオリの首にしがみついた。

階段を上がる際も速度が落ちるどころか数段飛ばしで駆け、とうとうイェオリはとある扉の前で止まった。

どうやら目的の場所に着いたらしい。

イェオリはアルビナを腕から下ろすと迷いなく扉を開け中に押し込む。

「あ、あの……っ」

まだドキドキする胸を押さえ、部屋の中に入るとまたすぐ別の扉の中に押し込まれる。

そこは湯気が立ち上る浴室だった。

「ひ……っ」

さすがのアルビナも顔が引き攣《つ》った。

まさかフェルン王国では人質花嫁は挨拶なしに犯してもいいという法律でもあるのかと考えていると、イエオリが再び声を発した。

「服を脱げ」

「い、嫌です！」

アルビナは青くなって自身を抱きしめ、断固拒否した。

本来なら夫となるイエオリの言うことに従うべきなのかもしれない。

しかしこれはあんまりである。

もしも偽物だったらどうするのだ、と考えてアルビナは我に返る。

（あ、そもそもわたしが偽物か！）

自分自身にツッコミを入れているとなんの前触れもなく、頭から湯がかけられた。

「あっ、あーーーー！　待って、待ってください！」

「だから服を脱げと言ったのだ」

言いながら手袋を外したイエオリが、どんどんと手桶《ておけ》で湯を浴びせてくる。

あまりの勢いに美しく結った髪は跡形もなく崩れ、ティアラもイヤリングもどこかに行ってしまった。

豪奢《ごうしゃ》なドレスは湯を吸って重くのしかかり、アルビナの身体《からだ》の自由を奪う。

（なんなの？　わたしなんで湯を被《かぶ》って……そんなに臭いですかっ？）

到着前に宿屋で念入りに入浴し、香りのよい最高級のバラの香油を揉《も》みこんで準備を万全に整えたつもりのアルビナは、ハッと気付く。

（もしかして好みの香りではなかった……？）

だがそれだけの理由で挨拶前に拉致《らち》され湯を頭から浴びせかけられるのは、あまりに理不尽が過ぎる。


アルビナの受難は続く。

かけ湯攻撃を食らったあとは、泡まみれ地獄が待っていた。

イエオリは石鹸《せっけん》でゴシゴシと力強くアルビナの髪を洗いだしたのだ。

「いた、痛い……っ！」

「……」

結われた髪を解くこともなく、大きな手のひらで頭皮を掴むようにされ、繊細な毛先も関係なくゴシゴシと念入りに擦《こす》られる。

細く絡みやすいアルビナ自慢の銀髪は今この瞬間に瀕死《ひんし》であった。

「やめて……っ、本当になにをしているのですか……っ！」

頭皮がイエオリの拘束から逃れたと思った瞬間、また頭上から湯が落ちてきた。

「ぶぇっ！」

ざばざばと滝のように湯をかけられたアルビナは唇をきつく噛《か》みしめていた。

（たとえ人質同然だとしても、輿入れしてきた他国の王女にこの仕打ち、あんまりじゃない？　王女的には無礼者と罵るべきでは？）

贅《ぜい》の限りを尽くした本当の王女のような装いに、国宝級のアクセサリー。

高価なものだからというわけではない。

訳ありの自分に対するせめてもの謝意と誠意として持たせてくれたものだと理解していたアルビナは、それらすべてを取るに足らぬものだと断じられた気がした。

滝の如《ごと》き湯がやみ、やっと顔を上げられるようになったアルビナはイェオリを睨みつけてやろうと顔を上げた。

美しく施した『ヨセフィーナ王女』に似せた化粧がすっかり剥《は》げているが、気にすることではない。視線で射殺すくらいの気持ちでイェオリを睨みつけると、大きな手のひらに顎《あご》を掴まれて無理矢理に上向かせられる。

「うっ」

「……お前、やはり……」

イェオリは何事か低く呟《つぶや》くとアルビナの唇を塞いだ。

唇同士を合わせるだけかと思いきや、隙間から舌が入りこむと同時に流し切れなかった石鹸の味が口内に広がる。

「……っ！　う、うむうっ!!」

抵抗しようと身を捩《よじ》るががっちりと抱きこまれてしまい、アルビナは青褪めた。

(わたしこのまま、ヤラれちゃうの……っ？)

アルビナの頭の中で、死の前に現れるという走馬灯が流れた。

アルビナの母国・アンザロード国は大陸の南に位置し、温暖な気候に恵まれた国である。

国民性もどこかゆったりのんびりしていて、いつも色とりどりの花が咲き乱れ、特に農業が盛んである。

食べ物が美味《おい》しく景勝地が多いことから近隣国からの観光客が多く、アンザロードに別荘を構える他国の貴族も多い。

王城には国王と王妃、そして王太子と三人の王女が暮らしている。

その中でもヨセフィーナ王女は第一王女として国王から特に愛され、甘やかされて育った。

輝く銀の髪にエメラルドのような緑の瞳は信仰する女神と同じ吉祥色ということもあり、自由奔放な振る舞いで人々を魅了し、多少の我儘《わがまま》ならば許されてきた。

美しく派手好きなヨセフィーナは日に何度もお召し替えをする。

そのたびに王女に仕える侍女であるアルビナは、大きなアクセサリーボックスを抱えて華やかなドレスの波間を縫って歩かなければならない。

本日は重要な式典に参加するため、ヨセフィーナが事前にアレとソレとコレと、と身につける宝石にたくさんの注文をつけた。

アルビナの顎の高さほどに積み重ねられたアクセサリーボックスは非常に重い。

それでも背筋を伸ばして歩くアルビナの足元に、音もなく細い足が差し出された。

「……っ、わあっ！」

まるでお手本のように見事にその足に引っかかったアルビナは、大きく体勢を崩した。その反動で大きな眼鏡《めがね》が飛んでいきそうになる。

しかし眼鏡よりも手にしていたアクセサリーボックスを庇《かば》うアルビナは、たたらを踏んでなんとか踏みとどまった。

「あ、……危なかった……！」

冷や汗をかきながら呟くと、ずれた眼鏡を戻して再び姿勢を正す。

頭のてっぺんから糸で吊《つ》るされたような正しい姿勢は一朝一夕で身につくものではない。

その背を見送りながら、ドレスの陰でクスクスと小鳥のさえずりのような声が複数聞こえた。

アルビナはそれに気付かないふりをして歩き出す。

控えめで自己主張せず、働き者のアルビナは高位貴族の令嬢からこのような扱いを受けることがままあった。

それをアルビナは好都合と捉え、なるべく顔を伏せて生活している。

「本当に鈍い子ね」

「ええ。役に立たないのだから、早くお城勤めなど辞めたらいいのに」

本人たちは慈悲の気持ちで言っているつもりらしいがその表情は見るからに邪悪で、善意の欠片《かけら》も含まれてはいなかった。

アンザロード国では、年頃になった貴族令嬢が王城に行儀見習いに登城することは珍しいことではない。

行儀見習いということになっているが、王族付きの侍女にでもなれば王族と親密になる可能性もあるし、高位貴族の子弟と出逢《であ》う機会もある。

ゆえに王族や貴族の機嫌は取っても、真面目《まじめ》に仕事をするのは要領の悪い者のすることだと断じる令嬢が多い。

専属のメイドもいるのだから、メイドに適宜指示を出して動かせば事足りるのだ。

そんな中で下位とはいえ貴族令嬢ながら、王女の我儘に応《こた》えるべく忙しく立ち働くアルビナは異端な存在として冷ややかな視線を受けていた。

（まったく、邪魔をするくらいならいなくてもいいのに。さっさと男漁《あさ》りに行くがいいわ）

再び下がってきた大きな眼鏡を気にしながら、アルビナは心の中で呟く。

アルビナはチェスカ子爵家の令嬢である。

父であるチェスカ子爵はすでに亡《な》く、爵位は病弱な兄が継いだ。

思慮深く心優しい兄は、作物が不作だと税を減じたり免除したりする。

それはそれでよい行いなのだが、その分税収が減ってしまう。

税収が減っても出て行くものは出て行く。

なんならそういうときほどたくさん出て行くものだ。

結果チェスカ子爵家の家計はいつでもよろしくない状況なのである。

ゆえにアルビナは他の令嬢たちとは違い、しっかり家計の足しとなるよう稼ぐために勤めているのだ。

アルビナに意地悪をする令嬢たちは、箔付《はくづ》けのためにお城勤めをしているにすぎない。

そんな彼女たちをほんの少し羨《うらや》ましいと思うことはあれど、追従しようなどとは露《つゆ》ほども思わない。

それにアルビナには、表立っては言えないがアルビナにしかできない仕事も請け負っている。

アクセサリーボックスを持ってヨセフィーナの前まで行くと、王女はパッと顔を明るくして手招きまでして歓迎する。

「ああ、待っていたのよ、アルビナ！」

弾むようなその声を聞いて、アルビナは笑顔に見えるように口角を上げた。

（あ、今日またやるつもりね）

心の中では違うことを考えながら、アルビナは素早く周囲に視線を走らせた。

下位貴族であるアルビナが、ヨセフィーナから可愛《かわい》がられていることが面白くない者たちの顔が一斉に険しくなる。

ヨセフィーナは稀《まれ》にアルビナと同じく下位貴族で親友の侍女メラニーだけを衣裳《いしょう》部屋に入れて着替えをすることがある。

他の令嬢を締め出すのだ。

それが特別に可愛がられているように見えて憎らしいのだろう。

そのせいでアルビナはいやがらせをされるのだ。

どうやら今日も『その日』らしく、ヨセフィーナは二人だけを残して他の者をすべて下がらせる。

命令に従いながらも苦々しい顔の令嬢たちだったが、誰かがポツリと呟く。

「でも、きっと今日も粗相をして閉じ込められるに決まっているわ」

こんなとき、アルビナは決まって失敗をしてヨセフィーナの不興《ふきょう》を買ってしまう。

不興を買うとどうなるか――金切り声で罵倒された上、衣裳部屋に閉じ込められてしまい、ヨセフィーナが戻ってくるまで出してもらえないのだ。

令嬢たちがクスクスと邪悪に笑い合うのを横目で見ながら、アルビナとメラニーはヨセフィーナに付き従う。

衣裳部屋に入ると王女は焦《じ》れたように身に着けていたドレスを脱ぐ。

「さあ、アルビナ！」

「はい」

ヨセフィーナに促されるままに、アルビナは自分が身に着けている控えめなドレスを脱いだ。それを奪うようにしてヨセフィーナが身に着ける。

「いい？　今日は式典のあとバラ園でお茶をするのよ！　準備は言いつけてあるから、あなたは夕日が沈むまで戻って来ては駄目ですからね！」

「畏《かしこ》まりました」

アルビナの返事を聞いて満足そうに頬を紅潮させ大きく頷いたヨセフィーナは、衣裳部屋の奥にある隠し通路を使って出ていってしまう。

「行ってしまったわね……」

「そうね……」

アルビナとメラニーは同時にため息をつくとヨセフィーナが脱ぎ散らかしていったドレスを拾い上げ、身に纏う準備を進める。

身体の線にぴったりと沿ったデザインのそれを身に着けるには、コルセットをきつく締めなければならない。

それなのに式典のあとで茶をたらふく嗜《たしな》んでこいとは。

（いったいどこに茶や茶菓子を詰めればいいのかしら……）

アルビナはメラニーにコルセットを締めてもらいながら無心になった。

なんとかドレスに身体を押し込むと、今度はひっつめていた髪を解き丁寧に梳《す》いていく。

アルビナの繊細な銀の髪が徐々に輝きを増していくのを見て、メラニーがほう、とため息をつく。

「本当に美しい髪ね。王女様に勝るとも劣らないわ」

「ありがとう。でも所詮《しょせん》わたしは偽物よ」

さきほどのヨセフィーナがしていたように高く結い上げて宝石のついた髪飾りを留めていく。度の入っていない眼鏡を外して派手めに化粧を施すと、アルビナはさきほどまでここにいた、ヨセフィーナ王女と瓜二《うりふた》つだった。

「では、いつもの……そろそろやりますか？」

「ええ。思いっきりどうぞ……ヨセフィーナ王女」

アルビナとメラニーはニヤリと笑い合った。


しばらくすると衣裳部屋から、何かが壊れるけたたましい音と罵声が聞こえてくる。

「アルビナ、罰として私が帰ってくるまでこの部屋を出ることを禁じます！」

「お、お許しください王女様！」

「あっ、あっ！　王女様お鎮《しず》まりください！」

アルビナとメラニーは、まるでアルビナが王女に怒られたように芝居を打ちながら衣裳部屋から出る。

メラニーはご丁寧に鍵まで掛ける準備の良さだ。

令嬢たちは留飲《りゅういん》を下げたように笑っている。

（ふう、やれやれだわ）

ヨセフィーナに化けたアルビナは扇で口許《くちもと》を隠してため息をつく。

さきほど身に着けていたドレスとは似ても似つかぬ、胸元と裾に惜しみなく宝石をちりばめた真っ赤なドレスで歩き出す。

「さあ、行くわよ」

「はい、王女様」

こうしてアルビナは『ヨセフィーナ王女』として式典へ向かった。


この身代わりが成立するのには、偏《ひとえ》にアルビナの特殊な事情がある。

子爵令嬢アルビナ・チェスカはアンザロード国王の隠し子なのだ。

だがそれは公にはされておらず、アルビナも喧伝《けんでん》したり権利を主張したりする気は一切ない。

偶然ヨセフィーナと同じ年に、同じ髪色と瞳の色に生まれたアルビナはそれを知らずすくすくと育った。

アルビナが生まれたときには既に父親のチェスカ子爵は他界していたが、優しい兄と美しい母と気心の知れた使用人たちとの生活は楽しかった。

しかし子爵領の税収が滞り、いよいよ苦しくなった家計を助けるためにお城勤めをするとなった際に、それを反対する母親から知らされたのだ。

『あなたの父親はチェスカ子爵ではなく、国王陛下なの』

そう言われたときの衝撃は計り知れない。

家に飾ってある自分が描かれていない家族の肖像画。

その中の、母と幼い兄と一緒に描かれている優しそうな父親が自分とは無関係だなんて。

自分が生まれる前に亡くなったと聞いていたが、自分の出生にそのような秘密があったとは、思いもしなかった。

なんとなく感じ取っていた家族の違和感の正体がわかって、アルビナは唇を噛んだ。

特に優しい兄から感じる、僅かな気持ちのずれ。

全部が全部そうではないと思うが、あれは優しさではなく遠慮だったのだとわかった。

『だからあなたをお城へは行かせたくない。きっと良くないことが起こるわ』

そう言った母親の悲しげな顔は今も覚えている。

しかしアルビナは眉を顰める母に言った。

『だったら今まで父親らしいことを何もしてもらっていない分、賃金に上乗せしてもらってくるわね！』

アルビナは心の中に飼っている猛牛を別の方向に頑張らせることに決めた。

お城に上がったアルビナは、国王かその周辺からコンタクトがあるかもしれないと警戒していたが、なにも起きなかった。

雰囲気はまったく違うと思っていたヨセフィーナは、同じ髪色、瞳の色も相まって間近で見るとやはりアルビナに似ている。

おかしな勘繰りをされたくなくて、アルビナは顔を隠すためにやぼったい眼鏡をかけて顔を隠すことを決めた。

だがある日ヨセフィーナから、背格好と顔が似ていることを指摘され『特別賃金が欲しくはない？』と唆《そそのか》されたのだ。

当初それを異母妹としての依頼かと警戒していたアルビナだったが、ヨセフィーナはあくまで『たまたま似ている侍女』として話していることがわかり、複雑な心境だった。

素性がバレるのは問題だが、王女からのお下知とあらば受けぬわけにはいくまい。

それに特別賃金はとても魅力的だ。

気前の良いヨセフィーナは金貨の他に宝石やアクセサリーを下賜《かし》してくれるという。

それが身代わり業務の始まりだった。

ヨセフィーナは気が乗らないときにアルビナに身代わりを頼む。

今日のように面倒くさい式典や時間のかかる行事は特に。

その時間なにをしているのかと言えば、恋人との逢瀬《おうせ》を楽しんでいる。

ヨセフィーナは公爵家の次男と秘密裏に交際中なのだ。

「どうせ政略結婚しなければいけないのだから、それまでは好きにさせてもらうわ！」

そう言ってヨセフィーナは自由恋愛を謳歌《おうか》している。

彼女の言う通り、王族に生まれたからには政略結婚は避けられないだろう。近隣に年回りの近い王族がいればなおさらだ。

国境で小競り合いがあることも、アンザロード国が強固な軍事力を有していないことも理由のうちだ。

ヨセフィーナは近々、軍事力を融通《ゆうずう》してもらうために他国へ嫁入りしなければいけないだろう。そのために各種行事に出席して、派手に着飾り美しさを誇示して己の価値を吊り上げているのだ。

同じ女性として、たとえ王族だとしても好いた人に嫁げないのがつらいのは理解できる。

だからアルビナはヨセフィーナの我儘をなるべく叶《かな》えてあげようと思っている……それに入れ替わりで得た特別賃金は子爵領を潤してくれていて、もうない生活には戻れない。

アルビナは王女として振る舞っているときだけ、本来の自分を解放している。

そして面倒な義務を肩代わりすることによってヨセフィーナに対してほんの少し罪悪感を軽減していた。

同じ王の胤《たね》なのに、アルビナには政略結婚などという縛りが存在しないのだ。

もちろん貴族令嬢としての務めがあるのは百も承知だが、他国に人質として嫁ぐなどという大きな責任を負うようなことはないのだ。

それだけでもアルビナがヨセフィーナの身代わりを引き受ける、十分な理由になりえる。

だが、アルビナが思うよりもヨセフィーナは我儘だった。

最近は入れ替わりが頻繁になり、式典などがなくても、ただ恋人に逢いたいというだけでアルビナに入れ替わりを依頼してくることもしばしば。

そのたびにアルビナは粗相をしてヨセフィーナに叱られる駄目な侍女を演じ、他の侍女から蔑みの目で見られ、侮られた。

同僚で唯一入れ替わりを知り、下位貴族同士慰め合っているメラニーがいなければ、きっと自暴自棄になっていただろう。

ヨセフィーナが結婚するまでの辛抱と思って我慢していたが、幸か不幸かその機会はなかなか訪れなかった。

王女自身が結婚を渋っていることと、父親であるアンザロード国王が可愛がっている王女を嫁に出したくないことが原因である。

ゆえにヨセフィーナの輿入れは随分と先延ばしとなっていた。


ヨセフィーナの身代わりとしての実績を積み上げたアルビナは、いつしか二十三歳になった。

この国ではそろそろ嫁《い》き遅れと囁かれるようになる年齢だ。

ある日、アルビナは王城で侍女として働いて初めて、女官長から呼び出しを受けた。

しかも人目を避けて来るようにと言われて緊張が走る。

いったいなにを言われるのか。

特に失敗をした覚えもなかったが、アルビナは粗相の多い侍女として悪名が轟《とどろ》いている。

まさか評判が悪すぎて暇を出されるのではと戦々恐々としながら、指定された女官長の部屋へ向かった。

「来ましたか。では、ついて来なさい」

女官長について行ったアルビナはさらに移動して応接間のひとつに連れて行かれ、中にいたメンツに驚いて目を剥《む》いた。

そこにはアンザロード国国王、宰相、そして外交大臣がいたのだ。

「あ、あの……？」

これはどういうことかと女官長に目線で尋ねると、代わりに宰相が口を開いた。

「そなたがアルビナ・チェスカか……、銀髪に緑の瞳――確かにヨセフィーナ様に似ていなくもないな。入れ替わっていても気付かないかもしれぬ」

「え……？」

アルビナが動揺して目を見開くと、髭のある顎を擦《さす》りながらアルビナを見る。

外交大臣もそれに同意するように何度か頷く。

その視線は値踏みするようで、ひどく不快だった。

アルビナはヨセフィーナとの入れ替わりが周囲にバレていたことを知り、頭から冷や水を浴びせられたように身が竦《すく》んだ。

（たまにならいざ知らず、最近頻繁だったから……っ）

基本的に王族を謀《たばか》った代償は死罪である。

アルビナはいくら心に猛牛を宿しているとはいえ、死罪という言葉に怯《ひる》まないほど強心臓ではない。

つい、国王の顔を見た。

彼はあまり興味がなさそうに灰色の目を眇《すが》めている。

それを見てアルビナは驚いてしまった。

自分に興味がない父親にショックを受けたのではない。

これまでまったく頼みとしてこなかった父親という存在に、こんな時だけ縋《すが》るような気持ちになってしまった己の猛牛の弱さに驚いたのだ。

（なんてこと……っ！）

アルビナの内なる猛牛に火がついた。

たとえ王女からの依頼であっても、これは金銭のために入れ替わりを是《ぜ》とした己の責任である。もしも極刑に処すと言われても謹んで受けなければいけない。

それが貴族としての矜持《きょうじ》だとアルビナは思う。

(多分、家族に手紙を残すくらいの時間はくれるだろう……さすがに)

かくなるうえは立派に散ってみせよう！　そう心を決めたアルビナに、女官長が質問を投げかける。

「アルビナ・チェスカ。あなた、最近はいつ王女様と入れ替わりました？」

「……一昨昨日《さきおととい》のお茶会です」

丁度、以前侍女だった令嬢たちとのお茶会があったのだ。

行儀見習いが終わり、婚約して落ち着いた数人の令嬢が報告がてらヨセフィーナと優雅なひとときを過ごした。

まあ、本当にひとときを過ごしたのはアルビナなのだが。

「あら、それでは王女様はもちろん、あなた本人とも面識があるのに」

「恥ずかしながらわたしは普段……目立たぬよう過ごしておりますので」

さすがにいじめられているのだとは言えない。

国の最高権力者たちに令嬢たちのことを告げ口するのも躊躇《ためら》われた。

「では、最近参加した式典は」

今度は宰相が口を挟む。彼は相変わらず髭を撫でている。

「……東部砦《とりで》の壮行会です」

それは未《いま》だ火種がくすぶっているレゾン国との国境を守る、東部砦に向かう騎士と兵士を見送る大事な式典だった。

王女として挨拶を述べなければならず、その草稿はあれど、自分らしく……もといヨセフィーナらしく短時間でアレンジするのが大変で、アルビナは肝を冷やした。

「……ふぅむ」

宰相はしつこく髭を揉む。

なんだ、髭に寝ぐせでもついているのかとアルビナの内なる猛牛が突進しかけたが、理性でそれを封じこめる。

今は笑いを取っている場合ではない。

「ではフェルン王国についてはどのような理解をされていますか？」

外交大臣が急に問いかけてきた。

鼻先に片眼鏡を載せた彼はすう、と目を細める。

これまでの質問から察するに、身代わりの件がバレていたとはいえ自分自身の失敗がもとで呼び出されたのではないと感じていたアルビナは、フェルン王国の名前が出たところで眉を動かした。

(これが本題ね)

フェルン王国とはアンザロード国の北にある大国で、圧倒的な武力で広大な領地を有する。

しかし圧政を敷いているわけではないようで、フェルン国内で不満がくすぶっているとか、国境がきな臭いとかいう話は聞いていない。

(……ああ、もしかしてヨセフィーナ様の輿入れ先がフェルン？)

アルビナと同じ年に生まれたヨセフィーナも、今年で二十三歳になる。

王女として独《ひと》り身《み》でいるには長すぎるのだろう。

アルビナは彼女に恋人がいることを知っているから不思議ではないが、そうでなければやきもきする問題だろうとは思う。

うんうん、と頷きながら、アルビナはハタと気付いて顔を上げる。

ヨセフィーナの恋人はエトホーフト公爵家の次男……つまり先ほどから髭を揉んでいる宰相エトホーフト公爵の息子である。

「……っ」

アルビナの中で稲妻が走り、背がヒヤリと冷たくなった。

いやな考えが脳裏をよぎる。

(まさか、親子して同じことを考えているわけではないわよね……？)

アルビナの表情が固くなったのを察したのか、宰相がニヤリと唇を歪《ゆが》めた。

「この度フェルン王国と我がアンザロード国は正式に同盟を結ぶことになった。その同盟の印としてフェルンの王太子殿下と王女の婚姻が提案された」

国同士の絆《きずな》を深め、互いに無用な争いを避けるために、一番手っ取り早いのが婚姻である。

とっくに適齢期を迎えているフェルンの王太子が結婚したとは聞かないということは、いずれどこかの国の王女を娶《めと》るためであると推測できる。

「フェルン王国側は迎える王女に対して『銀の髪に緑の瞳の高貴な女性』と指定してきた」

ドクン、とアルビナの心臓が大きく脈打った。

さきほどの嫌な予感がいやな方向で一致しそうで怖い。

アンザロード国の王女は三人いるが、銀髪で緑の瞳を有するのは第一王女ヨセフィーナのみ。第二、第三王女は国王似の灰色の瞳なのだ。

ドクドクと早すぎる血の巡りを意識して、アルビナはゆっくりと息を吐く。

「だが、余はフィーナを嫁には出したくないのだ」

ここで初めて国王が口を開いた。

公の場でしか聞いたことのない、低く淀《よど》んだ声。

陰鬱《いんうつ》な気持ちがそうさせているのかもしれない。

「フィーナも嫌がっておる」

国王と宰相が視線で合図を送り合っている。

そして口を開いたのは宰相だった。

「大国フェルンから銀髪緑目と指定されたにもかかわらず、別の王女を差し出すわけにはいかないのは理解できるだろう？」

それは理解できる。

ならば要望通りヨセフィーナ王女を輿入れさせるしかないのでは。それくらいはアルビナでもわかる、至極単純なことだ。

「だが、余はフィーナを手放しとうない」

国王がまたあの淀んだ声で言う。

アルビナは顔を上げていられなくなって、俯《うつむ》く。

しかし内なる猛牛を奮い立たせてようやく口を開いた。

「……ヨセフィーナ王女は、『いつか嫁に行くのだからそれまでは自由にしたい』と仰せで……だからわたしは……」

彼女の覚悟ゆえ、期限付きのささやかな自由のために自分は協力したのだと足掻《あが》く。

さきほどは入れ替わりの責任を王女になすりつけるつもりはなかった。

しかしこんな話であれば別問題だ。

親子して、しかも国王と王女がその責任も果たさずに己のためだけに我を通しアルビナにすべてを押し付けようとしているのは、納得がいかなかった。

「フェルンは格上。そこに半ば人質として嫁ぐとなれば苦労も多かろう。フィーナをそのような目に遭わせるのは忍びない」

「……」

アルビナは唇を噛みしめた。強く噛みすぎて鉄錆《さび》の味が口に広がる。

王女はそのような目に遭わせられないけれど、隠し子のアルビナならば問題ない。

王はそう言いたいのだ。

別に認知してほしかったわけではない。

優しい言葉を掛けてほしいわけでもない。

金が欲しかったわけでも（いや欲しいが）、この暮らしがいやでどこか遠くに行きたかったわけでもない。

アルビナの願いは、ただ愛する家族と静かに暮らしたいだけ。

「……先方から王女と指定されているのに、たかが髪の色と目の色が一致しただけで王族ではない子爵家の者を嫁がせるのも失礼に当たるのではありませんか？」

アルビナはさらに足掻く。

（お母様に詳しく聞いたことはなかったけれど、もしかしたら国王はわたしのことをまったくご存知ではないかもしれないし……！）

一縷《いちる》の望みをかけてそう進言するも、国王は抑揚の少ない声で簡潔に反論する。

「認知の有無は指定されておらぬのでな」

「……！」

決定的なことを言われてアルビナは息を呑む。

国王の発言にアルビナ以外誰も動揺していないということは、知っているということだ。

瞬間、アルビナの中で激しい感情の奔流が湧き起こり、今まで考えてもいなかった生物学上の父親に対する恨み言が溢《あふ》れ出てくる。

拳《こぶし》を強く握り込んでいなければ耐えられない。

口をついて出てきそうになる罵詈雑言《ばりぞうごん》を、それでもアルビナは理性で抑えて静かな声で吐き出す。

「わたしを、王女として送り出すということですか？」

「無論。フェルン王国から望まれておるからな」

「もしも、わたしが今までまったく王族として育たなかったとフェルンに知れたら」

偽物を掴まされたとなればフェルン王国もただではおかないだろう。同盟を破棄した上でそれを口実に攻め込んでくるかもしれない。

フェルンは軍事大国。

軍備に乏しいアンザロード国を攻めるなど、赤子の手をひねるよりも容易《たやす》いだろう。

「そのときは自らの血で罪を贖《あがな》うのです。それが王族というもの」

宰相がにやにやと唇を歪ませる。

彼にしてみれば嬉《うれ》しくて仕方がないのだろう。

家督を継がせられない次男を王配にできるかもしれないのだ。今現在王女と交際しているとなれば
そうなる公算は非常に高い。

家督を継がない次男としては破格の出世である。

「わたしごときの命で贖えるならばいいのですが、戦争になるかもしれません」

そうなったらアルビナが頑張ったところでどうにもならない。裏を返せばそれだけのことをしよう
としているのだ、この目が濁った大人《おとな》たちは。

「そうなれば貴族子弟はそろって国境を守るため前線に送り込まれるでしょう」

眉を下げた外交大臣が口を開く。

それはそうだろう。

貴族はただ安穏《あんのん》と国民から税を巻き上げて楽に暮らしているわけではない。

有事の際は自ら剣を持ち、王の剣となり盾となり、弱きものを守って戦わなければならない。

「身体が弱い、装備が心許《こころもと》ない、で免除されるものではないからな。須《すべか》らく、すべての貴族が召集さ
れるだろう」

宰相の片眉がキュウ、と上がる。

ひどく楽しげな表情だ。

（……お兄様のことを言っているの？）

アルビナは怒りで息が止まるかと思った。

チェスカ子爵である兄ユアンは昔から身体が弱く、武芸どころか運動もほとんどしたことがない。家の庭を散歩しただけで風邪《かぜ》を引くこともあるのだ。

「戦いの前線は過酷だ。寒いし不潔だし、弱い者から先に死んでいく」

「……っ、卑怯《ひきょう》です！」

「卑怯ではない。貴族の義務だ」

思わず出た声に反応したのは外交大臣と女官長だ。

二人ともハラハラとアルビナを見守っている。『従順にしていればいいのに』と思っているのがありありと見て取れる。

「兄を巻き込まないでください！」

「それはお前次第だ」

アルビナは国王と宰相を睨みつける。

目の奥が熱い。

怒りで神経が焼き切れそうだ。

アルビナは昔から兄と母のことを言われると冷静でいられない。

「左様。お前が大人《おとな》しく輿入れをすればレゾン国との東の国境も安泰となる。兄を助けることにもなるのだぞ」

レゾン国は度々国境を侵す好戦的な国で、アンザロード国は手を焼いている。

もしもフェルン王国との同盟が成ればレゾン国に対して牽制《けんせい》となるだろう。

レゾン国も大国フェルンに睨まれてはただでは済まないからに他ならない。

それに、レゾン国の動きが活発になれば兄も貴族の務めを果たすため、戦地へ赴かねばならなくなるかもしれないのだ。

目まぐるしく思考を巡らせたアルビナだったが、いくら探しても出口が見つからないことを悟り、ふっと脱力して呟く。

「念書を、……念書を書いてください。兄の従軍を免除するという念書を」

「お前が嫁ぐのならば」

国王がそう言うと宰相が手を上げて合図をした。

それを受けて女官長がトレイを持ってくる。

そこには既にアルビナが嫁ぐことを条件に兄ユアンの士官を免ずると書かれた紙が二枚置いてあり、国王と宰相、外交大臣と女官長のサインが入れられている。

最初から仕組まれていたことなのだ。

アルビナは奥歯を噛みしめて必死に内なる猛牛を抑えた。

女官長が差し出す羽根ペンを震える手で取ると、二枚とも同じ内容であることを確認してから一番下に自分の名前を書く。

「輿入れはひと月後。同行者一名はこちらで指名する。お前には今日から十日間の暇を与える。戻り次第王城で王女としての教育が開始される」

業務連絡を虚《うつ》ろな目で聞きながら、アルビナはひどく冷めた気持ちで中空を見ていた。

投げやりな気持ちになって『へいへい、そうですか』と言ってやりたい気持ちだった。

さきほどまでヨセフィーナとの入れ替わりの責任を取ろうなんて思っていた自分が、まるで道化のようで笑いがこみあげてくる。

(ばかばかしい。わたしがしていたことはすべて無駄だった。徒労だった)

行ってよい、と手で追い払われたことにすら怒りを感じず、ただただ無気力の権化《ごんげ》と化したアルビナに声を掛けたのは女官長だった。

「アルビナ・チェスカ、自暴自棄になってはいけません」

「女官長」

ぼんやりと見上げた女官長は細い眉をきりりと引き上げる。

「あなたは王女の身代わりをしていたからというわけではなく、所作も優雅で胆力もあり機転も利く。広い視野を持っているし、なにが最善であるか考えることができる」

急に褒めてくるなんてどうした、と思いながらも耳を傾けていると意外と強い力で肩を掴まれた。

「アルビナ・チェスカ! これはあなたにとって、とても大きなチャンスです。フェルン王国の王太子は厳しくも英明な方と評判です。きっとあなたを幸せにしてくれるでしょう」

「待ってください女官長。わたしはそんな一《いち》か八《ばち》かのチャンスよりも、家族と一緒に平和に暮らせればそれで……」

アルビナは家計の足しに王城に勤めに出ているが、母がいつものように笑って、兄が良い伴侶《はんりょ》を得て少しでも健康でいて、領地もそれなりに安定してくれればそれでいいと思っていた。

「なにを馬鹿な。自分の幸せを追わずしてなにが人生ですか!」

「ええ……？」

意外に熱い女官長に押され、アルビナは一歩後ずさる。

「とにかく、いただいた暇の間はご家族とゆっくりお過ごしなさい。戻ったら私と王女教育ですからね！　私はこの国のためではなく、あなたの幸せな結婚のために持てるすべてを教えます！」

やる気に満ちた女官長を呆然《ぼうぜん》と見送ったアルビナだったが、急におかしくなってクスリと微笑む。

（なんだか毒気が抜かれたわ。まず、帰ろう。話はそれからだわ）

アルビナは自室に戻ると簡単に荷造りをし、王女に暇を告げて子爵家へ帰った。

片道三日という旅程ゆえに急いで帰らねばあっという間に期限の十日が過ぎてしまうのだ。


「まあ、アルビナ！　急にどうしたの？」

知らせもなく急に帰宅したアルビナを、母親のヘレナは驚きながらも抱擁で迎えた。

大きな子供が二人もいるとは思えぬほどたおやかな美貌を持つヘレナは、化粧をせずとも色白でまつ毛が上向いている。

アルビナは美しく優しい母とまったく違うしたたかな性格の自分が好きではなかったが、母と同じ銀の髪に緑の瞳であることが密《ひそ》かな自慢だ。

「ええ。十日間もお休みをいただいたので、帰ってきちゃったわ」

なんでもないことのようにそう告げたアルビナは、楽な服に着替えると言い置いて自室への階段を急いで駆け上がる。

（うう、なんとかあっけらかんと報告できるような気がしていたけど……無理だわ！　お母様とお兄

様になんて言おう）

子爵家へ向かう馬車の中でアルビナは、一か月後にフェルン王国の王太子と結婚することになった、と事実だけを簡単に告げるつもりだった。

変に嘘《うそ》をついても結局バレたときに困るし、同盟に絡んだ婚姻ゆえに大々的に発表されるだろう。どう足掻いても隠しておけると思えなかったからだ。

しかしヘレナの顔を見た途端、得も言われぬ感情が溢れだしてきた。

恐らくヘレナは、アルビナを普通の令嬢のように普通に幸せになれるところに嫁がせることになるだろうと思っているに違いないのだ。

たとえアルビナの出生が複雑なものであろうと、彼女はそれを公表していないしこれから先公表する気もないだろう。

ただ、普通の幸せを娘に願っている。

それが出迎えの抱擁に表れていて、アルビナは胸が詰まってしまった。

（でも言わないわけにもいかない。休暇が終わったらおそらくもう、会えない）

女官長直々《じきじき》の教育についてはヨセフィーナの侍女として目にしたこともあるため、心配はしていないがそれでも不安は残る。

外から見たものと、自分が当事者になるのとではまるで違うことを、アルビナはヨセフィーナの身代わりをすることで痛いほど理解していた。

『王女』としての責任は、思うよりもずっと重い。

普段なら息を吸うように自然にできることが王女であるというだけでできなくなる……息もできな

いときがあるほどだ。

ゆえにヨセフィーナが時折投げ出したくなる気持ちもわかるし、恋人との逢瀬で自分を奮い立たせていたことも理解できるつもりだ。

「でも、だからといってわたしが代わりに結婚するっていうのは、ちょっとなあ……」

「それはどういうことだい？」

ノックもなく急にドアが開けられ、アルビナは悲鳴を上げた。

そこには美貌の若き子爵・兄のユアンがいた。

父親譲りの金の髪に思慮深い青い瞳は、ヘレナともアルビナとも違う美の形を表している。

病弱でなければ結婚の申し込みが引きも切らないだろう。

「お、お兄様。レディの部屋のドアをノックもなしに開けるなんて……」

アルビナは怯んで一歩下がる。

それに対してユアンは二歩前進する。

「それに関してはすまない。だが、聞き捨てならないことが聞こえたのだ」

ユアンは秀麗な眉を顰めてまっすぐにアルビナを見ている。

嘘や誤魔化《ごまか》しを許さないその瞳に、アルビナはすぐに白旗を上げた。

「結婚とは、どういうことだ？」

「ええ、そうね。きちんとお話しするから居間で待っていてくれるかしら。着替えてから行きます」

まだ着替えていないのだ、と示すようにドレスの裾を少し持ち上げると、ユアンは納得していないような顔をしながらも頷き、部屋を出て行った。

アルビナは大きく息を吐くと、ドレスがしわになるのも構わずベッドに寝転がる。

そして手足をばたつかせ、声にならない声を上げた。

（あ〜〜、間が悪い！　一番面倒くさい奴《やつ》だこれ！）

たっぷり時間をかけて着替えをしたアルビナが居間のドアを開けると、ヘレナとユアンが一斉に顔を上げた。

ユアンから話を聞いたのだろう、美しい顔を不安に歪ませたヘレナがソファから腰を上げる。

「アルビナ、どういうことなの……？」

「お母様……」

さきほど帰宅を心から喜んでくれた母親とは天と地ほども違う様子に胸が痛む。

「そんな顔をしないで。王城で素敵な人と出逢ったという報告かもしれないじゃない？」

軽い口調で場を温めようとするが、ユアンが厳しい声を上げる。

「アルビナ、茶化さずにちゃんと話してくれ。アルビナが代わりに結婚するとは、どういうことなのか」

身体が弱いユアンだが、心まで弱いわけではない。

彼は若いが子爵としての気概をしっかりと保持している。

アルビナはこっそりとため息をついた。

自分で言うのもなんだが、チェスカ家は家族仲がいい。

登城するまで半分しか血が繋《つな》がっていないとは露ほども考えなかったほどである。

年齢的にユアンはそれを知っていた可能性が高いのだが、それをおくびにも出さぬほど幼い頃からしっかりと自律できていた。

これで病弱でなければ、アンザロード国の中枢に食い込む働きができただろうと思うともったいない気もする。

「ええと、順に話すと……」

アルビナは刺さるようなユアンの視線と、泣き出しそうなヘレナの視線をかいくぐりながら角が立たないように説明するのに大変苦心した。

事実を曲げずに嘘をつかずに、なるべく穏便に説明するのは至難の業である。

しどろもどろでなんとかギリギリつじつまを合わせた説明を終えたアルビナは、疲労を感じてため息をついた。

「……つまり、国王と宰相がお互いの我が子可愛さにアルビナをフェルン王国に人質として差し出すということだな」

そんなアルビナに、ユアンの容赦ない要約が襲い掛かる。

まったくもってその通りのため反論することができないアルビナは、曖昧《あいまい》に笑うしかなかった。

「アルビナ、家のことは気にせず断ってもいいのよ？」

ヘレナはアルビナが下位貴族ゆえ、王家に逆らえずに了承したと思っているようだった。彼女はまだユアンの保護のためということに気付いていないようだ。

しかしそれを押しても、我が子のために王家からの下知を袖にしてもよいとは。

美貌とは真逆の生え抜き精神を感じ、アルビナは母にも内なる猛牛の気配を感じて嬉しくなる。

「ええ、そうね……でも王家あってこその貴族だし」

自分で言っていて気持ちが入っていない、と思いながらアルビナは視線を泳がす。

さきほどからユアンの視線が顔に刺さって痛い。

「そんな心にもないことを。アルビナ、お前の気持ちはありがたいが私は妹に守ってもらわねばならないほど弱いつもりはない」

その言葉でユアンがすべて理解していることを知ったアルビナは、首を傾《かし》げて笑った。

「いやだわ、そんなことわかっています！　お兄様が心配するようなことは全然なくて、総合的に判断しただけです」

しかしアルビナの笑顔もユアンの疑念を溶かすことはできない。

彼は痛ましそうに妹を見るときつく眉根を寄せて押し黙ってしまう。

（お兄様、ご自分を責めないで）

言葉に出して言うことはできない。

だから、アルビナは殊更《ことさら》元気に声を張る。

「とりあえずこれは決定事項なので、覆らないです。七日って案外短いので、やることがたくさんあるのよね！　大忙しだわ」

「アルビナ……」

ヘレナが緑の瞳に涙をいっぱいに溜《た》めて嗚咽《おえつ》を堪《こら》えている。

愛娘《まなむすめ》が国外へ嫁入りすることは彼女の中で想定外すぎて気持ちの整理がつかないのだろう。

想い合って嫁ぐのであればまた違っただろうが、今回の場合は言い方が悪いが王族の後始末だ。

久しぶりの帰省がこのような報告になってしまって申し訳ないと思ったが、もう事態はアルビナがどうこうできるものではなくなっている。

(覚悟を決めるしかない)

その日の晩餐《ばんさん》は、苦しい家計の中から料理人がやりくりしてくれ、豪華なものとなった。

それまでの時間にそれぞれが気持ちを立て直し、残り少ない団欒《だんらん》を楽しいものにしようとしてくれたのがアルビナにとって救いだった。

「アルビナ、休暇中の予定はもう決めてあるのか?」

「まだ決めていないけれど、なにかある?」

ユアンはいつもの穏やかな笑みを浮かべている。

心配してくれていることは嬉しいが、アルビナは険しい顔をしているユアンよりもこうして笑みを湛えているユアンのほうが好きだ。

「みんなでギエズ湖へ行かないか」

ギエズ湖は子爵領内にある湖で、小さい頃によく避暑で訪れた思い出の場所だった。

それを聞いたヘレナがパッと顔を明るくする。

「素敵ね! 何年も行っていないから、きっと楽しいわ!」

まるで少女のようににこにこするヘレナを見て、まさかいやだと言える冷血人間はこの家にいない。

ユアンも恐らく最後の思い出に、ということだろうと理解し、アルビナは笑顔で賛成した。

翌日、馬車でギエズ湖へ向かったチェスカ家は昔のように湖のほとりでピクニックを楽しみ、水遊びをしたり昼寝をしたりして過ごした。

近くにある馴染《なじ》みの宿で地元ならではの料理を楽しみ、遅くまで語り合った。

夜も更けてそれぞれの寝室に引っ込んだアルビナは窓から外を眺めた。

鬱蒼《うっそう》とした林の中に月の光を反射するギエズ湖が僅かに見えるのだ。

昼間とは違った神秘的な夜の湖を記憶に焼き付けようとしていると、庭でなにかが動いたのに気付く。

（猫？　いや、大きい……？　不審者？）

暗くてよく見えないが確実になにかがいる。

確かめようと窓から身を乗り出したアルビナは、その『なにか』が自分のほうを見てサッと身を潜めたのを見逃さなかった。

それは間違いなく人だった。

（……ああ、そういうこと？　わたしってずいぶん信用がないのね）

眉を顰めて誰かが身を潜めたあたりを凝視する。

アルビナからは見えないが、向こうからは月明かりもあってよく見えるだろう。アルビナは窓枠に頬杖《ほおづえ》をついて唇を尖《とが》らせた。

アレはきっと王城から遣わされた見張りだろう。

アルビナがフェルン王国への輿入れに怖気《おじけ》づいて逃亡しないように、という措置だろうことは理解するが、面白くはない。

（わたしは休暇のはずなのに。ヨセフィーナ様を守るためならここまでするのね……）

興《きょう》が醒《さ》めたアルビナは窓を閉めるとカーテンを引き、ベッドに倒れ込む。

昼の疲れもあって、腹立たしいはずなのに気付けばぐっすり寝入ってしまっていた。

翌日から領内をゆっくり見て回り、各所に挨拶をしながら屋敷へ戻ることにした。

もちろんヨセフィーナの代わりに嫁ぐなどとは言えないため、急にどうしたのだと訝《いぶか》しく思われる場面もあったが、持ち前の機転でなんとか切り抜けた。

「あ、神殿へもご挨拶をしなきゃ」

アルビナは遠くに見えた鐘楼に気付いて手を叩《たた》く。

アンザロード国とその周辺国は同じ豊穣の女神を信仰しており、神殿では日夜祈りを捧《ささ》げている。

アルビナも貴族の務めとして、ささやかながら神殿への寄進や奉仕活動を行っていた。

本当のことは言えないが、せめて挨拶をと思いついたのだ。

「そうね、神殿へもご挨拶をしなければ」

ヘレナが賛成するとユアンも同意を示し、小さく頷いた。


「まあ、大神官はお留守なのですね」

残念そうに首を傾げるヘレナに、神官たちはどぎまぎと視線を彷徨《さまよ》わせる。

言い方は悪いが、女性として薹《とう》が立っているはずのヘレナのほうが、若いアルビナよりも男受けが良かった。

本来女性に対して色欲を表さない神官がこうもメロメロになってしまうのだから、ヘレナの女性としての魅力はすさまじいものがある。

「では、よろしくお伝えください」

しばらく来られない旨を神官の一人に言付けて帰ろうとしたアルビナを、張りのある声が呼び止めた。

「アルビナ様、お久しぶりです」

「あ、バティル様」

聞き覚えのある声に振り返るとそこには煌めく金の髪を短く整えた神官がいた。

彼は若年ながら大神官の補佐をしているバティル上級神官である。

なぜかアルビナに非常に親切にしてくれるので、アルビナもそれに応じて頼みにすることが多い。

「今日はどうされたのですか？」

いつものように奉仕活動や寄進ではないと見るや、側《そば》に控えていたユアンに対して視線を転じる。

どこか意味ありげなそれに穏やかなユアンが反応しかけた気配を感じたアルビナは、二人に視線の間に割って入って声を上げる。

「ええ！　実はしばらくこちらにお邪魔できなくなりそうなので、ご挨拶に」

文句のつけようがないほどの満面の笑みに、これ以上ないくらいに優雅なカーテシーで最上級の礼を表現したアルビナに、バティルが微笑みを返す。

「おや、なにかございましたか？」

「少々事情がございまして。でも神殿に来られなくとも、女神様への毎日の祈りは欠かさないつもりです」

追及の手をバッサリと断ち切ると、これ以上聞いてくれるな、と口角を上げる。

アルビナの気持ちを汲《く》んでくれたのか、バティルは彼女と同じように口角を上げると右手の人差し指と中指を揃《そろ》えて、アルビナの額に触れた。

神官が信徒に祝福を与える仕草である。

「来られない間も、御身の安全をお祈りしております」

「ありがとうございます！」

「……」

なにか言いたげなユアンは、結局何も言わずに頭を軽く下げるのみにとどめていた。

だが、神殿への挨拶を終え、あとは馬車で帰宅するだけとなったときユアンがおもむろに重い口を開いた。

「アルビナ」

「はい、お兄様」

アルビナは即座に返事をしたが、当のユアンは馬車の窓から外を見たまま視線すら合わせない。

なにかしてしまったかと思ったが、心当たりのないアルビナはユアンの言葉を待つことしかできない。

馬車の中に沈黙が満ちて些《いさき》か息苦しく感じるようになった頃、ユアンが再び口を開いた。

「……大神官補佐は、いつもお前に対してあんなふうなのか？」

「は？」

まったく予想していなかった方面への質問に、アルビナは目を見開く。

わけがわからず母親に目線で翻訳を頼むが、ヘレナも『わからない』というように首を振る。

「バティル様ですか？　まあ、大体いつもあんな感じです。気安いお方ですから」

無難に答えを返すと、ユアンが不機嫌そうに眉間にしわを寄せる。

「いくら気安いとはいえ、嫁入り前の令嬢の肌にあのように無遠慮に触れる者のことを信用してはいけない」

「肌」

アルビナはなんのことかと神殿でのことを思い出す。

特に抱擁をしたり握手をしたりしたわけでもなく、言葉を交わしただけ、と反芻《はんすう》していたその記憶に間違いはない。

しかしユアンの言うような触れ合いではなく、ただ額にバティルの指が触れたことを思い出し、自らの額に手を当てる。

「ええと、ここは……常に露出していますし、肌とも言えない箇所では」

「なにを言う、額も立派な未婚女性の肌の一部ではないか！　それを本人の許可も得ずあのように気安く触れるなど！」

その時のことを思い出したのか、ユアンは徐々に語気を強め、膝に拳を打ちつける。

「まあ、ユアンは妹思いねえ」

ヘレナはニコニコと相槌《あいづち》を打つが、アルビナは見たことのないユアンの剣幕に動揺していた。

（え、なに？　どうしたっていうのよ、お兄様？）

アルビナがきょろきょろと視線を彷徨わせると、ユアンは咳払《せきばら》いをして居住まいを正す。

「……フェルン王国に行ってしまえば、こうやって兄としてお前を心配することもできなくなるのだ。やはり今からでも陛下にお断りはできないだろうか？」

「あは！　無理だってば。それにわたしは大丈夫よ！　心配しないで」

兄の気持ちが嬉しくて、アルビナは笑いながらこっそりと滲《にじ》んだ涙を拭いた。


屋敷に戻ってからは、家族水入らずでゆったりと過ごした。

相変わらず屋敷の周囲に見張りの気配を感じたが、もう気にしないことにした。

あっという間に時は過ぎ、アルビナが王都へ戻る日がやってきた。

「本当に、なにも持って行かないの？」

ヘレナが心配そうに尋ねる。

それに対してニコリと頷くことでアルビナは心配無用だと言外に伝える。

輿入れは『アンザロード国の王女として』されるものなので、生半可なものを持参して怪しまれては困る、ということなのだろう。

「身一つで来いと言われているから」

本当はアルビナも使い慣れた私物を持参したいのだが、恐らく止められるだろう、とあきらめている。ならばこの屋敷で、母と兄が自分を思い出すよすがとなればいいと思い切った。

「なら、これだけでも」

そう言ってヘレナは自らが首に下げていたネックレスを外してアルビナに持たせる。

それは幼い頃アルビナが欲しがった、母の宝物だった。

デザインは古いが何度も修理して代々受け継がれてきた様子が窺《うかが》える。

「駄目よ、これはお母様の大事な……」

おそらくチェスカ家に伝わる家宝だろうと思い、アルビナは返そうとヘレナに手を差し伸べたが、

その手をペンダントごと握り込まれてしまう。

「ええ、大事なものなの。これはお母様のお母様から引き継いできたもので、代々娘に与えるものなのよ」

「チェスカ家の家宝ではないの？」

驚いて声を上げると、ヘレナとユアンが同時に頷く。

「チェスカ家の当主が引き継ぐのはこの指輪だ」

なるほど、ユアンの右手には指輪がはめられている。

それは男性的なデザインで、いかにも爵位を継いだのだ、という顕示欲のようなものが感じられた。

ヘレナが寄越したペンダントとは趣がまるで違う。

そう思ってよく見れば、確かに家や爵位ではなく、なにか違うものの証《あか》しのようにも感じられた。

「でも、わたしはフェルン王国へ行くのに……」

「国を離れても関係ないわ。あなたも母親になったら、これを娘にあげてね」

今の時点では、アルビナが出発のときどのような扱いになるのかわからないため、これが家族との最後の別れかもしれない。

そう思うと別れ難く、アルビナはヘレナに抱きついて首筋に鼻先を擦り付ける。

「お母様……今までありがとう、お兄様も」

「ついでのように言わないでくれないか。傷ついてしまうよ」

へそを曲げたようにユアンが硬い声を出したので、みんなで笑ってしまった。

王城へ戻るとアルビナは待ち構えていた女官長に、それこそ拉致される勢いで別宮に連れて行かれ、秘密裏に教育を施された。

女官長は国王と宰相からアルビナをどこから見ても立派な王女に仕立てるように厳命され、それこそ不退転の覚悟でいたらしい。

しかし元々ヨセフィーナの代わりに各種式典に出席していたアルビナは、自分が恥ずかしい思いをしないよう勝手に勉強していたことが幸いし、泣き言をいうようなひどい状況は回避された。

それどころか、フェルン王国についての座学や、アンザロード国の王女として知っておかなければいけない裏知識などを数日みっちり頭に詰め込むと、特にすることはなくなってしまった。

「ヨセフィーナ様は、まだ終わっていないというのに……なぜ……」

「なぜでしょうねえ……」

遠くを見る女官長と一緒にアルビナは遠くを見た。

数日後、フェルン王国に侍女として同行するのが、入れ替わりの秘密を共有するメラニーに決まった。

選抜の理由はアルビナと一番仲が良かったからだが、打診されたメラニーは勢い込んで是非フェルン王国に行きたいと手を挙げたらしい。

彼女も別宮に来て一緒に過ごすこととなると、アルビナは実践的な知識としてフェルン式の生活を模擬体験するようになる。

言葉も習慣もそんなに違わないフェルン王国だったが、彼《か》の国はアンザロード国とは違い女神信仰が熱心なこともあり、事あるごとに女神を讃える言葉を口にするという。

そのため多種多様な女神への賛辞や祈りが瞬時に出てくるように訓練に暇がなかった。

ほぼ三人だけの生活を送る中、日に日に女官長がアルビナに対して入れ込んでくるのが気になった。

「アルビナ嬢。あなたがいなくなったら、王女宮はどうなってしまうのかしら」

「どうもなりませんよ。陛下のあの調子ならヨセフィーナ様を他国へ嫁することはないでしょうから、今お付き合いしている公爵家と縁組が成るでしょう。そうなればヨセフィーナ様も落ち着かれて……」

フェルン王国風のお茶会を模した席で女官長は深いため息をつく。

「果たして落ち着かれるかしら……。実は最近ヨセフィーナ様の情緒が不安定だと報告があって」

「あらまあ」

アルビナとメラニーは顔を見合わせる。

恋人との逢瀬以外にも、ただ単に面倒くさいとか眠いとかいう子供じみた理由で式典をアルビナに押し付けることがあったヨセフィーナである。

きっとアルビナがいないためいつもの入れ替わりができず、息抜きができないのだろう。

しかしこの期《ご》に及んでそれを慮《おもんぱか》ってあげるほど、アルビナは聖人君子ではない。

「他に息抜きの方法を見つけられたらいいのですが。女神の愛がヨセフィーナ様に降り注ぎますように」

胸に手を当ててまつ毛を伏せると、女官長はなぜか悲しそうに拍手をする。

「そうです、今のように自然に女神への祈りを口にしてください……素晴らしい」

「恐れ入ります」

アルビナはにっこりと微笑みながらフェルン王国で好まれているというお茶を啜《すす》る。高級すぎて、アルビナには少し渋く感じた。

そして教育期間が過ぎ、とうとうアルビナがフェルン王国へ出発する日になった。

危惧した通り、家族が見送りに来ることは叶わない。

それというのもフェルン王国から迎えの騎士団が急遽《きゅうきょ》派遣されてきたのだ。

アルビナはアンザロード国の王女として華々しく出立せねばならなくなった。

当初の予定では秘密裏に出発したあと、どこか人通りの少ないところで王族の馬車に乗り換えてフェルン王国に入ればいいと算段していた周囲は慌てふためいた。

なにしろ国王はアルビナが王女としてフェルン王国に嫁ぐという事実ごと隠匿《いんとく》するつもりだったというのだから、その反動は大きい。

そもそも大国フェルンに嫁ぐことはそんなに小さなことではない。

王太子妃となれば、周辺国にお披露目されることになる。

公式の場に出ることは避けられないだろう。

フェルン王国とて王太子妃の名や出身を隠す必要はないため、アルビナがアンザロード国出身だということは知れ渡る。

そうなったときアンザロード国王は、自国の貴族や民にどのように説明するつもりだったのか。

(どういう計画だったのか、詳しく教えてほしいくらいだわ)

そのツケが今まさに払われようとしていた。

つまり自国の全貴族にアルビナの輿入れを通知し、見送りに来るようにと通達しなければならなくなった。それは同時にアルビナが国王の落胤《らくいん》であることを周知させることにもなる。

そうなると別宮にいたアルビナも正式な王族として王女宮に移動せざるを得なくなった。

「まあ、どうするのかと思っていたから、いっそこうなってよかったというか……」

質素な別宮とは違い、勝手知ったる王女宮でアルビナはため息をつく。

そもそもフェルン王国という大国の王太子が結婚するということは、周辺国にとって小さくない変化だ。

勢力図にも直結する一大事を隠そうとするほうが無理だ。

「ええ。没交渉なわけでもなし、いくら国内で隠しても、フェルン王国では大々的に結婚式をするわけですし」

メラニーも呆《あき》れ顔である。

今、外交大臣と宰相が必死に調整をしている。

フェルン王国の騎士団が迎えに来る花嫁が、しがない子爵令嬢だなんて説明を諸貴族が納得するはずがない。

それならばうちの娘を、とねじ込んできそうな有力貴族はたくさんいる。なにせ大国フェルン王国の次期王妃の座なのだ。

なまじ国内で婿がねを探すよりもいい手である。

条件が合えば他の貴族が輿入れする道もあろうが、フェルン王国には既に『アルビナ王女』が輿入れすることが親書で示されているはず。

諸貴族にアルビナが輿入れをする根拠を示さなければならなくなると、フェルン王国からの条件を開示することになるのは必至。

「銀髪緑目の高貴な女性」……それに該当するヨセフィーナが輿入れしない事実をどう説明するのか。そして輿入れするアルビナについての釈明。

それをするのが自分でなくて本当に良かった、とアルビナは優雅にお茶を啜る。

結局王家側はアルビナが国王の落胤であることを認め、隠し子ではなく第二王女としてフェルン王国に輿入れすることを公式に発表した。

それを知ったアルビナを陰でいじめていた令嬢たちは、恐れおののき口を閉ざした。

いやがらせの延長で実は貧乏子爵家の令嬢なのだと暴露するかもしれないと危ぶんでいたが、どうやら杞憂《きゆう》に終わりそうだと、アルビナは安堵《あんど》する。

なんとか体裁が整ったアンザロード国は、アルビナに王女としてのティアラや国宝級の希少な宝石を抱いたネックレスを授け、盛大に送り出した。

唯一同行する侍女の数が少ないことを指摘されたが、そこはアルビナが強心臓を発揮して乗り越えた。

「わたくしはフェルン王国に嫁ぐ身。余計なしがらみを持ったまま嫁ぐことは失礼にあたると思いまして、侍女は一人のみとさせていただきました」

「なんと。そこまで覚悟しておられるとは。感服いたしました」

フェルン王国から派遣されてきた人の好さそうな騎士団長は、顔の半分を髭が占める顔を綻ばせて頷く。

そうして輿入れの行列は粛々とフェルン王国へと出発したのだった。

その道中、アルビナとメラニーは始終緊張を強《し》いられると覚悟していたが、無骨な印象があったフェルン王国の騎士団長が殊《こと》の外《ほか》人好きのする人物でなにくれとなく気を遣ってくれる。

フェルンも間近になる頃には、アルビナとメラニーは騎士団長とすっかり仲良くなっていた。

「アルビナ王女のような方を妃に迎えることができるイエオリ様は幸せですな」

そう言って豪快に笑う騎士団長に、アルビナはある種の親しみを覚えていた。

あまり関わったことのない筋肉で語る系の人物だったが、アルビナとて心に猛牛を飼う身、馬が合ったのかもしれない。

「騎士団長は王太子様とお親しいのですか?」

「うおっほん。なにを隠そう、イエオリ様に剣を教えたのは私なのです」

騎士団長は胸を張り、そう宣言する。

誇らしげな様子に、彼と王太子との関係が透けて見えるようで微笑ましい。

「そうなのですね。よろしければ王太子様の為人《ひととなり》をお教えいただきたいわ」

式典の際遠くから見かけたことはあるが、その為人までは知らぬため、話題を振る。

長旅の疲労がたまる中、話が弾みそうだとアルビナが微笑みかけると、今までにこやかに話していた騎士団長の顔がにわかに曇った。

「そうですね……イエオリ様は……、お強いです。それから……、ええ……」

急に歯切れが悪くなった騎士団長はゴホンゴホンと咳払いをする。

あまり話したくない雰囲気を感じたアルビナは、彼の意を汲み取って笑顔を浮かべる。

「確かに王太子様が出陣なさった戦は負けなしだと伺っております。……少し疲れたので休みますね」

「ええ、そうなさってください。次の宿泊地まではまだしばらくかかります」

騎士団長のあからさまに安堵した様子に、アルビナとメラニーは顔を見合わせて眉を顰め小声で囁き合う。

「……どう思う？」

「もしかして人格的に問題があるとか？」

気になっていたのだが、実はフェルン王国の王太子に関してあまり好意的な意見は聞けていないのだ。

強いとか容赦がないとか、はたまた追い打ちがすさまじいとか……そういう話は聞こえてくる。

つまりは強いという話しか聞かれない。

アンザロード国にも何度か来ているはずなのに、彼と親しく話した者がおらず詳細が不明なのだ。

敢《あ》えて言うならば「寡黙」なのだろうが、もしそうだとしても近しい人物からならもうちょっと目新しい情報が引き出せると思っていたアルビナは唇を尖らせる。

「雲行きが怪しいわね……」

「あの、もし危険そうなら私は逃げ帰っても……？」

半笑いで、だが半分は本気で言っているようなメラニーを全力で引き留めたアルビナは一抹の不安を抱えて、数日後フェルン王国の王城へ到着したのだった。

フェルン王国に到着してすぐに浴室に連れ込まれ、強《した》かに湯を浴びてひどい有様になったアルビナはイエオリからの口付けを受けながら、これからどうするべきか考えていた。

(どうする？　悲鳴を上げて泣く？　それとも股間を蹴り上げて再起不能にする？　いや、戦で負けなしの王太子殿下にそれは効果あるのか……？)

しかしどれかを選んで実行する前に、浴室のドアが激しくノックされた。

「殿下、王太子殿下……っ！　入りますよ？　よろしいですな？」

騎士団長の野太い声がする。

いきなりドアを開けないのは、きっとアルビナへの配慮だろう。

万が一あられもない姿になってしまっているのであれば、なんとかこの短時間で体裁を整えてほしいという彼のギリギリの配慮を感じる。

安堵と同時にドア一枚の向こうにたくさんの人の気配を感じて、アルビナはぎょっとする。

今この場をたくさんの人に目撃されては非常にまずい。

特に王太子の評判は良くないものになるだろう。

必死に腕を突っ張って王太子から逃れようとすると、不意にその拘束が緩んだ。

「……っ！」

すかさず後ろに退避して距離を取り、ドレスが乱れていないか確認をする。

びしょ濡《ぬ》れで乱暴にされたものの、幸い引き裂かれたりはしていないため、なんとかぎりぎり人前に出られそうである。

「失礼いたします！　殿下、アルビナ様……、あっ！」

入ってきたのは旅装のままの騎士団長と恐らくフェルン王国王城の関係者が数名、そして泣き顔のメラニーである。

皆一様に浴室内とアルビナの惨状を目の当たりにして青褪めている。

「殿下、これは……っ」

「……王女の身なりを整えてくれ」

そう言ってイェオリは口許を拭《ぬぐ》って浴室を出ていく。

彼の口許にはアルビナの赤い紅が乱れてついていた。

アルビナはそれに気付くとびしょびしょに濡れた袖で自らの唇を隠した。

きっと同じように乱れていると思ったのだ。

(既に手遅れでしょうけれど……っ)

「アルビナ様……っ、ご無事ですか！」

「メラニー」

メラニーは濡れることを厭《いと》わずアルビナに抱きつくと、しゃくりあげながらアルビナの無事を確かめる。

見た目は間違いなくアウトなのだが、身体的が傷ついたわけでもなく、ひどく殴られたわけでもない。

無事だと言っても支障ないと判断したアルビナは頷く。

「大丈夫よ、メラニー」

「でも……っ」

「大変失礼をいたしました。すぐにメイドを呼んで参ります」

太い眉を申し訳なさそうに顰めた騎士団長は、心の底から申し訳なく思っているのがわかる沈痛な面持《おもも》ちで一礼すると浴室を出て行った。

気を張っていたアルビナはようやく肩の力を抜いてその場に座り込んだ。

「はあ……、びっくりした」

「いったいなにがあったの、アルビナ」

動揺してか、王女への言葉遣いが頭から抜けてしまったらしいメラニーがアルビナの肩を掴んで揺らす。

「なにと言われても……見た通りよ。いきなり浴室に連れ込まれて頭から湯をかけられて髪を洗われた……だけ」

そのあと唇を奪われたのだが、それは言わなくてもいいことだろう。

というか、言いたくない。

しかしイエオリの唇にその名残《なごり》がしっかりと残っていたため、メラニーもそれは承知しているだろう。

彼女は敢えてそれを話題にせず、ため息をつく。

「はぁ……とりあえずわかったわ。まずお風呂を使わせてもらいましょう」

「そうね……」

幸いというかなんというか、現場が浴室で助かった。

もうもうと湯気がたつ浴室でびしょびしょに濡れてしまったドレスを苦心して脱ぎ、散らばってしまったアクセサリーを回収していると、浴室のドアがノックされてメイドが数人入ってきた。

「お手伝いをさせていただきます」

「ありがとう。お願いするわ」

本当はメラニーと二人だけのほうが都合は良かったが、まさか居丈高に下がらせるわけにもいかない。

アルビナは笑顔を湛えつつ鷹揚《おうよう》に頷いた。

身体と髪を丁寧に洗ってもらい、美しい花びらが浮かぶお湯に身を沈めているとさきほどの暴挙が夢だったのではないかと思えてくる。

（いったい何だったのかしら。それほど婚約者を待っていたというわけでもないだろうし、そもそも婚約者にする態度にしては乱暴が過ぎる）

フェルン王国は大国で、その次期国王ともなれば嫁の来手は引く手あまただったろう。

自国の貴族も近隣の王族も、年回りが近い令嬢を持つ貴族はこぞって王太子に輿入れを打診していたに違いない。

それでも彼がこの年まで結婚しなかったのは、王太子本人の意思であると思われる。

確か現国王は若くして結婚し、子供を儲《もう》けてから玉座を継いだはずだ。

だから国王になるまで結婚できないというわけではない。

とすればよほど好みがうるさいか、国益のためにより良い条件の花嫁を厳選していたと考えられる。

（でも、そうなると出してきた条件がおかしいのよね）

フェルン王国が打診してきた花嫁の条件は、持参金でもなく戦力でもなく『銀髪に緑の瞳の高貴な女性』である。

同盟はアンザロード国から持ちかけたものだったのだから、同意するにもフェルン王国自体に旨味はない。

本来であれば、側室を含めた数人とさらに金銭を寄越せと言ってもおかしくはないのだ。

体感的にはそれでもアンザロード国に利があるとアルビナは感じる。

（となると、可能性は一つ）

柔らかなタオルで髪を乾かされながら、アルビナは手足にいい香りのする香油を塗られマッサージを受ける。

（王太子殿下は、ヨセフィーナ様のことがお好きなのだわ）

フェルン王国が崇《あが》める女神はヨセフィーナと同じ、銀髪に緑の目を持つとされている。

女神を篤《あつ》く信仰しているフェルン王国の王太子ならば、式典等で吉祥色を持つヨセフィーナを見染めたという可能性は多分にある。

ヨセフィーナは、我儘さえなければ、掛け値なしの美貌の持ち主なのだ。

（それなのに『アルビナ王女』なんて知らない名前の王女が輿入れしてきたとなれば……）

アルビナは近いうちに遭遇するであろう諍《いさか》いの種に頭を悩ませ、深いため息をついた。

「!?」

マッサージをしていたメイドたちがビクリとして一斉に手を止めた。

アルビナのついたため息に満足ではなく苦悩が滲み出ていたのを察知したのだろう。

「あ、気持ちいいわ、とっても気持ちいいわよ？」

自分のため息ひとつで周囲の状況が変わってしまう身になったことを改めて知ったアルビナは、慌てて笑みを浮かべる。

ガウンを着て身体の火照《ほて》りを冷ますアルビナに、メイドとは別の、仕事のできそうな顔をした侍女が国王との謁見がある旨を伝える。

「こちらで準備させていただいたドレスもございますが、王女殿下のお好きなものがあればそちらをお召しいただいても結構です」

そう言ってずらりと並べられたドレスは色とりどり、デザインも様々で目移りしてしまう。

ヨセフィーナの衣裳部屋よりもたくさんのドレスを一度に目にしたアルビナは目を瞬《またた》かせてメラニーに告げる。

「持ってきた紫色のドレスにするわ」

本当は馬車で着ていた金糸雀色のドレスが気に入っていたのだが、あれは恐らくもう処分せざるを得ないだろう。

あんなにひどく濡れてしまっては、乾いたところで着ることはできないに違いない。

それに紫色ならば黒目黒髪の王太子の隣で馴染むと思ったのだ。

「承知いたしました」

メラニーがドレスを取りに行くと、侍女がビロード張りのトレイを持って恭《うやうや》しく膝をつく。

「王女様のお気に召すものがあればよろしいのですが」

トレイの上にはすべてが主役級のアクセサリーが眩《まばゆ》い光を放っている。

気に入るどころか、このレベルであれば宝石のほうが持ち主を選ぶのではないかと思ったアルビナは頬が引き攣らないよう、努めて笑顔を見せる。

「どれも素敵で目移りしてしまうわ。でも今はまだご挨拶の前だし、持参したものにするわ。ありがとう」

彼女の名を呼ぼうとして、それを知らないことに気付いたアルビナの戸惑いを汲み取った侍女が美しいカーテシーを披露する。

「わたくしは王女様のお世話を仰せつかりました、リーズと申します」

「リーズ。よろしくね」

親しみが持てそうな笑顔でそう返すと、リーズはトレイをテーブルに載せ、急に床に座り両手をついて顔を伏せた。

「王女様、王太子様を――イェオリ様をどうぞ許してあげてくださいませ……！」

「え？　ちょっと……リーズ？」

思いもよらぬ激しい謝罪にアルビナは驚いて声を上げる。

それに驚いたメラニーが慌ててドレスを持って駆け寄った。

「あのようなことがあって、我が国のものを身に着けたくないと思われるのは仕方がないと思いますが……っ、どうか、どうか寛大な心でお許しくださいませ……！」

メイドたちもざわざわとしてこちらを窺っている。

対応をひとつ間違えば大変なことになってしまう。

アルビナはすぐに椅子《いす》から腰を浮かせて膝をついた。

「リーズ、顔を上げてちょうだい。そしてわたしの話を聞いて」

アルビナはリーズの細い肩に手を置くと、ゆっくりと言葉を紡《つむ》ぐ。

「王女様……」

涙に濡れたリーズの瞳はキラキラとまるで夏の水面のようだった。

リーズは美しく、手も滑らかだ。

アルビナはこの国では身分の高い貴族令嬢なのではないかと推察する。

自国の王太子が輿入れしてきた他国の王女に非道な行いをしたことについて、精一杯の謝意を表しているのだろうが、少し度が過ぎるような気がする。

それほど真面目な性格なのか、それとも……とアルビナは内心分析をする。

「ドレスも宝石も自前のものを選んだのは、フェルン王国やイェオリ王太子殿下に含みがあるわけではないわ。わたしはまだ『アンザロード国のアルビナ』なの。フェルン王国の国宝のように素晴らしいものを当然のように身に着けたり、自分がフェルンの王族のように振る舞ったりするのはおかしいと思ったからよ」

アルビナはリーズの手を取ると、立ち上がるように促す。彼女は涙を拭きながら濡れた瞳でアルビナを見た。

「王女様……なんて思慮深い」

そう呟いたリーズは胸の前で手を組みキラキラと瞳を輝かせた。

「わたくし、感激いたしました！　どうぞ末永くお側に置いてくださいませ！」

「え、早まらないで！　まずは落ち着いて？」

身支度ひとつで大騒ぎになってしまったが、アルビナはなんとか体裁を整え改めて王族に謁見できる運びとなった。

アルビナは主だった貴族たちが揃う謁見の間に通された。

歓迎の列と同じように整然と並んでいる人々の中には、やはりなにか含みでもあるような表情をしている者もいる。

さきほどの目立つ令嬢はいないようだ。

(わたしのことが相当気にくわないようですわねぇ……)

どの方向で疎《うと》まれているのかを考えながら、アルビナは改めて王太子イェオリを見た。

彼も着替えたようで、さきほどとは違う服を身に着けている。

国王によく似た黒目黒髪で、冷静沈着な性格に見える。

(ま、冷静な人物が初対面の女性のドレスをずぶ濡れにして髪を洗うわけないのだけれど)

完璧な人間などいない。

ただ、完璧を装うのがうまいだけだ。

まず到着早々無礼があったことについて国王から言及があり、遺憾の意を表された。

「アルビナ王女。まずはイェオリの親として君に詫《わ》びたい」

「いいえ、本当に気にしていませんので！　お気になさらないでください！　それよりもお会いできて嬉しく思います、国王陛下」

頭を下げられそうになって、アルビナは間髪入れずに声を張る。

些か食い気味なのは国王に対して失礼かと思ったが、頭を下げさせてしまうよりはましだと思い直す。

しっかりと基本に忠実なカーテシーで最上級の敬意を表すと、謁見の間にいた貴族たちのあちこちからからさわさわと囁きが漏れるのがわかった。

大国フェルンの国王が、アンザロード国のような小国の王女に頭を下げていいわけがない。それを回避し、自分が先に頭を下げたアルビナへ対する評価は果たしてどうなるのか。

（それに王太子本人からならともかく、他の人から謝られてもねえ……）

「私もそなたに会えて嬉しく思うぞ。ようやく娘が欲しいという願いが叶う」

「ええ。イエオリとだけではなく、是非私たちとも仲良くしてほしいわ」

隣の王妃もにこやかに微笑む。

フェルン王国の王族はアンザロード国の王族よりも人間的に成熟しているような印象を受け、アルビナはホッとする。

そして当の王太子本人はと言えば、さきほどから無言を貫いている。

彼の立場からしたら、国王と王妃がアルビナに加勢したような形になるため、下手《へた》に口を挟まないほうがいいという判断なのだろう。

場が和みこれで手打ちと双方が場を整えると、アルビナがアンザロード国王から託された親書を渡し、国王がそれを受け取る。

形式通りに話が進み、双方笑顔を欠かさない。

しかし横目で見る王太子は未だ微笑みすら見せない。

アルビナは顔に出さないように気を付けながら考える。

（いったい何なのかしら？　彼にとってわたしを浴室に連れ込んで湯を浴びせたことには、どんな意味が？）

謎が氷解せぬまま、笑顔の国王が謁見の終了を匂わせる。

「女神フェルンの吉祥色を纏う王女を娶ることができるとは、我が息子は果報者だ。では、長旅で疲れただろうし部屋に案内させよう。イェオリ、今度は失礼のないようにな」

「……」

「……」

国王の問いにイェオリは無言で頷き、アルビナは無難に笑みを作った。

この場合の『失礼』とは、先ほどの暴挙に他ならず、その張本人に案内を任せるのは非常に危険ではないか。

未来の義父は仲直りの機会を設けたつもりなのだろうが、直るもなにも、関係の構築はこれからなのである。

そう思ったアルビナだったが、もちろん口に出すわけにはいかない。

「こちらだ」

ついて来い、というように視線を寄越すとイェオリが手を差し伸べる。

ようやく口を開いた彼はエスコートしてくれる気はあるようだと理解し、アルビナは手を差し出そうとしてぎくりと身を強張《こわば》らせる。

自分を見るイェオリの視線が婚約者を見るには、あまりに凝視しすぎていると思ったのだ。

だが、ここで手を取らないわけにはいかない。

アルビナは味方がいないこのフェルン王国で、これから生きていかなければいけないのだと思い知り、固唾《かたず》を呑んだ。

フェルン王国は、女神の名を冠した国であるため、フェルン王国の王族は『フェルン』を名乗らない。

王太子はさきほど『イエオリ・レーヴェンラルド』と名乗った。

それを受けてアルビナは『アルビナ・アンザロード』と名乗った。

初めて使う名前だ。

それだけに馬車の中で言い間違えないように何度も練習したが、それでも一瞬言い淀んでしまった。

ひと月程度で馴染むものではないと痛感する。

しかし緊張ゆえと判断したのか、それについては誰も不審に思った様子がなかったのは幸いだ。

後ろからメラニーたちがついてきているとはいえ、二人で歩く長い回廊はどこかよそよそしく気詰まりだった。

イエオリがなぜそんなにアルビナを凝視するかはわからなかったが、ただ見慣れていないだけだと断じて前を向いた。

半歩前を歩くイエオリはアルビナよりも頭一つ分ほど背が高い。

身体の厚みもあるし、腕も太い。戦のたびに先陣を切るというから、それも道理だろう。

(……親しく言葉を交わすようになれるのかしら)

道中口を開かぬ王太子を見上げる。

これは同盟のための婚姻で、しかも身代わりの王女であるアルビナは申し訳なく思う。

ずっと考えていたのだ。

アンザロード国で銀髪に緑の瞳の王女を望んだということは、ヨセフィーナを望んだに等しい。

国王は『女神の吉祥色』と言ったが、彼《か》の色を配した王女はヨセフィーナしかいないのだから。

王の隠し子であるアルビナが銀髪緑目だったことは、本当に偶然なのだ。

――アルビナがいなければヨセフィーナが輿入れしたに違いないのだ。

(ということは、王太子殿下はヨセフィーナ様が来ると思っていたはず。わたしが来てしまってさぞやがっかりしたことでしょう)

口数が少ないのも恐らくそのせいなのだろう。

もしかしたら初対面の暴挙も。

事前に取り交わした親書には『アルビナ王女』と書かれていたはずだが、アルビナはヨセフィーナと元々似ている上に似た化粧を施していたから遠目には本人に見えただろう。

アンザロードでも入れ替わりの際に用いていた化粧法のため、かなり似ていると自負している。

しかしそれが今回は悪手だったかもしれない。

この度は入れ替わりではなく、正真正銘『アルビナ王女』として輿入れしてきた。

一目でヨセフィーナではないことが知れるように、違う化粧をしたほうが正解だったのだろう。

アルビナはヨセフィーナに似せなくともよかった。

それなのにアルビナはある種の申し訳なさから、無意識にヨセフィーナに似た化粧を施した。

(話しかけてもくれないのは、わたしがヨセフィーナ様ではないから、なの……?)

それはつまりイェオリが望んだ花嫁はヨセフィーナであるという証左に他ならない。

ヨセフィーナを望むイェオリを謀《たばか》り輿入れをし、ヨセフィーナに似せた化粧で現れたアルビナを、イェオリは果たしてどう思っただろう。

(あ、だから湯を?)

イエオリはアルビナの素顔を確かめるために湯を浴びせたのかもしれない。

一抹の希望が彼を暴挙に駆り立てたのかもしれない。

しかして、アルビナがヨセフィーナではないことを確かめた彼は落胆しているのだろう。

だから口が重いのだ。

(お気持ちはわかるわ……そうよね、がっかりよね)

いくら顔の造作が似ていても、アルビナはヨセフィーナではない。

アルビナがこっそりとため息をつくと、イェオリが足を止めた。

はっとして顔を上げると涼やかな目をしたイェオリがアルビナを見ている。

部屋に着いたのかと思ったが、そこは大広間だった。

たくさんの額縁が飾られており、そのほとんどが肖像画だ。

「これは……」

「レーヴェンラルド王家代々の肖像画だ」

その口調から、彼がわざわざここにアルビナを連れてきたことは明白。

アルビナは黙って彼の後ろを歩く。

背が高くそれに伴って足が長いイェオリは、アルビナに配慮して歩調を落としているようだ。

(こういう気遣いはできる人なのね?)

ほんの少し見直しながら肖像画に視線を転じる。

高名な画家が描いたのであろう、肖像画の中の人物は生気が感じられた。

「まあ、お二人にそっくりですわね」

最初に目に入ったのは、さきほど謁見したばかりの王と王妃の肖像だ。

初々《ういうい》しい肖像と、少し威厳を感じるもの、そして大きいものは即位を記念して描かれたのだろう。

今よりずいぶん若いし、王妃の胸には幼児が抱かれている。

幼児は国王によく似た涼しげな目元、黒髪に黒い目……これは。

アルビナは好奇心を抑えることができずイェオリを見る。

「もしかしてこのお小さいお子様は……」

「私だ」

ぶっきらぼうに言い捨てられたが、アルビナはそれに構わず肖像画に近づく。

「まあまあ！　なんて可愛らしいのでしょう！　おめめが大きくって、おちょぼぐちで！　おててがフクフクじゃないですか！」

可愛い可愛いと言い続けていると、さすがに居心地が悪いのか、イェオリは咳払いして先に進む。

「奥に行くごとに時代が古くなる。こちらは先代の王と王妃だ」

見ていくと確かに現国王と面差《おもざ》しが似た王とその王妃が描かれている。

一代につき四、五枚程度描かれるのが慣例らしい。

「そのうち私たちの肖像画も飾られることになるだろう」

「……そうですか」

なんと答えたらいいのかわからずに、曖昧に微笑む。

アルビナはいまいちイェオリの為人を掴むことができずに困惑する。

熱烈歓迎しているわけではないが、迷惑とも思っていないような。

しかしこのように歴代王家の歴史とも言える肖像画の広間に自らアルビナを案内するのは、彼からのなにかしらのサインのような気がしていた。

（それがなんのサインなのか、まったくわからないんですけれどねー！）


「ここだ」

「は、はい……」

部屋の前で待機していたらしいメイドが恭しくドアを開ける。

アルビナは室内の様子に、思わず声を上げた。

「まあ、なんてかわいらしい……！」

部屋の中はこれまで歩いてきた、冷気まで漂ってきそうな無機質な回廊とはまったく違っていた。

さきほど着替えに使用した部屋とは意匠がまるで違う。

可愛らしい小花模様の壁紙に、繊細かつ豪奢なシャンデリア。

ドレッサーやテーブルセット、天蓋《てんがい》付きベッド、いずれも精密な飾り彫りが施されており、どれも一級品であることが一目でわかるほどだ。

感動しきりのアルビナが室内をきょろきょろと見渡していると、すぐ後ろから低い声が降ってくる。

「見えるのか」

「は……はい。とても素敵なお部屋です」

振り向いて視線を合わせると、イェオリはそっぽを向いて手で口許を覆う。

見えるのかとはこれいかに。

アルビナは王太子が口にした質問の意図が汲み取れず、僅かに眉を顰めた。

イェオリの言うことはよくわからない。

なにを考えているのかもさっぱりである。

どうやら彼の気持ちを理解し、そして溶かすのは並大抵のことではなさそうだ。

それでもアルビナはやらなければならない。

なんとしてもイェオリと友好的な関係を築き、レゾンとアンザロードの国境における戦争を回避しなければならない。

愛する母と兄のために。

アルビナはイェオリに勧められてソファに腰掛ける。

彼はテーブルを挟んだ向かい側に座った。

すぐさまティーメイドが茶器をセットしてお茶を淹《い》れ始める。

その間二人に会話はなく、双方口を噤《つぐ》んだままだ。

微妙に気詰まりな沈黙の中、メイドたちが音もなく退室するとイェオリがティーカップを持ち上げてお茶を飲んだ。

大きな手に収まったカップがまるでままごとに使うおもちゃのように感じられて、アルビナは僅かに頬を緩めた。

「……ようこそフェルンへ」

ようやく口を開いたかと思うと、イェオリは的外れなことを言い出す。

（どんな意図が……？）

アルビナは警戒しながらイェオリを見つめる。

しかしイェオリの端正な表情からはなにも読み取ることができず、アルビナが無難に礼を述べるに留《とど》めた。

「ありがとうございます。ご迷惑をおかけすると思いますが、これからよろしくお願いいたします。女神の愛が殿下と共にありますように」

教育を受けたとはいえ、アルビナは初めて訪れた国でこれから暮らしていかねばならないのだ。きっといくつかの間違いを犯すだろう。

その際に少しでもイェオリからフォローしてもらえれば助かる。

そのために彼とは円満な関係を築かねばならない。

「夫婦になるのだから、迷惑などとは思わない」

静かにお茶を飲みながらそう言うイェオリがあまりに自然すぎて、アルビナはおや、と小さく首を傾げる。

（わたしへの拒否反応がないような気が……？　もうちょっと踏み込んでみようかしら）

アルビナはまるで野生動物との距離感を測るように慎重に言葉を選ぶ。

「殿下は、わたしと結婚することに不満はないのですか？」

暗にヨセフィーナでなくていいのか、と言ってみる。

恐らくヨセフィーナを妻にと望んでいただろうイェオリが、どんな反応をするのか気になったのだ。

ごくり、と固唾を呑んで答えを待つアルビナに、イェオリは拍子抜けするほどさらりと返答する。

「私はお前で構わない」

「……は、」

間の抜けた声が出たアルビナが口をはくはくさせていると、イェオリがおもむろに立ち上がった。

「政務があるので私はこれで失礼する。ゆっくりするといい」

言葉は丁寧だが、その語調はまごうことなき命令だ。

『勝手なことをせず、じっとしていろ』という意味で言ったことがはっきりと伝わった。

それに対してアルビナが返答する前に、イェオリは部屋から出て行った。

あとには青褪めた顔のメラニーと表情を変えないリーズ、そして頬をひくひくと引き攣らせたアルビナが残された。

（……っ、『仕方ないからお前でいい』ってのが、はっきり聞こえたぞこら！）

アルビナは密かに拳を握るのを抑えられなかった。

２・身代わり令嬢は嘘《うそ》がつけない

アルビナがフェルン王国に来て十日ほどが経《た》った。

実はアルビナは、初日の夜はイェオリのお召しがあるかもしれないと身体を磨いて『準備』をしていた。

しかしまったくそんなことはなく、翌朝メラニーとリーズに寝不足ゆえの顔色の悪さを心配されてしまい、気まずい思いをしていたのも今となっては懐かしい。

どうしてもしたかったわけではなかったが、万全に整えた『準備』が無駄になったことは素直に腹立たしい。

この日のためにと母国から持参した新しい夜着を身に着けて待っていた自分が道化のようだ。

それからアルビナはイェオリのことを考えると腹が立ってしまうので、なるべく考えないようにしている。

イェオリの言葉に対する当てつけか、半ば自棄《やけ》になりほとんど部屋から出なかったが、その間もリーズや教師に教わりフェルン王国のことを勉強していた。

しかしさすがに何日も部屋に籠《こも》っているとリーズに心配されてしまったようだ。

今は息抜きに散歩をしている。

メラニーがアルビナよりも先に城内の地図を頭に叩《たた》き込んだと言うので、それを頼りに二人で出てきたのだ。

「ええと、こっちに行くと噴水のある広場が……あれ？」

溶けた語尾に不安になりアルビナが前方を見遣《みや》ると、噴水はないが大きく開けている場所に出たようだ。

見れば数人が剣を持って稽古でもしているように見える。

「アルビナ様、すみません間違えました、多分もう一つ手前で曲がればよかったと……戻りましょう！」

「いいわよ、別にわざわざ戻らなくても。それより少しここで休憩していきましょう？　丁度よくベンチもあるし」

アルビナはメラニーを誘って、ドレスがしわにならないように気を付けながらベンチに腰掛ける。

そして何気なしに稽古の様子を見ていると、ふと見覚えのある姿に気付く。

（あれ、もしかして王太子殿下なんじゃない？）

遠いため定かではないが、身長や体格そして髪の色、髪型からそう考える。

イエオリだと思ってよくよく観察してみると、周囲は護衛騎士で、一緒に稽古しているのだと知れた。

騎士数人で順番にイエオリの相手をしている。

本職の騎士相手にまったく遜色ない鋭い動きをしているのを見て、アルビナは目を細めた。

（ふぅん……やっぱり強いっていうのは本当みたいね）

王族や貴族としての箔付《はくづ》けのために過度に立派な剣を持ち、『強そうに』見せるのはよくあることだ。なんなら鞘《さや》の中身がないときもある。

しかし模擬剣だとしても、騎士と同じように扱っていることを見ればイェオリが見掛け倒しではないことが知れる。

騎士が手加減している説も考えられるが、それにしても体のキレがいい気がする。

アンザロード国にいるときのアルビナは忙しく働いていた上に、粗相の多い侍女と思われていたので、他の侍女のように男性に興味の眼差《まなざ》しを向けたことも向けられることもなかった。

こうしてゆっくりする時間が取れるようになった今、改めてイェオリのことを考えてみる。

王族で、次期国王。

顔が良く体格にも恵まれ武に優れている。

国政にも関与しているらしいことから、知的な面も有していると見える。

不愛想ではあるが、チャラチャラした男よりは誠実そうでいい。

寡黙が過ぎるような気もするが……姦《かしま》しいよりは……。

そこまで考えてアルビナは、自分がどんどん許容の方向に流れていることに気付く。

（お待ちなさいアルビナ！　なにを流されているの？）

ぶんぶんと頭を振って再び広場のほうに目をやる。

剣を交えるたびに聞こえる甲高《かんだか》い金属音。

鍔《つば》迫《ぜ》り合《あ》いをしたイェオリが相手を弾《はじ》き返し大きく踏み込むと、騎士が体勢を崩して尻もちをつく。

首元に剣を突き付けてチェックメイト、と思いきやイェオリはすぐさま剣を収めて騎士に手を差し伸べた。

（あら……）

騎士が恐縮した様子ながら手を掴《つか》むと立ち上がり、イェオリがその肩を叩いている。

いい関係性なのがわかり、アルビナは無意識に頬が緩んでいるのを感じて慌てて引き締める。

（違うわ、これはただ微笑《ほほえ》ましいなあと思っただけで、他意は……）

自分で考えていたことなのに他意とは？　と考えてしまい、またかぶりを振る。

「アルビナ様、大丈夫ですか？」

心配そうに声を掛けてくるメラニーに「大丈夫よ」と返したとき、騎士の一人がこちらを指差したのが見えた。

見つかったと思ったアルビナは立ち去ろうかと腰を上げかけたが、イェオリと思《おぼ》しき人物がベンチのほうへ歩いてくるのを認め、ため息をついた。

ここで立ち去っては逃げたように見えてしまう。

アルビナは素早く己の負けず嫌いと気まずさを秤《はかり》にかけた。

（んんん！　逃げるのは無理！）

そのままそこに座っていることを選択したアルビナは、さくさくと芝を踏んで近づいてくるイェオリに挨拶《あいさつ》をしようと立ち上がりかけた。

すると彼は少し離れたところからそれを察知したのか、手で『そのままでいい』と合図をしてきた。

頷《うなず》いたアルビナは再びベンチに腰を落ち着けると、姿勢を正した。

「ここでなにをしている」

額に汗を滲《にじ》ませたイェオリが口を開く。

数日ぶりに顔を合わせる婚約者に対してかける言葉にしては、あまり適当でない気がしたが、アルビナは内なる猛牛をなんとか押し留《とど》め微笑みを湛《たた》えた。

「今日はフェルンのことについて学んでいるのですが、少し息抜きに散歩に出てきたのです」

それともなにか？　わたしには息抜きも許されぬと？　という威圧も込めたが、イェオリがそれを感知したのかはわからない。

表情が変わらないからだ。

「不便はないか」

重ねてイェオリが問う。

アルビナは少し考えて首を傾《かし》げる。

「いいえ、みなさん良くしてくださいますので」

これは本心だ。リーズもメイドたちも、フェルンの教師もとても良くしてくれる――アルビナが罪悪感を覚えるほどに。

フェルンの人たちの親切は、アルビナを『アンザロード国の正統な王女』と信じているゆえ、と思っている。

本来アルビナが享受するものではなかった。

それを考えるとアルビナは、もっとしっかりしなければ、と肩に力が入る。

皆が思う、皆が望む王女であらねばならない。

決意も新たに唇を引き結ぶと、イェオリの手が伸びてきた。

触れられるのかと思い身体《からだ》を強張《こわば》らせると、その手は空中で止まり、行き場を無くしたように彷徨《さまよ》い最終的に額の汗を拭《ぬぐ》った。

「メラニー」

　アルビナは今度こそ立ち上がり、後ろに控えているメラニーに声を掛けて手を差し伸べる。すぐに察したメラニーは素早くハンカチを取り出しアルビナの手に握らせてくれた。

「よろしければお使いください」

　しかし差し出したハンカチはなかなか受け取られなかった。二人の間に沈黙が満ちる。

　そろそろ引っ込めようと考え始めたとき、イェオリがようやく口を開いた。

「汚れてしまうが」

「汚れたら洗えばいいのです。それよりも今は、王太子殿下が汗を拭ってさっぱりしてくださるほうが先決かと存じます」

　どうぞ、と言葉を重ねるとイェオリがようやくハンカチを受け取った。

　アルビナはどうしてハンカチひとつでこんなに気詰まりな雰囲気になるのかと思いながら、小さく息をつきにこりと微笑む。

「ではわたくしはそろそろ戻ります。どうぞお怪我《けが》のないように」

　カーテシーで暇《いとま》を告げると、メラニーを伴って立ち去る。ハンカチの去就について明言しなかったが、捨てようが洗おうがかまわない。

　差し出した時点でイェオリの好きにすればいいとアルビナは思っていた。

　イェオリとはそのあと一度顔を合わせたが「不便はないか」「問題ありません」など短い言葉を交わすのみで、あまり会話は弾まなかった。

なんなら最初よりも素っ気なくなったように感じてアルビナは大きくため息をつく。

「イエオリ様は立派な方ですが、あまり社交的ではないので……」

悪気はないのだとリーズがフォローしてくれるが、それでも彼を思い出すと怒りがふつふつと湧いてくる。

リーズは名のある貴族の令嬢だというのに、弱小国の王女と侮る様子も見せず、メラニーと共に明るくアルビナを守《も》り立ててくれるのが救いだった。

アルビナはそれでも腹の虫が治まらず、フォークをケーキに突き刺してモリモリと食らう。

現在のアルビナの身分は、『王太子イエオリの婚約者』である。

輿入《こしい》れとは言うものの、すぐに結婚するわけではない。

王族としてフェルンを理解し十分馴染《なじ》む必要がある。そのための婚約期間なのだ。

だが現在までのイエオリの態度を見るに、馴染むのは難しそうである。

「まあ、髪の色と瞳の色だけで決められた結婚相手など、あの方は尊重する気にもなれないのだろうけれど」

そう自虐的に言い捨てるアルビナに、リーズが目を見張る。

「まあ、そんなこと！　アルビナ様の銀の御髪《おぐし》と新緑の瞳はまるで女神フェルンの姿を写したようですのに！」

女神信仰が希薄なアンザロード国とは違い、フェルン王国は国の名前に女神を冠するほどに信仰が篤《あつ》い。

リーズの話によると、めったにいない吉祥色を持つ高貴な女性を娶《めと》ることは、フェルン王国にとって大変喜ばしいことなのだそうだ。

(それが王太子個人にとって喜ばしいかは別問題よね。だって王太子はヨセフィーナ様が欲しかったんだもの)

アルビナは自分のために設《しつら》えられた部屋の、奥の扉を見た。

ひときわ重厚な作りのそれは、イエオリの部屋へとつながる扉だ。

いつでも行き来できるとリーズから説明を受けたときは驚いたのだが、フェルン王国では結婚まで純潔を守らなければいけないという風潮はないそうだ。

特に王族ともなれば、継嗣《けいし》を作るのに早すぎることはないという立ち位置であるらしい。

イエオリは御年二十八。本来であれば結婚して子供が数人いてもおかしくない年頃である。

ゆえに婚約者と続き部屋を使うことも、その扉を自由に行き来することも禁忌ではない。

(いや、あの王太子がこっちに入ってくるわけないじゃない……)

アルビナはまだ初日のことを根に持っていた。

いや、認識を改める機会に恵まれないのだから、根に持ち続けるのも仕方のないことなのかもしれない。

「髪や瞳の色とは関係なく、アルビナ様は素晴らしい女性ですのに」

メラニーが遠慮がちに口を挟むと、リーズが大袈裟《おおげさ》に眉を下げて口許《くちもと》を覆う。

「も、もちろんですわ！　アルビナ様は教養もおありになるし使用人にもお優しくて、王太子妃としてまったく不足のないお方ですわ！」

「リーズもメラニーも、ありがとう」

二人とも気を遣ってくれているのがわかったアルビナは微笑む。

正直なところ、アルビナは現状維持で問題ない。

このまま波風が立つことなく婚約関係ないし結婚関係を維持することを願う。

それができれば同盟は守られ、軍備に不安が残るアンザロード国の平和が続くことになる。

病弱な兄が戦に駆り出されることがなければ、母も安心だろう。

アルビナは旅立ちの前に、自室の机の上に国王たちと交わした念書を置いてきた。

万が一のときにはそれを示して兄ユアンの前線行きを免除してもらえばいい。

長期的に見ればいずれイェオリとの間に子をなさねば地位が揺らぐことになるが、アルビナはまだ二十三だ。そう急ぐこともあるまい。そう思っていたのに。

(どうしていきなりこんなことになるの!?)

食事も入浴も済んでメラニーもリーズも下がり、あとは寝るだけとなったアルビナの部屋に、突然イェオリがやってきたのだ。

ベッドに寝転んで寛《くつろ》いでいたアルビナは、慌てて立ち上がり直立不動の姿勢になる。

イェオリも入浴を済ませたようで、ガウン姿でいつもは後ろに撫《な》でつけている前髪が乱れて下りている。

そうしているといつもよりも威圧感が減り、空いた僅《わず》かな隙間に肖像画で見た幼さの面影が入り込む。

「王太子殿下……どうしてこちらに？」

（しかも廊下を使わずに、続き扉を使って！）

一般に廊下を使用した場合は『訪問』の扱いになる。

それは婚約者でも変わらない。

しかし続き扉の使用はそれだけで『そういう意図』が透けて見えてしまう。

夜間に誰にも気付かれずに出入りすることの意味が重くのしかかり、アルビナは身を固くする。

しかしそんなアルビナとは正反対に、イエオリは落ち着き払っていた。

まるで自室のように力みを感じさせない自然な動きでベッドの端に腰掛けると、じっとアルビナを見つめた。

（いや、これは見つめているのではなく、ただ見ている……凝視！）

フェルン王国に来て十四日。

長くはないが短くもない日数のほとんどをイエオリとかかわらずに過ごしたアルビナは、彼への対応の仕方がわからず、持ち前の猛牛もすっかり鳴りを潜めてしまう。

「アルビナ王女」

「あの！　わたし実はまだ『準備』が整っていなくて！」

アルビナが出した答えは『とりあえず距離を置こう』だった。

嫌がる女性を無理矢理どうこうしようとはイエオリも思わないだろうという考えからだったが、その考えは誤りだった。

イエオリはシャープな線を見せつけるように顎《あご》を上げると小馬鹿《こばか》にしたように口角を上げた。

「覚悟ができたからフェルンに来たのではなかったのか？　私は既に準備ができているが」

イエオリの顔に理解しがたいと言いたげな表情が浮かぶ。

自分に興味がないだろうイエオリはきっとアルビナの意志を尊重してくれるはず。

そうでなくとも紳士的な対応を期待していたアルビナは、イェオリの言葉を聞いて目を見張る。

彼は由緒正しい王族の仮面を被《かぶ》っていただけだったのだ。

興味がなければ尊重する意思もない。

本当のイエオリという男は嫌がる女性を力ずくでものにしようとするケダモノなのだ……！

アルビナの内なる猛牛の前に赤い旗がたなびいた気がした。

かあっと血が熱くなり、身分など関係ない！　とイエオリに反撃の狼煙《のろし》を……上げようとしたのだが、不発に終わった。

ベッドに座っていたイエオリがガウンの帯を解《ほど》いたのだ。もちろん紐《ひも》ひとつで押さえられていたガウンの前がはだけ、鍛え抜かれた腹筋が現れた。

「ぎゃあ！　待ってください、お願いだから本当に待って……！」

慌てて顔を背けたアルビナは、自分でもわかるほどに真っ赤になっていた。

アルビナはこれまでの人生で、こんな間近で男性の肌を見たことがない。父親はいなかったし、兄は病弱で肌を露出することはない種類の人間だった。

王城ではみなしっかりと服を着こんでいて、服を大きくはだけるような人物は一人としていなかった。

遠くから訓練中の騎士たちが上半身裸でいるのを見たことはあるが、小指ほどに小さく見える距離でのことである。それはもはやその辺に落ちている木の枝と変わらない。

ゆえに人生で初めて温度を伴った肌の露出を目の当たりにしたアルビナは、まるでさっきまでの勝気な性格が溶けて消えてしまったように声を潜める。

「急すぎます、どうしてそんなに簡単に肌を見せるのですか！　もっと慎《つつし》みをお持ちになって……っ」

「女でもあるまいし、私が慎みなど持っていても価値にならん。それに肌を合わせるならば脱がなければ」

イェオリは躊躇《ためら》いなくガウンを脱ぎ去る。アルビナは再び奇声を発して牽制《けんせい》する。

「いやー！　一旦ガウンを着てください！　冷静にお話ししましょう！」

「……はぁ」

強硬なアルビナの態度に気分を害したのか、あからさまなため息が聞こえ、イェオリが床に落とされたガウンを拾う。

それを着込んで帯紐を締めたらしい気配がして、アルビナはようやくほっと息をつく。

横目でイェオリが間違いなく着衣状態であることを確認してから、アルビナはようやくイェオリのほうに身体を向けた。

ベッドの端に腰掛けたイェオリは、責めるような目でアルビナを見ていた。

「ま、まずはガウンを羽織っていただきありがとうございます。それで、お尋ねしたいのですが、どうして急にこのようなことを？」

アルビナはそこがわからなかった。

イェオリとは初対面で湯責めにあってから、それこそ数えるほどしか会っていないし、会ったといっても顔を合わせた程度。言葉を交わしても一言二言で終了していた。

（これでどうして事前の通知もなく今夜同衾《どうきん》しようと思えたのか、著しく謎なのですが！）

「急ではない。お前がフェルンに来てもう十四日。こちらにも慣れた頃だろう」

当然のように言うが、アルビナはそれに頷くことができない。

確かにリーズや親切なメイドたちのおかげでフェルン王国の王城自体には慣れてきたと思う。しかし……

「全然慣れておりません。殿下、わたしたち二人きりで話すのはほぼ初めてです。もっとお話をして理解を深めて……」

「私と話したかったのか？」

ギシリ、とベッドが軋《きし》んだ。

その体重移動がどういう意味なのか。

アルビナはそんな意味のないことを考えながら必死に考えを巡らせる。

「はい、殿下からは真意をお伺いしたいと思っておりました」

「真意？」

アルビナは頷く。

フェルン王国に来るまではアンザロード国の言う通り、王女であることと結婚の条件を満たしていることを盾に取り婚姻関係を結んでしまえばいいと思っていた。

そうすれば母国の家族の安全が保障される。

しかしイエオリの気持ちに気付いてからは躊躇っていた。

どうにかしてイエオリに納得してもらいたいという想いが生まれたのだ。

（気落ちしている殿下に付け入るようなことはしたくない）

本来のアルビナはずるいことは嫌いな性格である。

「本当にわたくしを娶っていいのか、と」

「お前でいいと言ったはずだが」

（お前『で』いい、ね……）

アルビナは不敬にならない程度に目を細めた。

イエオリの表情を見るにその言葉に嘘はないのだろう。

しかしアルビナの胸はもやもやと黒いもので満ちていく。

（なにかしら、すごく不快な気分。冷静に考えれば騙《だま》すようにして嫁いできたわたしを受け入れてもらえることは思惑通りでありがたいはずなのに……）

自分の感情が揺れ動いているのを自覚し、冷静にならなければとアルビナは瞼《まぶた》を閉じて頭を振る。

すると、不意に腕を引かれた。

「えっ？」

強い力で引かれたにもかかわらず痛みを感じない絶妙な力加減、と妙なところに感心したものの、背中をベッドに受け止められると、瞬時に汗が噴き出る。

「なにを恐れている？　手荒なことはしない」

そう言いながらイエオリはアルビナに覆い被さるようにして迫ってくる。

近くなる端正な顔、ガウンを着ているとはいえ大きく開いた胸元。

呼吸音までも感じる距離感にアルビナは耐え切れずに声を上げた。

「わ、わたしはヨセフィーナ様ではありません！」

「む？」

今まさに顔が近づいてこようとしていた意味に気付き、アルビナは大きな声を上げた。

ここで行動を起こさなければあのときのように口付けをされていただろう。

うるさい鼓動を考えないようにしながら、アルビナは必死に手を突っ張り、イェオリを少しでも遠ざけようとする。

「わたしはアルビナ・チェスカ！　アンザロード国の子爵家の娘で、……ヨセフィーナ様付きの侍女でした！」

「アルビナ・チェスカ……」

そう呟《つぶや》いた瞬間、手を置いているイェオリの胸の鼓動が大きくなったような気がしてアルビナは顔を上げた。

しかし彼に生まれた僅かな隙を逃さず言葉を続ける。

「王女として暮らしていたわけではありません！　フェルン王国に来る直前に王女として認知されただけの……いわば偽物です！」

肺の中の空気も全部絞り出すようにしたアルビナの言葉に、イェオリが息を呑《の》んだ。

そしてゆっくりとアルビナの上からどくと、手を差し伸べる。

その手を取って起き上がったアルビナは、危機が去ったと安堵《あんど》したが手を掴まれたままなのが気になった。

しかし手を離してくれとは言い難《がた》く、黙っていると、イェオリが口を開く。

「お前がヨセフィーナ殿ではないことは見ればわかるし、アルビナという名であることは親書を見たから承知している」

「あの、そうではなく……」

不自然にならないように手を引くが、イェオリは手を離さない。アルビナが手を引いたことはわかったはずなのに、それを許さずにいるその意味は？

アルビナは考えようとしたがイェオリが口を開いた。

「王女として育っていないということか？　こちらとしても隣国の王女が何人かくらいは把握している。そのうえでお前が輿入れしてきたということは公にしていない存在か……もしくは我が国を謀《たばか》ったのか」

イェオリの声が低く冷たくなったのを察知したアルビナは慌てて自由になるほうの手を振って否定する。

「違います！　これには深い理由が……っ」

アルビナは手が繋《つな》がれたままであることを気にしながら、洗いざらい暴露した。

ヨセフィーナに恋人がいること、自分が国王の隠し子であること、家族の安全のためにこの輿入れを承知したこと、すべてを話した。

話しながら『全然深くないな……王族の我儘《わがまま》で片づけられる話だわ』と思いながらもなんとかイェオリが怒らないで受け入れてくれたらいいのにと願う。

それは自分が罰を受けるからとか、対応が悪くなるからとかではなく、偏《ひとえ》にイェオリの矜持《きょうじ》が傷つかなければいい、という願いからであることを、アルビナ本人も自覚していた。

「……なるほど、とりあえず承知した」

「ただ髪の色と目の色が条件と一致するというだけで、わたしが来てしまって申し訳ありません……」

項垂《うなだ》れたアルビナの声が尻すぼみになると、イェオリが握っている手に力を込める。

「私はお前で構わないと言わなかったか？」

「お伺いしました……でも、満足いく相手ではないことも、もちろん承知しておりまして」

ぼそぼそと言うと、イェオリの手に再び力が込められる。正直痛いくらいだ。

「そんなことは言っていない」

「……ご自覚がないのでしょうが、『お前で構わない』という言葉には一般に『仕方ないから許容しよう』という意味が含まれます」

「……ふぅん？」

意味深な返答にアルビナがイェオリを見ると、彼はにんまり、と表現するのに相応《ふさわ》しい笑顔を浮かべていた。

切れ長の目にたっぷりの色気を乗せてアルビナを見ている。

それを見て、アルビナは自分の発言がどんな意味を持つのかに気付いて慌てて口を噤んだ。

（ちょっと待って、わたしそんなつもりじゃ……っ）

顔が赤くなるのを止められない。

アルビナの言葉は裏を返せば『わたし自身をもっと求めてほしい』という意味になってしまう。

「違うのです、あの、わたしが言いたいのは……！」

「ああ、わかった」

まだ何も言っていないのに、イェオリは立ち上がる。なにをするのかとアルビナが不審に思っていると、イェオリは彼女の足元に片膝をついた。

「なっ？　なにを……っ」

「アルビナ・チェスカ。私イェオリ・レーヴェンラルドの妻になってほしい」

そして繋ぎ直した手の甲に口付けを落とす。

イェオリがしたのはフェルン王国の正式なプロポーズだ。

フェルン王国のことを調べた折に得た知識だが、同盟を強固にするためだけの婚姻には必要ないものだと頭の隅に押し込んでいたものが急に色鮮やかによみがえる。

「あ、あの……？」

「返事を」

挙動不審になるアルビナを仰ぎ見る視線は、誤魔化《ごまか》しを許さない強さがあった。

月のない夜のように吸い込まれそうな瞳の奥に、イェオリの感情が揺れているような気がして目が離せなくなったアルビナは、無意識のうちに頷いた。

（あ、あれ？　今わたし頷いた？）

アルビナは動揺のあまり視線をあちこちに走らせるが、イェオリが大きく息を吐きながら隣に座り直すと骨が軋むほど身体を固くした。

「なるほど、初めてしたがこれはなかなか緊張するものだな」

「あの、殿下……」

今のはどういうことかと尋ねようとしたが、またもやイエオリに手を握られる。

アルビナはベッドから少し浮くほど驚いた。

「私は言葉を間違ったようだ。他の誰でもない、アルビナが来てくれて嬉《うれ》しく思う」

「殿下……」

イエオリの言葉が嬉しくて身体中の血が沸騰しそうだったアルビナが誤魔化すように笑うと、頬を撫でられた。

「ふぁ！」

「美しい髪だ」

頬に掛かっていた髪を持ち上げると、そこにも口付ける。神経が通っていないのに、アルビナは神経に直接触れられたようなビリビリとした刺激を感じた。

（おかしい。わたし、どうしてしまったのかしら？）

顔の火照《ほて》りが収まらない。

一度離れて冷静になりたい、と思ったアルビナは動けなくなった。

イエオリがアルビナを見つめていたのだ。

視線から彼の体温が伝わるような熱っぽさに、アルビナは息を呑む。

「髪も美しいが、その新緑の瞳も美しい。本当に女神フェルンのようだ」

「あ……、王太子殿下？」

アルビナの心臓が早鐘を打つ。

息をすることもできないくらいに、イェオリに見惚《みと》れてしまった。

「私の女神はアルビナという名だったのだな。……口付けを許してくれ」

心臓が飛び出るほどに驚いたアルビナの唇がイェオリによって塞がれた。

あのときとは違い、優しく重ねられた唇を、アルビナは驚くほど自然に受け入れた。

耳や顎を擽《くすぐ》られ、思わず開いた口にイェオリの舌が潜り込む。

「ん、んん……っ」

決して無理《むり》強《じ》いをされているわけではないのに、抗《あらが》えない。アルビナはどう振る舞っていいのかわからないまま、イェオリによって背に手を当てられゆっくりと押し倒された。

「もう一度だ」

可否を口にする間もなく、再び口を塞がれる。しかしその力強さに心地よさを感じて、アルビナは徐々にイェオリを受け入れていった。

互いの息が乱れるほどに口付けをしたアルビナは熱に浮かされているようだった。

逞《たくま》しいイェオリの腕に抱きしめられ、それに応《こた》えるように広い背に腕を回した。

二人の距離がさらに縮まり、また口付けた。

「あ、王太子殿下……」

「イェオリ、と」

名前で呼んでくれと言われて、アルビナは鎖骨のあたりがぎゅうと締め付けられるようなときめきに息を詰めた。

(どうしよう……わたしちょろすぎやしませんか⁉)

イエオリの瞳を見てからというもの、アルビナの気持ちは彼のほうばかりを向いているような気がする。

大きな手のひらが胸を包むように触れると、ゾクゾクとしたものが身体の奥から湧き上がり勝手に甘い声が漏れてしまう。

「あ、あっ！」

指がとがった乳嘴《にゅうし》を掠《かす》めるたびに切なくて背筋が戦慄《わなな》くと、宥《なだ》めるようにキスが降ってくる。

「アルビナ、お前を抱く」

「は……っ、はい！」

勢いに任せて、アルビナは元気よく返事をしてしまった。


イエオリは何度もアルビナの名を呼んだ。まるでこれまで呼ばなかった分をまとめて呼ぼうとしているかのようだった。

それがおかしくてアルビナは笑うが、そのたびにイエオリは唇を塞いだ。

そのやりとりが、これまでのよそよそしさを埋める行為のような気がして、アルビナは塞がれてしまうと知ってなお、何度も笑った。

イエオリの大きな手のひらが乳房を強く揉《も》みしだき、夜着が激しく乱される。胸元が大きく開いたデザインなこともあり、アルビナの胸は今にもまろび出そうになってしまう。

「あっ、待って……見えちゃう……っ」

慌てて胸元を隠そうとするが、それをイエオリが制止する。

「見せてくれ」

「……っ」

強い視線でわざと服を乱しているのだと知れて、アルビナは恥ずかしくなる。

しかし『はい、どうぞ』と御開帳するわけにもいかず、アルビナは葛藤《かっとう》の末、胸元のリボンを静かに解いた。

「……イエオリ様」

あとはお任せします、と潤んだ視線で見上げると、イエオリの喉仏が上下したのが見えた。

一層激しく唇を奪われた。その唇が首筋に吸い付き、鎖骨に甘く歯を立てるとアルビナの口からは甘い声が漏れ始める。

「あっ、う、あん……っ」

肌を吸われるのがこんなに気持ち良いことなのかと頭の隅で考えていると、ぐい、と胸元が引かれ胸が露出した。

イエオリが躊躇いなく胸元の柔らかい肉に吸い付くと、アルビナの知らないところでしとりと蜜が滴《したた》る。

「……んっ」

身体を固くしたアルビナだったが、その緊張をほぐすように胸に愛撫《あいぶ》を施される。胸を揉まれているのに関係ないところまで疼《うず》いてしまい、アルビナは身動《みじろ》ぐ。

（ううう……、もどかしい）

口にすることができず、アルビナは腿《もも》を擂《す》り合わせる。

その行為がイエオリにどのように作用するかをよく考えていなかった。

「アルビナ、触れるぞ」

「は、あ……へぅっ！」

イエオリの手は乳嘴を捏《こ》ねつつ、もう一方の手が夜着の上から足のあわいを探る。

指を隙間に差し込みすりすりと上下に動かすと、アルビナの腰がヒクリと跳ねた。

「あっ、や、……そんなところ……っ」

そこをああしてこうして、と手順は知っているものの、実際にことに及ぶとなると怯《ひる》んでしまう。

ましてやそこは自分でもあまり触れない不浄の場所だ。

彼女の戸惑いに気付いたのか、イエオリが顔を上げた。

「恥ずかしいだろうが、お前がつらくないように必要なことだ。何事も初めが肝心というだろう」

羞恥《しゅうち》に震えながら言葉の意味を咀嚼《そしゃく》したアルビナは、イエオリの優しさと共に、今夜だけではなくこれからもするのだという確固たる意志を感じて眩暈《めまい》を起こす。

つい先日『こういうことはそのうち……』と呑気《のんき》に構えていただけに、アルビナの頭の中で情緒に欠けた猛牛が暴れだす。

（うそ、うそ……っ！　あのムスッとした王太子がこんなふうに女性を大事に扱うなんて、思ってもいなかった……！）

自分のものとは違う指の感触が妙に生々しい。湿り気を帯びた肉襞《ひだ》を確かめるようにゆっくりとなぞり上げてくる。

アルビナに抵抗する気はなかったが、初めてゆえに力の抜き方がわからず内腿をぴったりとくっつけて耐えてしまう。

「う、……んうっ」

思わず高い声が出た。

イエオリの指が敏感な花芽を捉える。柔らかな肉の中にあってなお、固くしこる存在を探り当てられたアルビナは急激に体温が上昇するのを感じた。

「あっ、だめ……っ」

「駄目じゃない」

僅かに上擦ったような声でアルビナを否定するイェオリが指の腹を強く花芽に押し付ける。途端にビリビリとした刺激がアルビナを襲い、同時にじゅわりと蜜が滴る。

「アルビナのここは素直だ。気持ちいいと主張している」

「ひ、あぁ……っ！　あぁんっ」

そこばかりを責め立てられ、アルビナは混乱した。

閨《ねや》でも節度を持って冷静に対応できると思っていたのだ。

それなのに実際は、秘所に触れられただけでなにもできずにはしたない声を上げてしまうという体たらく。

（情けない……！　でも、身体が言うことをきかない！）

せめて声だけでもなんとかしようと唇を噛《か》んで耐えていると、胸を愛撫していた手が唇を撫でた。

「唇を噛むな。傷がついたら遠慮してキスしにくくなる」

「……っ!?　む、う、うぁ！」

何やらとんでもないことを言われたような気がした。

聞き返そうとしたアルビナの口に指が差し込まれる。人生で初めての出来事に目を白黒させているとイェオリが口の端だけで笑った。

「噛むなら私の指を」

「ふぇ、ふぇきうわふぇ、ないれほお！」

指に歯を立てないように気を付けながら、必死に声を上げたアルビナだったが、イェオリの笑いの琴線に触れてしまったようで、彼の頬が緩む。

「ふっ、構わん。存分に噛め」

そう言って指でアルビナの舌の表面を撫でる。

「ふ、うっ、んん！」

噛んでいいと言われて、では……、と噛むことはできない。アルビナはイェオリの指を口内から追い出すべく、必死に舌で指を押す。

しかし彼は彼でその舌を操るようにしたり、二本の指で挟んだりと遊んでいるようにするためうまくいかない。

口が閉じられないために唾液が垂れそうになり、アルビナは焦るがイェオリは彼女の口の端をべろりと舐《な》めた。

「……っ！　は、はんてほと！」

他人の唾液を舐めるなんて！　と赤い顔で抗議するが、イェオリは面白いものでも見るように目を細める。

(この人がなにを考えているのか、全然わからない！)

目が眩《くら》むような羞恥を感じながらイェオリを睨《にら》みつけると、あわいの方に伸ばされていた手がまた悪戯《いたずら》をし始める。

花芽をつまんだり強弱をつけながらクルクルと円を描くようにして刺激しだした。

「はっ、あ、あふっ！」

イェオリの指を噛まないようにすると、どうしても声が漏れてしまう。

自分の情けない声を聞きながら、アルビナは脚をヒクリと動かす。

腰にわだかまる痺《しび》れが解放を求めて戦慄いている。

得体のしれない快楽の波に翻弄されたアルビナの花芽を、イェオリの指が強く押しつぶした。

「ふ、あぁ……っ！　んぁあ……っ！」

瞼の裏で白い光が激しく明滅し、アルビナはひときわ高い声を上げて極まった。

全身が一瞬にして汗ばみ、思考がぼやける。

口を閉じることも叶《かな》わず、獣のように荒い息を繰り返すアルビナはぐったりとベッドに沈む。

(なんなの……っ)

思い描いた男女の営みとは違いすぎる行為にアルビナは動転していた。

少し時間が欲しかった。

知識と現実の乖離《かいり》が過ぎるため、すり合わせる時間が欲しかった。

だが、アルビナにそんな時間は用意されていない。イェオリは花芽に触れていた手をそのまま蕩《とろ》けたあわいの秘裂にそっと当てる。

淫《みだ》らな水音と共に指が押し込まれる違和感に、アルビナがピクリと反応する。

「んぁ……っ」

「指だ。恐れることはない」

指だから安心、ではない。

それはアルビナが想定するよりも随分と太くてごつごつしていて、アルビナを恐れさせるのに十分だった。

「ひあ、ひあうひらいれ……っ」

震える声にイェオリが頬を緩ませ、アルビナの口内から指を抜いた。

その際舌先を擽るように動かしたのは揶揄《からか》いからだろうか。

アルビナにはよくわからなかったが、ようやく口が自由になったことにホッとする。

「無理に押し込むようなことはしない……中をよく解《ほぐ》すだけだから」

「んんっ！　あの、フェルン王国ではそのような手順を踏まねばならないのですか？」

ちゃんとした言葉を話せるありがたさを噛みしめながらアルビナが問うと、イェオリがきりりとした眉の片方を跳ね上げる。

『なんだと？』と言いたげに開かれた口からは思ったような言葉ではなく至極理性的な言葉が出る。

「それはどういうことだ？」

「その……、受け入れる側がするべき準備を、そちらがすることです……」

あからさまな言葉にするのは、さすがのアルビナも躊躇われた。

アンザロード国では、閨事《ねやごと》の際の女性側の準備は事前にしておくものなのである。

だからイエオリの急な訪《おとな》いはとても不躾《ぶしつけ》に感じたし、アルビナも全力で時間を置きたかった。するにしても時間を与えてほしかったのだ。

「アンザロード国では、それが普通なのか？」

「……少なくとも王族や貴族はそれが正しい作法だと教わりますので……」

特に初めての場合は念入りに事前準備をしなければならない。アンザロード国では寝室に入る前の浴室で行われることが多い。

だからアルビナも万が一のときのために、浴室にそれ専用の用具を準備している。イエオリの訪いがあると知らせがあれば、スムーズに使用できるようにしていた。

「準備ができていないというのは、それのことだったのか」

イエオリは目を見張る。

その表情から、アルビナは自分の発言が『嫁いできたのに閨を共にする心の準備もできていない女』だと思われていたことに気付く。

「なっ！　当然です！　嫁いできたからには殿下と床を共にする覚悟はあります！　身体の方の準備が整わないという意味で……っ、ひん！」

アルビナは心外だと勢い込んで発言したが、入り口の浅いところで指を動かされ、おかしな声が出てしまう。

「あっ、人が話している途中なのに……っ」

「話の筋は理解した。フェルンでは……いや、私は妻を抱くために必要な手順を妻本人だけにさせることを良しとしない。むしろ積極的に関わりたい性質《たち》の男だ」

だからこれは当然の行為なのだ、とイェオリは指でアルビナを解すことを再開する。

擽るようにときに少し強引に、イェオリの指が中で蠢《うごめ》くたびにアルビナは声を上げた。

それが徐々に甘さを帯び、中が綻ぶと共に時折イェオリの指をきゅ、きゅと締め付けるような動きを見せる。

「ああ、だいぶいいようだな」

いつの間にか二本に増やされた指がゆっくりと抜かれると、蜜が内腿を濡らす。荒い息でアルビナが視線を向けると、イェオリの下腹部にそそり立つ雄芯が見えた。

彼がゆっくりと肉茎を扱《しご》くと、それに応えるようにビクリと脈動する。

「……っ！」

男性の象徴を初めて間近で見たアルビナは、少し怯んだのかぐっと息を詰まらせそれを食い入るように凝視する。

（……む、無理じゃない？　あんなの……っ）

それに気付いたイェオリは薄く笑うと、アルビナの潤むあわいに裏筋を擦《こす》り付ける。

先端から透明な液体がぷくりと盛り上がるのが見えた。

「そろそろ心と身体の準備はできたか？」

揶揄うような声音の中に慈しみの気配を感じて、アルビナの腰が無意識に震えた。

「……もっ、もちろんです！」

理性的な思考より先に、アルビナの内なる猛牛が元気に返事をする。

目の前のアレに負けてなるものか、という意味不明な闘志が燃えたらしい。

情緒もムードもあったものではないが、イエオリは特に気にした様子もなく頷く。

アルビナの脚を大きく開かせると腰を進める。

ひたりと宛てられた雄芯の熱さに引けた細い腰を自分のほうに寄せると馴染ませるように先端だけ潜り込ませた。

「あ……っ」

痛みはないがいやらしい水音がアルビナの鼓膜を揺らす。

僅かな違和感がアルビナを怯《おび》えさせた。

きっと痛いはずだという思い込みがさっきまでの熱を引かせ、冷静さが戻ってくる。

「なんだ、やはり怖気《おじけ》づいたか」

イエオリの声に動じた様子は感じられない。

こんな場面なのだから、少しくらい動揺しなさいよと思ったアルビナだが、経験値の差かと納得する。

（わたしだって、初めてでさえなければこんな情けないことにはならなかったはず……！）

奥歯を噛みしめ、来るであろう痛みに耐えようと身構える。

しかしイエオリはそんなアルビナの顎を掬《すく》うようにして上向かせ、ちゅ、と児戯のような口付けをした。

「な……っ？」

「そう力むな。気持ち良くすると約束する」

唇が触れるか触れないかの距離でそう囁《ささや》くと、イエオリは再びアルビナの唇に自らのそれを重ねた。

じっくりと唇を合わせたあとに上唇を食《は》まれると、アルビナが驚いて口を開く。それを狙ってイェオリの舌がぬるりと入り込む。

「ん、んん……っ」

さきほど突っ込まれた指よりもよほど優しく、イェオリの舌はアルビナを愛《め》でた。

上あごを擽ったり行儀よく並んだ歯列をなぞったり、舌を擦り合わせたり。

知識としてしか知らなかった口付けが、急速に解像度を増してアルビナの中に取り込まれていく。

（あっ、これ、なんだか気持ちいい……）

舌先を吸われると、腰がぞくぞくと戦慄く。

とろりと蜜が滴る感触がしたのを感じたアルビナは、身体の芯が震えていることに気付く。

なにか、あと少しで辿《たど》り着けるという妙な実感を得た瞬間、アルビナの秘裂の入り口でイェオリが身動ぎした。

「はぁ……っ、あぁん！」

それでも彼は無理に押し入るようなことはせず、ゆっくりと腰を進める。

一度達したとはいえ、未開のアルビナの蜜洞はひどく狭い。

加えてイェオリのモノは一筋縄ではいかない存在感がある。

「アルビナ……」

息を詰めたイェオリがアルビナを呼んで、口を塞ぐ。

すぐに舌を絡ませ吸うと、再びアルビナの中が蕩けて緩む。

「ふぁ……っ、あぁ……ん」

角度を変え何度も口付けを繰り返されるうちに、アルビナの舌がイェオリのそれを迎えるように絡みつく。

閨教育の中で繰り返し女官長から言われた『されたことをお返しするといい』という助言を思い出したのだ。

口付けされたらする。胸を揉まれたらそのように。

同じ行動をすることで一体感を得やすくなるらしい。

全部が全部返せるとは思えないが、可能な限り行うことが円満の秘訣《ひけつ》であるとのことだ。

(いやだわ、すっかり忘れていた)

遅ればせながら、と口内で淫らな音を立て『お返し』していると、イェオリがひときわ強くアルビナの舌を吸い上げ、腰に当てていた手に力を込め腰を進める。

「……っ、んん!」

「く……っ」

とちゅん、と可愛《かわい》らしい音とは真逆の、大きな圧迫感がアルビナを襲った。

不意を食らったせいか一息にイェオリの雄芯を半分ほど飲み込んだアルビナは、ヒクヒクと細い腰を戦慄かせた。

下腹部に感じる密着した皮膚の熱さと明らかに自分のものとは違う骨格を有する肉体、そして隘路《あいろ》を満たす陽根の気配。

アルビナは顎を反らせて耐える。

「あ、は……っ、あう……っ」

ずくんずくんと激しく脈打っているのは自分なのか、それともイェオリなのか。

判断ができないままアルビナは身を固くした。

「アルビナ、落ち着け。身体の力を抜け」

上からイェオリの声が降ってくる。アルビナは落ち着いていられるか、と怒鳴りつけたかったが下腹部に受けたダメージが大きくて動揺していた。

「あっ、イェオリ様……っ、痛い……わたし、どうなっています……っ？」

心の中の猛牛も痛みには弱いらしく、アルビナから珍しく弱気な発言が漏れる。

結合部を見ることができずに涙目で見上げると、イェオリが言葉を詰まらせた。

「痛くしないと言ったのに、すまない。しかしこれは不可抗力だ」

初めて聞くイェオリの言い訳じみた言葉を面白がることもできない。

それほどに痛みを感じていた。

「血、……血が出ているのでは？　わたし死んでしまうのでは!?」

「大したことはない、軽傷だ。命にかかわる傷ではないから落ち着け」

秀麗な顔に苦痛を滲ませたイェオリはそれでも落ち着かせるように、アルビナの頬を撫でた。

「ううう、軽傷って、傷の原因の人が言う言葉じゃない……ひどい……っ」

未《いま》だかつて怪我などしたことがない箇所に激しい痛みを感じて、アルビナは動転していた。

いつもはこのように詰《なじ》るようなことを言わないはずなのに、と自分でも思いながらも止めることができない。

（いけない、あまり言ったらイェオリ様のご機嫌を損ねてしまうかも）

理性がそう告げるが、痛みと動揺が理性の意見を却下する。

だが、イエオリは機嫌を損ねるどころか眉を苦痛に歪《ゆが》めながらも謝罪の言葉を口にした。

「あぁ、すまない。全面的に私が悪いことを認める。挽回《ばんかい》の機会をくれないか」

「挽回……？」

イエオリはアルビナの耳殻を指でなぞると身を屈《かが》めて口付けをする。

誤魔化されたように感じたアルビナは抵抗しようとしたが、身体を動かすと傷が引き攣れて痛みを産んだ。

「ふっ、く……っ、ん」

舌が赦《ゆる》しを乞うように絡められる。

おずおずと差し出したアルビナの舌を、イエオリは丁寧に舐《ねぶ》っていく。

そして耳殻を撫でていた手は繊細にアルビナの肌を撫でる。

手の甲で優しく刷毛《はけ》のように、指の腹で慈しむように。

徐々に身体の力が抜け、下腹部の痛みと違和感がゆっくりと解けていくような気がした。

「んっ、ふぁ……っ」

「アルビナ……」

イエオリの声は低く、骨に沁み込むように響く。

耳を舐られ吐息を吹き込まれながら名前を呼ばれると、痛みとは違うところでゾクゾクと寒気に似た感覚が腰から上がってくる。

「ふっ、うぁ、ぁ……っ」

もじもじと腰を動かすとイェオリが顔に掛かった髪をかき上げて額に口付けた。

「痛いか？」

瞳の中まで覗《のぞ》き込むような近距離で接近してくるイェオリに、アルビナの心臓は動悸《どうき》が止まらない。

（な、なんで今更ドキドキするのかしら!?）

底知れぬと思っていた黒曜石のような瞳だが、近くで見ると見えにくいが感情が見えるような気がしてくる。

今は、アルビナのことをとても心配しているようだ。

もしかしたらアルビナの希望がそうさせるのかもしれないが。

「い、痛いは……痛いけど、そんなには……。大丈夫というわけじゃないけれど、駄目なわけでも……」

正直に答えようか、それとも忖度《そんたく》しようかと考えて混乱する考えをまるっとさらけ出したアルビナにイェオリは意表を突かれたように目を見張る。

「……っ、アルビナは面白いな」

口の端を僅かに持ち上げたイェオリはアルビナの頬に口付けると目を細める。

「大丈夫そうなら少し動いて馴染ませてみたいのだが」

男は女の中で男根を扱いて子種を出す。

それをしたいのだと、イェオリは言っているのだと理解したアルビナは、頷いた。

「はい、どうぞ……。でも、最初はそっとしてくださいますか？」

閨教育では男のすることに異議を唱えてはいけないと習ったが、股が裂けてしまっては文字通り死活問題だ。

生命維持のために必要な頼みならばイェオリとて叶えてくれるだろう、と思ったアルビナは果敢に意見を述べる。

「もちろんだ。つらかったら言ってくれ」

イェオリはゆるゆると腰を使い始める。

最初こそ引き攣《つ》れるような痛みがあったが、それは次第に薄くなり、代わりに得も言われぬ甘い疼きが湧き上がってきた。

蜜洞の入り口を小刻みに刺激されたり、中をゆっくり撫でるように抽送《ちゅうそう》されたりすると勝手に腰が浮き上がってしまう。

「あっ、あ……んんっ」

また指を突っ込まれては敵《かな》わない、と唇を引き結ぶが殺し切れない声が甘さを伴って空気を震わせる。

声が出るたびにイェオリは目を細めるので、それが恥ずかしくてアルビナはまたぎゅっと瞼を閉じた。

（なんで優しそうな顔をするの？）

これでは自分が望まれて抱かれているみたいだと思ったとき、イェオリの雄芯がこれまでとは違うところを突いた。

そこを突かれたアルビナは、一瞬で体温が上がり、全毛穴が開いた気がした。

「ひゃあんっ」

「……っ」

あまりに可愛らしい声が上がったため、アルビナもイェオリも同時に凍りついたように動きを止めた。

(いやあああ！　なんなの、なんなの今のは!?)

すぐに血が沸騰したような熱さを感じたアルビナは両手で顔を覆いそっぽを向いてしまう。

「アルビナ？　今のは……」

僅かに上擦ったようなイェオリの声を、笑われるのだと思ったアルビナは情けなくて涙が滲む。

(こんな辱め……っ、耐えられない……！)

できることならば今すぐ走って逃げたかった。

しかしイェオリに組み敷かれ、かつ急所を押さえられている状況ではそれもできず、アルビナは思わず唇を噛む。

「唇を傷つけるな……」

「ううう、無理ですそんなの！」

イェオリの指が唇を撫でる。

ひどく優しいその仕草にアルビナは指の隙間からそっと覗く。

そしてイェオリの声なき声を聞いてしまう。

『かわいい……』

「!?」

イェオリの唇は確かにそう動いた。

驚いて思わず両手を離してまじまじと彼を見つめていると、唇を重ねられる。

反射的に瞼を閉じてそれに応じたアルビナはまたさきほどの激しい動悸を感じた。

(わ、わたしの心臓どうにかなっちゃったのかしら?)

動揺はしているものの、しっかりとイェオリと舌を絡めていると、また腰が跳ねるところを先端で突かれてしまう。

「んんっ、う、ふううっ!」

しかしイェオリは動きを止めず、そこを重点的に捏ねるようにして刺激する。

意志とは関係なく蜜洞が蠕動《ぜんどう》しイェオリをきゅ、きゅと締め付けるのを止められない。

イェオリの昂《たか》ぶりは次第にアルビナの深いところまで暴《あば》き始めたが、それに気付いていないようで彼女は必死に舌を絡め続ける。

舌をじゅっときつく吸われ、陽物を奥まで押し込まれ、捏ねるように何度も刺激されるとアルビナの身体がしなり、イェオリを食いちぎらんばかりに締め付けた。

瞼の裏で白い火花が散り、視界と思考を覆い尽くす。アルビナの身体は一気の緊張を増し、糸が切れたようにベッドに沈んだ。

「……っ、く、ぅ……っ」

次いでイェオリが腰を震わせ、白い迸《ほとばし》りをアルビナの中に放つ。

命の源をドクドクと注がれると、アルビナの身体がビク!　と震えた。

「アルビナ……っ」

数度腰を震わせすべてを注ぎ込むイェオリが低く掠れた声でアルビナを呼んだが、返答はなかった。

アルビナの意識は既に途切れていた。

「……ふぅ」

イエオリはため息をつくと、アルビナの頬を撫でて額に口付けた。

愛《いと》おしむようなその行為はすぐに終わり、イエオリは自らをアルビナの中から引き抜くと簡単に処理をしてベッドから下りる。

イエオリは濡れタオルを準備し、アルビナの身体を清拭《せいしき》し始めた。

そして綺麗《きれい》になったアルビナを横抱きにすると続き扉の向こうに消えた。


翌日。

アルビナが不自由を感じて目を覚ますと、すぐ横にイエオリの端正な顔があった。

「……っ?」

ひゅっと息を呑んだアルビナはすんでのところで悲鳴を堪《こら》える。

すぐにイエオリに抱きしめられて眠ったのだと理解したが、どうもおかしい。

どことなく違和感を覚えたアルビナは顔を動かしあたりを見回す。

違和感どころか、知らない部屋だった。

豪華な装飾に大きな机。

剣や槍《やり》、鎧《よろい》などの武具が飾られていたり、酒が置かれていたり、反対に首を巡らせれば本がたくさん詰まった書架もある。

「ここ……?」

「私の部屋だ」

思わず漏れた声に反応があって、アルビナは飛び上がるほど驚いた。

「ひっ！」

「痛むところはないか」

寝起きの挨拶にしてはかなり失礼な悲鳴を上げたアルビナを叱るでもなく、イェオリは静かに見つめている。

その黒曜石の瞳には気分を害したような色は見えない。

（どうやら昨夜のことは及第点をもらえたということかしら？）

探るような目で見返しながら言葉を選んでいると、抱きしめられていた腕が緩んだ。

解放されるのだと思ったが、違った。

イェオリはその大きな手のひらでアルビナの全身を撫で始めたのだ。

「ひゃ？　ちょっと、なにを……っ」

「……痛むところはないかと聞いている」

感情の起伏の少ない声でそう言われたアルビナは、ようやくイェオリの言葉は『そのままの意味』であると知った。

彼は本当に身体の不調を尋ねているだけだった。

「あの、大丈夫です。ちょっと腰回りがアレですけど」

アルビナは言葉を濁した。

いつもは開かない角度で脚を開き、秘されたところにあんなに大きなものを収めたのだ。

よく覚えていないが、何度も何度も中を擦られた気がするし関節や粘膜が痛んでいてもおかしくはない。

（でも、それをご本人に言うわけにもいかないし）

もしも負傷したのであれば、メラニーかリーズに相談したらいいことだとアルビナは頷く。

「……腰を痛めるのは良くない」

ぼそりと呟いたイエオリは再びアルビナを腕の中に閉じ込めると、ゆっくりと腰を撫で始める。

「いや、あの……こんなことをしていただかなくても……」

まさかイエオリがこんなことをしてくれるとは思わず、アルビナは動揺を隠せない。

それに二人は肌を重ねたまま、なにも纏《まと》っていない状態でベッドに入っている。

優しく腰を撫でられるたびに、アルビナは昨夜の情交が色濃く思い出されてジワリと顔が熱くなってしまう。

いじめられているならともかく、労《いた》わられているとやめてくれとも言いにくい。

アルビナはどうしたらいいのかわからずに、ただ、イエオリにされるがままになっていた。

そうしてしばらく腰を撫でられていると、隣の部屋から悲鳴のような声が聞こえた。

ついで水盆が落ちる音と水が派手に零《こぼ》れる音もする。

悲鳴はアルビナの名を呼んでいる。

「メラニーだわ、どうしたのかしら！」

ひどく慌てた様子に不穏なものを感じ取ったアルビナが身体を起こそうとすると、イエオリがそれを片手で制した。

止められるとは思っていなかったアルビナは眉を顰《ひそ》める。

「なぜ」

「私が行ってくる」

イエオリはここにいろとアルビナの肩を押さえつけ、ベッドから下りた。

その際カーテンから漏れた朝日に裸体が照らされ、アルビナは卒倒しそうになった。

昨夜散々アルビナを苛《さいな》み、快楽を植え付けた昂ぶりが雄々しく立ち上がっていたのだ。

(ひゃああああ!?　あ、朝からなんて破廉恥《はれんち》な!)

悲鳴をなんとか飲み込み横を向いたアルビナだったが、イエオリが椅子に掛けてあったガウンを羽織って、腰紐を結んでようやくほっとする。

イエオリは続き扉を開けてアルビナの部屋に入っていく。

間を置かずまたしてもメラニーの動揺した声が聞こえた。

すぐに戻ってきたイエオリは無言のまま再びベッドに入ろうと布団を捲《まく》ったので、アルビナは説明を求める。

「メラニーは大丈夫でした?」

「ああ。いると思ったお前がいなくて驚いただけだ。朝食の準備を頼んだからあとでこちらに持ってくるだろう」

それまでゆっくりするのだ、とイエオリはまたアルビナの腰をさすり始めた。

正直なところ、さすられていても痛いところは治らないと思っていたアルビナだったが、自分よりも少し体温の高いイエオリにゆっくりと撫でられるのは非常に心地よかった。

（メラニーが朝食を運んできてくれるまでの、少しの間だけなら……）

そう思って、アルビナは好きにさせていた。

そのうちうっかり瞼を閉じてしまい、アルビナは初体験の翌日、派手に二度寝を決めてしまったのだった。


「もう、ほんとにびっくりしたんですからね！」

「あああ、悪かったわ……本当にごめんね……」

メラニーに淹《い》れてもらったお茶を飲みながら、アルビナは頬を染めた。

そのときは頭が回らなかったが、あの日メラニーが悲鳴を上げたのは、アルビナが眠っているはずなのに、明らかに情交の痕が残る乱れたベッドを見たためだった。

まさかイエオリの夜の訪いがあるとは思っていなかったため、メラニーはアルビナがならず者に乱暴された上拉致《らち》されたのだと勘違いしたのだ。

真っ青になって悲鳴を上げたメラニーは、ガウン姿のイェオリに再び度肝を抜かれ、アルビナの無事を知らされ感情が乱高下し、混乱の極致にいた。

「いろいろ驚きましたけど、一番驚いたのは王太子殿下の色気、ですね……」

声を潜めて真顔で言うメラニーに、アルビナはコクリと頷く。

なにを考えているかわからないイェオリだが、行動だけを抜き出して考えると、アルビナに対して実に誠実な対応をしてくれていたのだとわかった。

彼はアルビナが目覚めるまでずっと腰をさすり続け、王城専属医師に診察を命じ、かいがいしく朝食を食べさせてくれた。

「アルビナ様もまんざらでもないご様子で……うふふ！」

「そんなことないわよ……」

動揺して手を滑らせないようにカップをソーサーに戻して、アルビナはそっぽを向く。

頬が赤いことをメラニーに悟られたくなかった。

最初の印象こそ最悪だったが、よくよく観察しているとイエオリは言葉が足りないだけで、決して冷たい男ではなかった。

逆にアルビナのことをよく考えてくれているような気さえする。

「まあいろいろありましたが、よかったということですわね」

リーズがにこやかな笑みを湛えてテーブルに厚い本を数冊置いた。

その圧力に目を奪われているとリーズはさらに笑みを深める。

「さあ、今日はフェルン王国の女神信仰について詳しく学んでいきましょう」

なぜか有無を言わせない迫力に満ちたリーズに、アルビナとメラニーは唇を引き結んでコクコクと頷いた。


女神フェルンは豊穣の女神である。

この大陸の多くの国が女神を信仰しており、中でもフェルン王国は国名に女神の名を戴《いただ》くほどに信心深い。

女神は空気までもが凍る冬の朝に現れ、生物が息を潜め春を待つ冬に己の身を大地に捧《ささ》げ次代の命を繋ぐものとされている。

その髪は凍《い》てつく氷で銀に輝き、瞳は女神自身が決して見ることが叶わぬ春の芽吹きの色をしている。

当時地方の一豪族で貧しかったフェルン王国の開祖は、その女神から多大なる恩恵を賜った。

国王は女神に感謝し妻に娶ろうとしたが叶わなかったという。

ゆえに彼が治める土地の名を女神に捧げ、新たに女神の名を冠した国を興した──

「……というわけで、フェルン王国は周辺国で特に熱心に女神を信奉しているのです」

リーズは本を開くことなく、王国の興りを諳《そら》んじてみせた。

アンザロード国で女官長と一緒に学んだものと齟齬《そご》がないことを確認できて、アルビナはホッとする。

隣国とはいえ、伝承はときに変容するものだ。

それにわざと改変されることもある。

女神を篤く信仰しているフェルンで失礼があってはならないため、詳しく教えてもらえてよかった。

アルビナはリーズのそつのなさに信頼を深める。

「女神の御加護か、フェルン王国は周囲の小国を併合し現在のような大国となりました。しかし不当な侵略であり、女神を私物化したと難癖をつける者もおり、苦慮しております。その筆頭が……」

「レゾン国ですね」

アルビナが静かに口を開くとリーズが重々しく頷く。

「レゾンは好戦的な民族ゆえに女神の加護を独《ひと》り占《じ》めしたかった。しかしそれがうまくいかなかったためフェルンが女神の加護を横取りしたと言いがかりをつけたのです」

「……」

フェルン王国とレゾン国は国境を長く接しているせいで、いざこざが絶えない。

そのほとんどがレゾン国から仕掛けてきていることだという。

アルビナの母国アンザロードもレゾンと僅かながら国境を共有しているため、レゾン国の好戦的な面を知っている。

兄を戦地へ送る可能性が一番高いのも、レゾン国との国境だからだ。

「幸いレゾン国でも国境に近い街の人々はフェルンの恩恵にあずかることも多いので表立っては突っかかってこないのですが、中央の奴等《やつら》がけしかけるんですよ」

上品な令嬢であるリーズの口から『奴等』という言葉が出ると、その違和感に驚いてしまう。

「そうなのね……」

余程レゾン国のやり方に我慢がならないのだろうと察し、アルビナは当たり障りのない応えを返す。

「レゾン国の女神に対する執着心は恐ろしいほどです。銀と緑の宝石を女神の顕現だと言って収集するほどですから、銀の髪と緑の瞳を持つアルビナ様は攫《さら》われてしまわぬよう十分にお気を付けくださらねば」

「あ、……そうね。気を付けるわ」

レゾン国を悪《あ》しざまに言うリーズだが、それはフェルン王国も同じだとアルビナは思う。

銀の髪と緑の瞳の王女、という条件だけで妻を決めたイェオリなどその代表ではないか。

（まあ、偽物にも理解あるし、ある程度は大事にしてくれる気があるみたいだけど）

気を失ったアルビナを清拭してくれたり、清潔なベッドに寝かせてくれたり、ずっと腰をさすってくれていたり。

過分だと思うほどに気にしてくれていることを思い出す。

だが同時に初対面の失礼な態度に関しては、未だに納得できていない。

（最初から昨夜のように接してくれていれば、いくら無口だからといっても歩み寄る余地はあったのに……そう、時折素の表情が垣間《かいまみ》見える感じが素敵だった……って、いや、だって顔がいいから……っ！）

妄想の中でおかしな思考に傾いてしまったアルビナは、頭を振って余計な考えを追い出す。

「ええ。アルビナ様専属の騎士も着任しますし、差し迫った危険はないと思います。なにより吉祥色をお持ちなのですから、イエオリ様がアルビナ様を手放すはずがございませんわ」

にっこりと笑みを深めて太鼓判を押してくれるリーズに、アルビナは曖昧に笑みを返した。


勉強の時間を終え自室に戻ったアルビナはメラニーを下がらせてベッドにうつ伏せになった。

どうにも気持ちが晴れない。

対外的にもアルビナは女神の吉祥色を持つために輿入れしてきた人間だ。

そして同盟をより強固にするための駒。

駒が意思を持つことは許されない。

政治と外交の盤上にはそれぞれ役目を持った駒が指令通りに動くのみだ。

ルールを逸脱したらゲームが破綻する。

しかし。

アルビナはバネ式の人形のように跳ね起きると、パアン！　と両頬を強く叩いた。

(わたしは正式な駒じゃないからね！)

イレギュラーで盤上に上がったからには、イレギュラーな動きをするものと心得よ！

アルビナはモヤモヤした気持ちを追い出すと、勢いよく立ち上がった。

「まずはレゾン国との戦争は絶対回避！」

「……うん？」

続き扉を開け放ってイエオリの部屋に突撃すると、彼は書架に向かってなにやら本を選んでいた。

驚いたように目を見張り、だがしっかりと口を引き結んだイエオリは、為政者としてなにがあっても動じないように教育されたのだと思う。

上に立つ者が軽口ばかりしていては威厳が保てないばかりか、うっかりポロリをしてしまう可能性があるからだ。

言葉は重い。

言えない言葉は心に重く降り積もる。

そうすると自然と口は重くなり、必要なときに出てこなくなることもしばしば。

だから言いたいことがあるならば、口にしていかねばならない。

吐き出すことで心は軽くなるのだから、とアルビナは思っている。

「わたし、戦争は嫌いなのです。誰が好き好んで痛い思いをしたいものですか」

「……別に、アルビナに戦地へ行けというつもりはない」

眉を顰めてイェオリが言う。

そうだろう。

フェルン王国は大陸随一の兵力を保持している。

護身術くらいしか嗜《たしな》まないアルビナなど、行っても足手まといにしかならないに違いない。

「同じことです。もしわたしがイェオリ様と結婚して、この国の民が戦地へ行くというなら、それはわたしの家族です。平気でいられるわけがありません」

アルビナはそう言いながら兄を想う。

責任感の強い兄はアルビナの残した念書を発見して悲しむだろう。

自分を戦地へ向かわせないために輿入れせざるを得なかったのだと胸を痛めるに違いない。

だからアルビナは兄や母を悲しませないよう、戦争を起こさない努力をするのだ。

「誰にも侵されず、誰をも傷つけない世にしていかなければ。それが王族の務めでしょう？」

「しかしこちらがそう思っていてもレゾン国が侵攻してくるのは……」

自分たちのせいではない、と続けようとしたのがわかったアルビナはイェオリにそれを言わせないよう言葉尻を捕まえて被せるように言う。

「それを！　外交努力で！　なんとかするのが！　為政者の務めというものでしょう……！　なんとかするのです！」

次期国王に指を突き立てて言うアルビナに対して、イェオリはゆっくりと目を瞬《また》かせた。

意外に長いまつ毛が秀麗な美貌に影を落とし、そしてアルビナを見る。

「……まるで目の前の霧が晴れたような心地だ」

アルビナに向けられるイェオリの視線がこれまでとは僅かに変化したような気がした。

それがどこか熱を帯びているようで、なんだか居心地が悪くなったアルビナは、どぎまぎと視線を彷徨わせる。

「あら、霧が濃かったのならわたしのこともよく見えていなかったのでしょうね」

言ってしまってから可愛くないことを、と思うが一度口にした言葉をなかったことにはできない。

言い過ぎたかと思いながらもツンとそっぽを向くアルビナに近寄ったイェオリがその銀の髪を掬って持ち上げる。

「あぁ、そうだな。よく見えていなかった」

「!?」

イェオリはそのままアルビナの髪に口付けると口角を上げた。

「今一度我が妻への認識を改める必要がありそうだ」

思わせぶりな言葉と一緒に色気たっぷりに目を細められて、アルビナは慌てて銀糸の髪を押さえる。

「ま、まだ妻ではありません！」

苦し紛れに言い放つと挨拶もなしに自室へ逃げ帰ったアルビナは、音も高らかに続き扉を閉めると、その場にしゃがみこむ。

心臓が早鐘を打ち、さきほどの髪へ口付けられた場面が繰り返し頭の中で再生される。

「なっ、なんなのよもう！　あの王太子は危険だわ……！」

火照る顔を手で扇《あお》ぎながら悪態をつくのだった。

「専属の護衛？」

庭でお茶を楽しんでいたアルビナのところに騎士団長と騎士が三名やってきた。そう言えば少し前にリーズが専属の護衛が決まると言っていたのを思い出し、アルビナは笑顔になって椅子から腰を上げる。

「アルビナ・アンザロードです。どうぞよろしくお願いします」

カーテシーで歓迎の気持ちを表すが、当の三名は表情が優れない。緊張しているのかと思うが、それにしてはおかしいと思案する。

少しだけ怯えているような気配を感じる。

（あ、もしかして不本意な役目なのかしら）

王太子の婚約者とはいえ、アンザロードという弱小国の王女などを守る任務には身が入らないのかもしれない。

仕方のないことだと思いつつ少し悲しく思っていると、騎士団長が眉を下げる。

「本来ならばもっと早くに着任するべきところ、アルビナ様にはご不便をおかけしました」

深く頭を下げる騎士団長に倣《なら》い、騎士たちも頭を下げるとアルビナは困ってしまう。

「いいえ、いいえ！　そんなことは気になさらないでください。それよりわたしの護衛だなんてお役目、誉《ほま》れあるフェルンの騎士様にさせてしまうなんて申し訳ないわ……」

頬に手を当てて眉を顰めると、騎士の一人が声を上げた。

「とんでもございません！　アルビナ様にお仕えしお守りすることこそ誉れ！　この役目を勝ち取る

のにどれだけの騎士と死闘を繰り広げたことか！」

その剣幕に驚いていると、我も我もと残りの二人の騎士も声を上げる。

「その通りです！　入団時よりも厳重な身辺調査、王太子様による圧迫面接、質疑応答、そして地獄のような実技……あらゆる難関を乗り越えて、自分たちはここに立てているのであります！」

「ええ、御身の安全、是非我らにお任せください！」

それぞれに気合の入った騎士であるらしい。一部聞き直したい文言があったが、アルビナはその迫力に圧《お》されながらも口角を上げる。

「そ、そうなのですね……よろしくお願いしま……」

それぞれと握手でもして親交を深めようと差し出した手が急に横から攫われる。驚いてそちらに顔を向けると冷たい顔のイェオリがいた。

「握手など無用」

「でも、これからお世話になるのですから……」

どうしてそんなに怖い顔をしているのか、と目を細めるとイェオリは片眉を上げて視線を逸《そ》らす。

掴まれた手が熱い。

「私が側にいるときは邪魔だから必要以上に近寄るな」

自国の騎士に対してどうして睨みを効かせるのか。フェルンの騎士ならば仲間だろうに。

アルビナが不思議に思っていると、怯んだ騎士に対してイェオリが声を荒らげる。

「お前らはそれでもアルビナの専属騎士か！　いついかなるときでも命を賭《と》してアルビナの安全を守るのが役目だというのに、私に睨まれたぐらいでそれを放棄するのか？」

まるで言いがかりである。フェルンの騎士が主たる王族のイェオリの言葉に否を唱えることなどできないだろうに。

アルビナが発言の理不尽さに戸惑っていると、イェオリが騎士を鍛え直すと言って庭の中央に騎士を連れて行ってしまった。

(待て、待ってくれたまえ、三人とも連れて行ってどうする。ここに無防備なわたしが放置されていますよー？)

さすがに言えずに口を噤んでいると騎士団長が笑いを含んだ声でコッソリと告げる。

「イェオリ様はよほどアルビナ様のことが大事なのですな。アルビナ様のために、忠誠を誓った王族の言葉にも背けとおっしゃるとは。初めて聞きました」

「……っ、そ、そこまでの意味は……さすがにないのでは？」

否定しながらも、アルビナはドキドキと胸が高鳴った。

アルビナの耳にもそう聞こえたからだ。

(もしかしてイェオリ様は、わたしを……婚約者として大事に扱おうとしてくださっている？)

下手な希望を持つのは良くないと思いながらも、アルビナは知らなかったイェオリの一面を垣間見ることができた気がして、ムニムニと頬を動かした。

(お、面映《おもは》ゆい……っ)

本当は緩みそうになる頬を平手で張りたかったのだが、騎士団長の目もあるためなんとか我慢したアルビナなのだった。

その夜、ベッドに入ろうとしたアルビナは隣の部屋から物音がしたことに気付いた。王太子が戻ってきたのだろう。今日はいつもより忙しかったようですっかり夜も更けている。

（きっと日中護衛騎士たちの指導をしたから政務の時間が押したのね……）

結局あの後、騎士団長が間に入るまで騎士たちをしごいたイェオリは、騎士たちにさらに自己研鑽《けんさん》に努めるように言い含めて去っていった。

疲れ果てた様子の騎士に申し訳なく思いながらも、イェオリがヨセフィーナほどではなくとも気に掛けてくれていることを嬉しく感じている自分に気付く。

（たとえイェオリ様にそういう気はなくとも、嬉しいものね）

なにより騎士たちにあのように直に対応を示してくれたことは胸に響いた。

これまで気遣うことはあっても気遣われることがなかったアルビナは、確かに胸が高鳴るのを感じたのだ。

（お礼を言いたいわ……）

アルビナは続き扉を見た。

イエオリが入ってくるのなら、自分が入ってもいいではないか。

用件は礼を言うだけだし、邪《よこしま》な気持ちは少しもない。

アルビナの内なる猛牛が大きく頷いた。

そっと近づきドアノブに手を掛けようとすると、そのドアノブがぐるりと回りドアの縁が目の前に迫ってきた。

「え？」

避《よ》ける間もなくアルビナの額にドアがぶつかる。

「痛ァ！」

「……な、アルビナ？」

珍しく驚いた様子のイェオリが声を上げた。

医師を呼ぶというイェオリをなんとか説得したアルビナは、ベッドに横になりながら少し赤くなった額をタオルで冷やしている。

大丈夫だと言ったのにイェオリが必ず冷やさねばならないと言い張ったからだ。

「申し訳ないことをした……」

思いのほか責任を感じているらしいイェオリの声はどこか落ち込んでいるように聞こえた。

まさかこれくらいのことでそこまで気にするとは思ってもみなかったアルビナは、また新たなイェオリ像に驚く。

「本当に大丈夫ですから、気にしないでください」

「しかしもし痕《あと》が残ってしまったら大変なことになる」

冷やそうと言ってタオルを準備してくれただけでも相当気を遣われたと思っているアルビナは、ベッドのそばを離れようとしないイェオリを横目で見た。

(どう受け止めたらいいんだろう……)

結婚の前に傷をつけてしまったら問題になると考えてのことかもしれない。しかしイェオリはアルビナの事情を知っている。

もしアンザロード国からなにか言われても『たかが偽物の顔如《ごと》き、傷がついてもどうということはない』と撥《は》ねつけそうだ。

それとも『顔をよく見ていなかった。これは今ついた傷か？』くらいは言いそうだ。いや、『傷は勲章だ』かもしれない。

いろいろと考えるうちに、本当に言われたわけでもないのにアルビナはムカムカしてきた。

「傷がついた婚約者など、みっともなくて用済みかもしれませんね」

つい、悪態をついてしまった。

口にしてからこれはひどい当てこすりだと気付いて起き上がる。

「すみません！　今のは違います……っ」

下手《した て》に出てくれていたイェオリに対して、あまりにひどいことを言ってしまった。

今の言葉は、イェオリを情のない人間だと断じたに等しい。

怒ってしまっただろうと思ったイェオリは虚を突かれたような顔をしている。

「傷如きで用済みになるなら、私のほうこそアルビナの婚約者として不適格だろう」

言われればイェオリの身体はあちこちに傷があった。

戦にも出ているため傷があるのは納得だったが、アルビナはそれを忌避するつもりはない。

「いいえ、イェオリ様の傷は勲章ですわ。誰に恥じることもございません。わたしが言ったのは、みっともないわたしが側《そば》にいてはイェオリ様が恥ずかしい思いをするのではと思っただけで」

イェオリ自身を辱める意図はなかった。

アルビナはそれをわかってほしくてイェオリの手を握る。

「それこそあり得ぬ。たとえ傷があったとしてもアルビナが私の妃《きさき》となるのに問題はない。痛い思いをさせてしまったのが申し訳ないのだ」

その手を、イェオリが上から包み込むようにして握り込む。

やはり手が熱い。

「イェオリ様……」

「だが、痛くなくてもなるべく傷はつけてほしくない。私は……アルビナの顔を気に入っている」

その言葉に『ヨセフィーナ様と似ているから？』という思いがアルビナを掠めたが、猛牛が笑顔でそれを吹き飛ばす。詮もないことだ。

「ありがとうございます、気を付けますね」

その夜はそのまま致すことなく眠りについた。

目が覚めると既にイェオリは起きて着替えを済ませている。

彼は身体を起こしたアルビナに手鏡を渡してきた。

「夜中に何度かタオルを替えたが、うっすらと痕が残っている。やはり医師に診《み》てもらい、薬を塗ったほうがいいな」

額に掛かる髪を払い耳に掛けられたアルビナは、顔を赤くする。

(手つきが優しい……それに、夜中にタオルを替えたですって……？)

寝こけている様子をつぶさに観察されたかもしれないことを恥ずかしく思っていると、部屋のドアがノックされリーズが入ってきた。

「おはようございます、アルビナ様……っ、イェオリ様！　おはようございます……っ」

アルビナの部屋にイェオリがいて驚いたのだろう。

一瞬声が裏返ったリーズだったがすぐに気持ちを立て直す。

「医師を呼んでくれ。傷に効く薬を持参するようにと」

いつもの調子でそう告げるイエオリに、リーズが大きな声を上げる。

「イエオリ様、お怪我をされたのですか！」

慌てるリーズにイエオリは目を眇《すが》めた。

「私ではない。アルビナだ」

「あっ、アルビナ様……よ、……ど、どこを怪我されましたっ？」

リーズが混乱したようにアルビナに駆け寄り傷の具合を確認すると、ほっと息を吐く。

「血も出ていませんし、少し瘤《こぶ》になっただけですね。これくらいならばお医者様を呼ぶまでもないでしょう」

にこやかにそう告げるが、イエオリは納得しない。

ムッとしたように眉を顰めると声を硬くした。

「医師を呼べと言っている」

その声があまりに硬質でリーズもアルビナも固まってしまう。

特に直接言われたリーズはよほど恐ろしかったのだろう、青くなって逃げるように退室した。

「イエオリ様、あれではリーズが可哀《かわい》そうです。本当に大した傷ではないのに」

アルビナが唇を尖《とが》らせるとイエオリがさらに眉を顰めた。

「私は大したことだと思ったから最善を尽くそうとしたまで。……婚約者を大事にしようとしているのに、ぞんざいに扱えと言われるのは不本意だな」

胸の前で腕を組んで明後日《あさって》のほうを向いてしまったイエオリだったが、アルビナはへそを曲げてしまった様子がおかしくて吹き出してしまう。

「ぷはっ！　イエオリ様、いじけてしまわれたのですか？　あは、あははっ」

寡黙で冷静なイェオリが、自分のことで頬を膨らませんばかりになっているのがおかしくてたまらない。

アルビナはいけないと思えば思うほど笑いが止まらなくて、とうとう腹を抱えてベッドの上で悶《もだ》えてしまう。

「っ、ひぃ……っ、うふ……っ、ふは、っはは！」

笑い転げるアルビナを見て、最初は戸惑っていたイェオリだったが、アルビナの様子に呆《あき》れたのか怒りが収まったらしい。

「私の婚約者殿は笑い上戸《じょうご》なのだな……ふっ」

イエオリは口許を隠しながら顔を背ける。

顔は見えなかったが、肩が微妙に震えているのを見たアルビナは、彼が笑っているのではないかと思った。

今はまだその顔を見ることができないが、いつか……笑顔が見られればいいと思う。

それからアルビナの瘤が綺麗に引くまで、イエオリとの間でそのようなやりとりがたびたび発生し、二人の距離が少し縮まったように感じることがしばしばあった。

時に冗談のような軽口のようなことを互いに口にしたことはいい作用を生んだと言えよう。周囲もそれを敏感に感じ取り、見守ってくれていたようにアルビナは感じていた。

3・身代わり令嬢の疑似新婚生活

美しく着飾り、メラニーと護衛騎士を伴ったアルビナは、忙しそうに早足で廊下を歩くイェオリが前から来るのを認めて足を止めた。

彼もすぐにアルビナに気付いたようで、目で合図をしてくる。

「やあ、美しいアルビナ。めかしこんでどこへ？」

「王妃様とのお茶会に呼ばれておりますの。麗しの王太子殿下」

誰の目から見ても優雅なカーテシーで挨拶《あいさつ》をしたアルビナは、イェオリの黒曜石の瞳が面白いものを見るように煌《きら》めいたのを見逃さなかった。

「私のところに招待状は来ていないが」

「淑女の集まりでしてよ」

レースの手袋をした手で扇を優雅に開くと口許《くちもと》を隠す。

これはフェルン王国の貴族特有の『お話になりませんわ』という仕草だ。

アルビナのけんもほろろな対応に後ろでメラニーが慌て、イェオリの護衛が眉をピクリと反応させた。

だが当のイェオリに動じた様子はない。

考えるように少し首を傾《かし》げると顎《あご》を撫《な》でる。

「なるほど。我が婚約者殿は既に生粋《きっすい》のフェルンにも劣らないな」

嫌味な仕草ひとつくらいでなにを言うのかとアルビナは眉を顰《ひそ》めたが、それをも面白そうにしているのがわかったため扇でパタパタと風を送る。

「お褒めに与《あずか》り恐縮ですわ」

これは『わたしの香りだけ差し上げるわ（それ以外は駄目よ）』という素っ気ない断りの仕草だ。

護衛の顔色が変わったためやりすぎたかと肝を冷やしたが、イエオリは笑みを湛《たた》えながら王族にはあるまじき仕草――鼻をスンと鳴らして香りを聞く。

「今夜が楽しみだ」

「……っ」

やられた……！　アルビナは不意を食らって口を噤《つぐ》む。

僅《わず》かに顔が紅潮してしまったが、騎士道精神ゆえかイエオリはそれについて言及せずに片手を上げて行ってしまう。

イエオリの護衛がすれ違う際、さきほどとは打って変わって気遣わしげにアルビナに視線を寄越したが、気付かないふりをするのが精いっぱいだった。

「ア、アルビナ様……」

遠慮がちなメラニーの声に我に返ったアルビナは気を取り直してティールームへ向かった。

「いらっしゃいアルビナ」

「王妃様におかれましてはご機嫌麗しく……」

緊張の面持《おもも》ちで挨拶をするアルビナを、この国最高位の女性である王妃はにこやかに迎えてくれた。

「そんな堅苦しい挨拶は抜きにして。さあ、こちらへ」

テーブルを挟んだ向かいではなく、自分のすぐ横の椅子《いす》を勧めてくる未来の義母の定石ではない指示に戸惑っていると、王妃は口角を上げて笑みを深める。

「ねえアルビナ。私も昔この国に嫁いできたから、あなたの気持ちは多分一番よくわかっていると思うの」

王妃は懐かしむように遠くを見てから視線をアルビナに定める。

「私は王太后陛下にしていただいたことをあなたにもしてあげようと思っているの。それに、お詫《わ》びもね」

優しくカーブする眉を下げて、王太后は居住まいを正してアルビナに向き直る。

「最近仲がいいようだと聞いてはいるのだけれど心配で。……イェオリが無理をさせてはいないかしら？　……あの子手加減ができない無骨者だから」

「い、いえ……無理なんてされていませんわ。殿下はとても、……お優しいです」

アルビナは言葉を慎重に選んだ。

王城において、王太子とその婚約者の閨《ねや》事情は既に周知のことである。

王妃もイェオリとアルビナが身体《からだ》の関係を持っていることを知っているはずだ。

それほど次期国王の世継ぎ問題は国の行く末に重要な意味を持つ。

世継ぎの話をするには、まずイェオリとアルビナがつつがなく同衾《どうきん》せねば話にならない。

「ならばよいのだけれど。何事も最初が肝心と言いますからね。昔はすべて夫に従うように言われていたけれど、今はそんな時代ではないわ。嫌なことは嫌と言ってもいいし、気が乗らないときは断ってもいいの」

「ご助言痛み入ります……」

頬をもごもごさせてアルビナは視線を逸《そ》らす。

閨でのイェオリは、外見とは裏腹で思った以上にアルビナに対して優しい……と思う。

(比較対象がないから、女官長の受け売りだけれど)

フェルン王国に来る前に女官長から聞かされた閨での困りごと……無理に突っ込んだりしないいし、骨ががたつくほど揺すったりもしない。

言葉で辱めることもしなければ奉仕を強要することもない。

(ただ、声を上げさせようとするのは……困るけど)

義母になるとはいえ、閨でのことを口にされるのは些《いささ》か照れくさい。

アルビナは考えないようにしながらも、気を抜くとすぐにさきほどのイェオリの発言を思い出してしまいそうになり、必死に動揺を隠す。

『今夜が楽しみだ』

そう言ったイェオリの瞳は明らかに欲情の色を纏《まと》っていた。

誰が聞いても今夜は床を共にするのだという宣言で、挑むのに覚悟が必要な類《たぐい》のものだとアルビナは解釈した。

どんな責め苦が待っているのか、と思いながらカップに口を付けるとお茶の香りに思わず目を見張る。

「……！」

「あら、わかった？」

アルビナの様子を窺《うかが》っていたらしい王妃は、イタズラが成功した子供のように笑顔になる。

「あの、でもこれは……、なぜ、どうして……」

アルビナはカップの中身をまじまじと見る。

いつも王城で出されるものと比べて色が薄いし、香りも弱い。

普通ならば王族が飲むのに適さないそれは、自分がよく飲んでいたお茶だと確信を持つ。

「王妃様、どこでこれを」

これはチェスカ子爵領にある神殿の裏の茶畑で作っているものだ。

売られているもののように適正に管理しているわけではないため、あまり上質とは言えない。

「慣れ親しんだものがあったほうが、あなたも安心かと思って取り寄せてみたの」

王城で供されるものは味も香りも芳醇《ほうじゅん》で文句のつけようもない高級品だ。

だが、アルビナにとっては気が引けるものでもある。

本来自分が享受するはずではなかったものは、時折喉に閊《つか》えそうになる。

自分のどこにそんな繊細な神経があったのかと驚くが、実際にそうなのだから、多分隠れていたのだろうと思われた。

「あっ、でもこれは王妃様がお飲みになるには……」

味も香りも物足りない。

申し訳ない気持ちがアルビナを襲う中、王妃はカップに口を付ける。

「……うん、美味《おい》しい。とてもフレッシュな味がするわ。何杯でも飲めそうね」

「王妃様……」

王妃の心遣いにアルビナはじいんと胸が震える。

穏やかな笑顔を浮かべる王妃のことが好きになってしまったアルビナは、王妃が健《すこ》やかでいられるよう尽力しようと誓う。

その後お茶会は滞りなく和やかに進んだ。

そろそろ解散の頃合いかとお互いが思った頃、王妃がそうそうと手を打った。

「明後日私と懇意の方々の集まりがあるので、あなたにも参加してほしいのだけれど」

「は、はい」

『王妃と懇意』という言葉にアルビナが背筋を伸ばした。

おそらくは王国の要職に就く貴族の夫人たちであろうと推測されるその集まりは、アルビナを社交界に出す前の様子見の場であるに違いない。

魑魅魍魎《ちみもうりょう》とまではいかずとも歴戦の勇者がゴロゴロとしていると想像できる。

とてもではないが気軽に参加できない。

しかし不参加という選択は悪手だ。

王妃の厚意を無にすることになるし、アルビナ自身の評判、ひいては次期国王であるイェオリの評判にもかかわってくる。

(絶対失敗してはいけない行事のひとつ、というわけね)

生唾を飲み込んだアルビナの緊張を感じ取った王妃が驚きの表情を浮かべる。

「まあ、アルビナ。今からそんなに緊張しないで。みんな素敵なレディよ」

「は、はい……」

（それはそうだろうけれど、わたしは隣国から来た王女と呼ばれたこともない存在ですから……）

本心はさすがに言えないアルビナは曖昧《あいまい》に笑みを返した。


その夜、アルビナは早めに湯浴みを済ませると丹念に肌を磨いてもらった。

廊下ですれ違ったときのイェオリの様子から、今夜は『報復』を受けるだろうというある種の確信がアルビナにはあった。

（一分《いちぶ》の隙も無いほどに磨き上げなくては……！）

仕上げにいい香りのするクリームで保湿しているとリーズが夜着を持ってきてくれた。

「ありがとう」

縁を丸くしたレースの夜着は、どことなく幼い感じがしたが、リーズが持ってきてくれたものに間違いはないだろう。

なにしろ彼女はイェオリの趣味を全把握していると豪語していた。

『全把握』

『ええ。これまでの言動や噂話《うわさ》までを網羅して、イェオリ様の琴線に触れるであろうものはすべてアルビナ様の衣裳《いしょう》部屋に手配しておりますれば！』

フェルンに来たばかりのときに得意げに胸を反らすリーズが、ずいぶん心強かったことを思い出したアルビナは素直に夜着に袖を通した。

「……」

「……なんですか、言いたいことがあるのならはっきりとおっしゃってください」

予想通り続き扉から入ってきたイェオリは、アルビナが羽織ったガウンを脱ごうと帯を解《ほど》くと、ガウンの下から覗《のぞ》く夜着を見て眉を顰めた……ように見えた。

（どうしたのかしら、もしかしてお好みではなかった？）

急に見られていることが恥ずかしくなったアルビナは再びガウンの胸元を合わせ、ぎゅっと引き寄せる。

「いや、なにかの趣向かと思ったのだ。気にするな」

そう言うとイェオリはベッドに腰掛けたアルビナの隣に座って髪を弄《もてあそ》ぶ。

よほど銀の髪が好きなのか、イェオリはこうしてアルビナの髪に触れることが多い。

だからなのか、しっかりと髪を結い上げているとジトッとした視線を感じることがある。

（いくら女神フェルンを信仰しているとはいえ、そこまで徹底しているのね）

アンザロード国では女神を信仰しているとはいえ、そこまで崇《あが》め奉《たてまつ》ったりはしていない。

信仰の中心である神殿ですらあっさりとしたもので、女神の教えというよりもどちらかと言うと道徳的なことを教えとして説《と》いている印象が強い。

もしもアンザロードの神官がイェオリのアルビナに対する態度を見たら、ひどく驚くに違いない。

特にバティル大神官補佐などは腹を抱えて笑うだろう。

（そうよね、これは女神を信仰しているというよりも妻を愛するような……いや、知らないけれど！　一般的な考えだし、わたしまだ妻じゃないしね！）

頭に浮かんだ考えを必死に追い出そうとしてついかぶりを振ってしまい、その拍子にイェオリが撫でていた髪の房が手から落ちた。

まるでイエオリの仕草を嫌がるような形になってしまい、アルビナは慌てて彼を見る。

イエオリの黒曜石の瞳は機嫌を悪くはしていなかった。

むしろやっとこちらを見たか、とでも言いたそうな表情でアルビナの顎を掬《すく》う。

「王妃の御機嫌伺いに勉強に、夜は考え事……アルビナは多忙だな。婚約者の私に構う暇はないと見える」

「そ……っ、そんなことはありません！」

つい勢い込んで返事をしてしまったが、その答えではイエオリを肯定しているようなものだ。

静かなイエオリの視線がむず痒《がゆ》くなってしまい、アルビナは言葉を呑《の》み込む。

「言葉を呑み込むな。忌憚《きたん》なく語ろうではないか」

イエオリに顎を擽《くすぐ》られると、アルビナは身体の力が抜けてしまう。

そうされると勝手に瞳が潤んで、まるでイエオリを求めているような甘い雰囲気が流れる。

「なにを、語ると……っ」

顎の下を撫でていた指が鎖骨に触れ、胸の膨らみに至る。そこからは手のひら全体で覆うようにして揉《も》んでいく。

「あ……っ」

ガウンを羽織っているとはいえ男の力で揉みしだかれる刺激は強く、アルビナを徐々に蕩《とろ》けさせる。

息が弾むと同時に体温が上がり、身体の芯に熱が灯《とも》る。

「……んっ」

鈍い痛みはイエオリが乳嘴《にゅうし》をつねったものだ。そのまま捏《こ》ねるようにされるとそこが熱く疼《うず》く。

「あっ、イェオリ様……っ」

語ると言ったままなにも口にしないイェオリの気持ちがわからず、アルビナが名を呼ぶ。

「アルビナには言葉で語るよりも、身体で気持ちを表したほうが伝わるような気がするな」

「え？　なにを……、んんっ」

返事を聞く前に唇が塞がれてしまう。すぐに舌が入り込んでアルビナのそれに絡められる。

舌も口内も余すところなく舐《ねぶ》られて身体の力が抜けて……、いつもの閨事《ねやごと》が始まった。

何度も極まり、そのまま気を失ったアルビナの髪を撫でるイェオリの手つきは優しい。

しかし距離を測るような遠慮が垣間見《かいまみ》える。

「さて、どうしたものか……」

低く呟《つぶや》かれた独《ひと》り言《ごと》は夜の静寂に溶けて消えた。


二夜連続で激しく抱かれたアルビナは、疲労のあまり王妃の取り巻きとのお茶会の対策を練ることもなく参加することになってしまった。

（ううう、リーズの助けを借りて参加する人たちの名前や爵位、主な来歴を頭に入れたけれど、時間がなかったから……）

よりにもよって昨夜はいつもよりも念入りにねっとりとアルビナを抱いたイェオリに危機感を抱いたアルビナは、大事な茶会があることを伝え加減してくれと頼んだ。

しかしイェオリから帰ってきた言葉は『いつものようにしていたらそれでいい』と手を緩めることをしなかった。

（あの色欲魔人め……っ！　大事なお茶会で失敗したらどうしてくれるの？）

寝不足を指摘されないよう念入りに化粧を施してもらい、華美になりすぎないようにドレスを選んでいるとメラニーが遠慮がちに話しかけてくる。

「あの、アルビナ様……、今日はこのドレスはやめたほうが」

アルビナが今日のために選んだのは鎖骨が美しく見えるようにデザインされたドレスだった。

「え？　でも昨日はメラニーだって素敵だって言ってくれたじゃない」

ドレスに合うように髪型も考えて完璧なコーディネイトにしたはずだ。それを今更どうしたのかと眉を顰めると、背後に回ったリーズが背中の一部分をつついた。

「ここに情交の痕が残っているからですわ、アルビナ様」

「えっ？」

慌てて鏡越しに背中を確認すると、見えるところに吸われて赤くなった痕が残っていた。

「……っ！」

絶句したアルビナは青くなり、そのあとジワジワと顔を紅潮させた。

「ゆ、許されぬ辱め……っ！」

ぶるぶると肩を震わせて怒りをあらわにするアルビナだったが、メラニーとリーズはしずしずと衣裳部屋から適当と思われるドレスを持ち寄り、かわるがわる身体にあてるのだった。

「まあ、なんとお可愛《かわい》らしい」

「お美しくていらっしゃる」

「……恐れ入ります」

着替えの際の燃え滾《たぎ》る怒りと羞恥《しゅうち》をなんとか押さえこんだアルビナは、控えめな笑みを浮かべた。

そこには絶対的な自信は見えず、戸惑いと少しの恐れ、そして王女としての矜持《きょうじ》と気品が見え隠れしていた。

ある者は鷹揚《おうよう》に頷《うなず》き、ある者は同情し、そしてある者は王国に相応《ふさわ》しくないとこっそり眉を顰めた。

(可もなく不可もなく概《おおむ》ね承知、というところかしら)

アルビナは嫌味にならないくらいの控えめな態度で周囲を見回す。

美味しいお茶とお菓子と共に供される主な話題はアルビナにアンザロードのことを尋ねたり、フェルン王国の印象を尋ねたりと無難なカードを切る夫人が多い。

年齢層も王妃と同じくらいか少し年下……アルビナにとっては母親くらいの年回りの女性が多い。

穏やかな時間が流れるその中で、明らかに周囲より年下だとわかる女性が耳障りな音を立てて扇を広げると少し甲高《かんだか》い声で注意を引いた。

「でもアンザロード国から王女を娶《めと》っては、いたずらにレゾン国を刺激することになるのではなくて?」

赤い髪に黒い瞳の印象的な美人。

彼女はロムル伯爵の後妻ね、とアルビナは必死に詰め込んだ資料を思い出す。他の夫人より若く、年は王妃よりアルビナに近い。そして、確か――シュミット侯爵家と懇意。

今日この場には来ていないが、シュミット侯爵令嬢のクララは、王太子妃の有力候補であったはずだ。

リーズに容姿の特徴を確認したところ、フェルン王国に到着の際、アルビナに敵意のある視線を寄越した派手な身なりの美人がクララなのだとわかっている。

穿《うが》った見方かも知れないが、こんな態度をとるのであればロムル伯爵夫人は思うところがあっての参加なのだろう。

それにしても随分と突っ込んだ意見を述べる人だと思って見ていると、彼女と視線が合う。

ロムル伯爵夫人は『言ってやったわ』と言いたげに顎を上げる。

恐らく黙ってニコニコ話を聞いているアルビナを、大人《おとな》しい性格だと感じて仕掛けてきたのだろう。

現在フェルン王国は深刻な内政不安は抱えていない。

現国王の堅実な治世を歓迎する者は多く、穏やかな人柄は信頼を得ている。

不安要素はレゾン国との問題だが、それも今は小康状態を保っているし、正直なところフェルン王国としてはレゾンに攻め込まれたところですぐに制圧できる武力を保持している。

ただ、戦争になれば煩わしいことが増えるので、いたずらに事を起こしたくないだけで。

この状態が続くことを望む者が多いだろうことは想像に難《かた》くないが、それゆえ波風が立つのを許容できないのだろう。

彼女の声に周囲の空気がさわさわとざわめく。

誰に言ったわけでもないその発言は、問題に足を突っ込みたくない参加者によって宙に浮いてしまった。

伯爵夫人は眉を顰め目配せをするが、賛同者が続いて発言する気配はない。

このままでは悪目立ちしてしまい、ただの嫌味が次期王妃に思うところがあると解釈されて目を付けられかねないと気付いたのか、ロムル伯爵夫人は次第に落ち着きをなくしていく。

（あ〜あ……そういうことは事前にすり合わせをしないと）

政治的に国王側と対立しているのか、それともアルビナ個人に恨みがあるのか。それはともかくとしてこの伯爵夫人は少し問題がありそうだ。場の空気を読むことがうまくない。

アルビナは気付かれぬよう小さく息を吐くと笑みを浮かべる。

「ロルム伯爵夫人が心配されるのもごもっともです。フェルン王国に比べればアンザロードはいかにも弱小国ですし」

「アルビナ」

横から王妃が窘《たしな》めるようにアルビナの手を握る。

自らの国を貶《おとし》めるような発言はせぬよう、という戒めだろうか。

その手の温かさに勇気を分けてもらったような気がしたアルビナは王妃に微笑《ほほえ》むと、伯爵夫人に向き直る。

「正直に申し上げて、フェルン王国にとってわたしを娶ることはあまり旨味のないことだと思います」

「まあ……」

「そんな……」

次々と同情するような声が聞こえてくると、伯爵夫人はさらに動揺して視線を彷徨《さまよ》わせる。

その視線の先を見ながらアルビナはさらに口を開く。

「ご存知の通りフェルン王国では女神信仰が盛んで、わたしにお声がかかったのも偏《ひとえ》に女神と同じ色を纏っているがゆえ」

暗に、アルビナ本人を求めたのではないと強調する。

これは本当だ。

事実に傷つくのもおかしな話だが、しかしアルビナは胸がちくりと痛んだ気がした。

小さなバラの棘《とげ》が刺さった程度ですぐに痛みも消えると思っていたが、その痛みは地味にアルビナの中に残る。

「ですがこれも女神のお導き……このようなわたしにもフェルン王国のためにできることがあるのかもしれません。みなさまどうぞご指導ご鞭撻《べんたつ》のほど、よろしくお願い申し上げます」

椅子から立ち上がり頭を下げると、戸惑ったような空気と囁《ささや》きがあたりに満ちる。

あまり頭を下げすぎても威厳を損なうと思ったアルビナが顔を上げようとすると、不意に肩に手がかかった。

恐らくアルビナを気遣ってくれた王妃だろう、と笑顔のまま顔を上げたアルビナは目を剥《む》いた。

アルビナの隣に立ち肩を抱いていたのはイエオリだったのだ。

王妃はイエオリの反対側で、扇で口許を隠しているが機嫌がよさそうだ。

(えっ、なんで？　どうしてここに？)

言葉を失うアルビナの傍《かたわ》らでイエオリが口を開く。

「アルビナがフェルンに来てくれたおかげで得られるものは計り知れない。目に見えるものも、見えないものも」

「そうねえ」

反対側で王妃が実感を込めて頷く。

（え、ちょっと今わたしどうなっているの？）

さきほどの伯爵夫人などよりもよほど動揺した視線をあちこちに飛ばすアルビナを、周囲の夫人たちが哀れな眼差《まなざ》しで包み込む。

（あ……っ、憐《あわ》れまれている！　さっきのざわめきはイェオリ様が来たからなのね？）

この隙にとばかりに伯爵夫人は身体を縮めるように小さくなる。

王妃と王太子に真正面から楯突《たてつ》いてはどうなるかわかったものではない。

しかし既に彼女の言動は反アルビナ派として強く印象付けられてしまった。

「も、もちろん、アルビナ様がフェルンにいらしてくださったことはとても喜ばしいことだと……」

「ええ、ええ！　そうですわ。アルビナ様におかれましては、幾久しく殿下と仲睦《なかむつ》まじくあられますよう……！」

みんなが順に言祝《ことほ》ぐお茶会はまるで結婚式のようで、アルビナは笑顔をキープするのに必死だった。

滞りなく、というには疑問が残るお茶会が終わると、イェオリは政務があるようで足早に去っていった。

それを見送ったアルビナは気が抜けたように肩の力を抜く。

「本当に、アルビナがフェルン王国に来てくれて嬉《うれ》しいわ」

「王妃様？」

椅子に座り直した王妃はどこか荷物を下ろしたような、すっきりとした顔をしている。

そんなに気疲れするお茶会だったのかと思ったが、そうではなかった。

「イェオリはね、親の私でもよくわからないところがあるから」

「は、はぁ……」

さすがに全肯定できずに、アルビナは曖昧な返事をする。

失礼かと思ったが、王妃は気にした様子もなくお茶のお代わりを口にした。

「誰でもいいと結婚相手には執着していなかったのに、急に銀髪で緑の瞳の女性をなんて言い出すものだから……あら」

「……？」

話の途中で王妃が口を噤む。

そしてにっこり微笑むとアルビナの手を握る。

「イェオリのこと、よろしく頼むわね」

「んんっ、……はい、全力を尽くします」

迫力に圧《お》されてつい返事をしてしまったアルビナだったが、尻切れトンボになってしまった話の続きが頭の隅に引っかかっていた。


王妃のお茶会の後、アルビナの元にたくさんの招待状が届くようになった。

お茶会に参加していた夫人たちからであったり、その娘たちからであったり。

「アルビナ様、本日届いた分です。公爵家、公爵家……伯爵家、侯爵家、子爵家……あら、こちらは騎士団長を務めるおうち、こちらは宰相閣下のおうち……まあ、生意気に男爵家からも」

招待状をテーブルに置いたリーズは、家格の順に並べ直す。

アルビナは眉根を寄せてそれを見て、ため息をつく。

「どこかに行って、どこかに行かないなんて選《え》り好みをしては要らぬ憶測を呼びそうね」

「そうですねえ……」

同じように眉を寄せたメラニーに、リーズが顔を上げる。

「あら、こちらは選ぶ立場ですのに。そのような弱腰では舐《な》められてしまいます！　付き合いたいとお思いのところにだけ返事をすればよろしいのですわ！」

目を三角にして意見するリーズの言っていることは、ある意味正しいのかもしれない。

だが、要らぬ禍根が生まれてはアルビナにとってもイェオリにとってもよくないだろう。

アルビナは胸の前で腕を組んで瞼《まぶた》を閉じた。

（みんながいやな気持ちにならないように……うまくまとめる方法は……？）

しばらく瞼を閉じていたアルビナは大きく息を吐いてからゆっくりと瞼を開く。

「ではどこへ行きます？」

「……全部、全部行きます」

静かに吐き出した言葉に、メラニーもリーズも反応できずにいたが、すぐにリーズが焦ったように目を見開いた。

「ご冗談を！　私の話を聞いていてくださっていましたか？　そんなことでは王家の威厳が……」

「威厳はともかく、アルビナ様への負担が大きいのでは？」

二人ともそれぞれ意見を述べるが、アルビナは首を振る。

「気持ちはわかるし、ありがたいけれどもう決めたの。招待状をくださったところへは必ず伺う。それが政治的に反目しているところでも」

淀《よど》みなく答えるアルビナにメラニーは『それでこそアルビナ！』と言いたげな顔をし、リーズは『そういう方向に頑張らなくても……』と渋い顔をした。

二人の顔を見てアルビナは笑みを深める。

みんなが同じ方向を向いているということは心強いことに違いないが、こうして立場の違うリーズが、それでもアルビナの側で気遣ってくれていることがとてもありがたい。

アルビナは爵位の順ではなく、招待状が到着した順に並べ替えてもらい、順に返事を書いていった。

＊　＊

ぎりり。

静かな部屋に耳障りな歯軋《はぎし》りの音がした。

それは妙齢の美しい女性から発せられたものだとは思えぬほど怨嗟《えんさ》に満ちていた。

「あの女……、本当に目障りだわ」

女性は似つかわしくない低い声で呪《のろ》いの言葉を吐くように、相手の名を呼んだ。

「アルビナ、あの女狐《めぎつね》め……。イェオリ様の他にも王妃様まで丸め込むとは許し難い……たかが女神の吉祥色を持っているだけであのように贔屓《ひいき》されるなんて」

女性は悔しげに爪《つめ》を噛《か》む。

「私のほうがイェオリ様に相応しいのに……っ」

ずっと彼を想っていた。

王太子としてではなく、一人の男として。

自分だけが冷酷なイェオリを理解し包み込むことができるのだ。

いつかイェオリの目に留まりどうか妻にと請われる日を夢見ていたのに、それはアルビナの登場で脆《もろ》くも崩れた。

それでもアルビナがお飾りなら我慢ができた。それ見たことかと陰でせせら笑ってやろうと思っていたのにあてが外れてしまった。

どんな手を使ったかは知らないがあのイェオリから信頼を得るとは。

イェオリのあの逞《たくま》しい腕に抱かれ、夜毎《よごと》胸板に頬をすり寄せているなんて不愉快の極み。

どうあっても許せるものではない。

弱小国の、名を聞いたこともないようなたかが第二王女如《ごと》きが尊いフェルン王国の次期国王にすり寄るなんて虫唾《むしず》が走る。

女性はぶるりと身体を震わせ、自分を抱きしめる。

「今すぐにあの存在を消し去りたい……っ」

激しい衝動が彼女の身体中を駆け巡ったが、歯を食いしばってなんとかそれをやり過ごす。

「直接手を下すのは下策……、王太子妃となるならば瑕疵《かし》があっては困るもの。私は完璧な淑女であらねばならないわ」

女性は数度深呼吸をすると冷静さを取り戻す。

「幸い駒ならあるもの……」

クスクスと笑いを漏らすと女性はドアを開けて部屋を出る。その顔にはさきほどの醜い嫉妬《しっと》など微塵《みじん》も残ってはいなかった。

＊　＊

「……最近忙しくしているようだな」

ベッドの上で静止したイェオリは、自分に手のひらを突き付けて『ノー！』という顔をしているアルビナを見下ろした。

「ええ、忙しいのです。ですから今夜はこれで」

明日は午前中に出掛けねばならない。

寝坊や寝不足、疲労による体調不良などあってはならない。

ゆえに既に一度吐精したイェオリが再び覆い被《かぶ》さってこようとしたところを、アルビナが手を突き出した。

もちろん二度目を断るという意味だ。

誰でも見ればわかるだろう。しかしイェオリは納得せずアルビナの指に噛みついた。

「きゃ！」

「私との時間よりも他の者を優先するのが気にくわない」

もちろん甘噛みだが、噛み砕かれそうな機嫌の悪さを感じて、アルビナは眉間にしわを寄せた。

「聞き分けのない子供のようなことを言わないでください。王家と臣とのお茶会は社交の他に政治的

な側面があるのだと、わからないわけではないでしょう？」

時には女の持つ情報で事情がひっくり返ることもある。

歴史の影には無視できない女の影が色濃く存在することは、イェオリのほうがよく知っているだろうに。

「……」

「……」

アルビナの指を噛んだまま無言のイェオリに、アルビナもまた無言を返すと、ようやく折れる気になったのか、彼の口内から指が解放された。

「……これからはあまり午前に予定を詰めるな」

「善処します」

今夜はこれで終わり、と同意を得られたことに安堵《あんど》したアルビナは眠るための準備をしようとベッドから出ようとして止められる。

「なんですか？」

「そちらこそ、なにをしようとしている」

行為はこれで終わりなのだから、安眠できるように着心地の良い夜着を身に着けるのだ。

見たらすぐにわかることなのにと小首を傾げるとイェオリの腕が腰に巻きつき、アルビナの身体をベッドに引きずり込む。

「へ……っ？」

驚きのあまり言葉にならず気の抜けた声が出たアルビナを背後から両腕で抱きしめると、イェオリは耳元で低く囁く。

「しない代わりに今日はこのまま抱いて寝ることにする」

そのまま耳殻を舐められ、首筋に顔を埋《うず》められるとアルビナは抗議の声を上げる。

「こっ、こんなにガチガチに拘束されていて眠れるとお思いですか？」

「寝ろ。どんなときでも眠れるようでないと王族は務まらん」

戦場ならともかく、なにを適当なことをと反論したかったが、腕がさらに強くアルビナの身体を締め付けたので黙らざるを得なくなってしまう。

（時々イェオリ様は強情でわからずやになるわ……）

純粋な力比べでイェオリに敵《かな》うはずもないアルビナはあきらめて身体の力を抜く。

すると腕の拘束も僅かに弱まり、心地よい体温がアルビナを包みこむ。

それと同時にふわりと爽《さわ》やかな石鹸《せっけん》の香りに鼻腔擽られる。

アルビナは浴室に準備されているものを使っているが、それとは違う香りだ。

（なにかしら……、もっと夏の草原みたいな）

こっそりと息を深く吸い込むと、疲労や関節の軋みが和らぐような心地になる。

（すぐに眠ってしまいそう……）

激しい運動のあとの疲労感が、アルビナを深い眠りへと誘《いざな》っていく。

それに逆らわずに徐々に呼吸が深くなったアルビナは、ものの数十秒で眠りに落ちてしまう。

彼女の穏やかな寝息を確認したイェオリは、アルビナのうなじに鼻先を擦り付けるようにして瞼を閉じた。

「裸でいてもいいというのに、我が妻の自制心は素晴らしいな」

メラニーが起こしに来る前に最低限の身支度を整えるアルビナを、肘枕で眺めながらイェオリが呟く。

大きな声ではなかったが耳ざとくそれを拾ったアルビナは、新緑の瞳を吊《つ》り上げて振り向く。

「まだ妻ではありません！　それからこの前みたいな悪戯《いたずら》はしていないですよね？」

「悪戯？」

はて、と眉根を寄せたイェオリにアルビナの内なる猛牛が唸《うな》る。

「……キスマークとか、付けていないですよね？」

アルビナの剣幕に押されたのか、イェオリは僅かに顎を引いて「……あぁ」と頷く。

返答にホッとしたのも束の間、そのあとのイェオリの呟きにアルビナは怒りを爆発させた。

「髪は下ろして行くといい」


「本当になんなのかしら！」

「ええ、仲がよろしくてようございました」

メラニーがニコニコしながら髪を梳《す》いている。

アルビナの髪は細く絡みやすいので細心の注意が必要だ。

フェルン王国に来てからはずっとメラニーが髪の手入れをしてくれている。

「仲がいいとかそういう問題じゃないのよ！」

既に恥ずかしがることも馬鹿《ばか》らしくなるほど、このようなことが繰り返されていることにアルビナは腹が立つ。

「見えるところに痕を残すのは非常識！」

「しかし、昔からキスマークは所有印と言いますしね。イェオリ様はアルビナ様を自分のものだと主張したいのでは」

本日着ていくドレスを持ってきたリーズはイェオリを擁護するようなことを口にするが、それがまたアルビナの猛牛魂に火をつける。

「イェオリ様はまだ結婚していないのに、何度訂正してもわたしのことを『妻』というし、そもそも結婚したとてあの人の持ち物になるつもりはないわ！」

人としての人格を否定し、自分の妻を所有物のように振る舞う男を、アルビナはアンザロード国でたくさん目にしてきた。

身分のある貴族でも、温厚そうに見える平民でも、そのような性質の男が数多《あまた》いることはアルビナも承知している。

男性優位の歴史からある程度は仕方がないと思うが、自分の夫になる予定のイェオリまでそうであると思いたくない。

鼻息も荒く腕を胸の前で組んだアルビナに、リーズが硬い表情で口を開く。

「いくらアルビナ様でも、イェオリ様からの愛情をそのようにおっしゃるのは正直納得できません……。殿下からの愛情をその身に受けたいと切望する者はたくさんおりますのに」

その言葉にアルビナはぎくりとして鏡越しにリーズを見た。

彼女は忠誠心の強い女性だ。

初対面でイェオリの蛮行（アルビナはそう思っている）を伏して謝罪したことを思い出す。

（そうだ、リーズはフェルンの人だもの。自国の王族のことをあんなふうに言われて気持ちいいわけないわよね）

アルビナとて、理性とは別のところでアンザロードに愛着や思い入れがあることを否定できない。

「言いすぎたわ、ごめんなさいリーズ」

リーズの気持ちを傷つけたことを謝罪すると彼女は逆に顔を青褪《あおざ》めさせた。

「アッ、アルビナ様そのように頭を下げないでください……っ！」

平伏したリーズを見て、アルビナはさらに失態を犯したことを知る。

王族は臣に対して謝ることをしない。

常に『赦《ゆる》す』立場であるからだ。

幼い頃に王族としての教育を受けなかったアルビナは気を抜くとつい謝ってしまう。

それが相手を萎縮させてしまうことが、まだ完璧に身についていない。

（まだまだ脇が甘いのよね、反省しなきゃ）

出掛ける前から気を遣い疲れてしまったアルビナだったが、外出先ではそつなく王太子の婚約者を演じきったのだった。

その後お茶会に限らず音楽鑑賞や芸術家への保護支援活動、炊き出し等々、アルビナの社交活動は十分な成果を上げた。

「私たちの出る幕がないほどですね」

リーズが口をへの字にする。

神殿併設の孤児院の慰問に来た世慣れぬ王女を完璧にサポートしようと準備万端で場に臨んだリーズだったが、思いのほかアルビナが場に馴染《なじ》んだため手持ち無沙汰《ぶさた》になってしまったのだ。

（まあ、わたしとしてはこっちのほうが慣れているのだし）

身動きの取れない裾の広がったドレスよりも、腕まくりができてエプロンができるシンプルなデイドレス、そして髪をまとめるスカーフ。

アルビナはアンザロードにいたときに神殿での奉仕活動で培《つちか》った経験をいかんなく発揮した。

空いた時間に作った掃除用の雑巾を持参し、子供たちと共に掃除に勤《いそ》しむ王女の姿は随分と頼もしく見えただろう。

なんなら王城にいるよりも輝いて見えたのかもしれない。

「荷物が多いと思っていましたが、いつの間にそんな雑巾などを準備されていたのですか？　お申し付けくだされば私が準備しましたのに……」

「ふふ、わたし実は刺繍《ししゅう》よりもこういう実用的なお裁縫のほうが得意なのよ」

自らも神殿によく訪れているのだと胸を張っていたリーズは、手伝う機会がなく物足りなさそうな顔をする。

だがアルビナとて侍女としての経験や貧しい子爵家暮らし、そしてヨセフィーナの影武者をしていたため、そちら方面の経験には自信があった。

意欲的なアルビナに神殿の神官も手放しで喜んでいる。

「女神の如きお姿に違《たが》わず、内面も女神のように美しくあられる……あなたさまこそ王太子妃に相応しい！」

さすがに神官の言は持ち上げすぎだったが、目を吊り上げて否定するのもどうかと思ったアルビナは頬を赤らめて照れた態度を披露する。

すると周囲は慎ましいお方だ、とまたアルビナを褒めそやす。

周囲への目配りや協調性がいかんなく発揮された結果、アルビナの人気は上昇し、周囲にはいつも人の輪ができるほどである。

だがそれはいいことばかりではなかった。

反王太子派はあからさまに庶民派のアルビナを王太子妃に相応しくないと喧伝《けんでん》して回っているのだ。

フェルン王国の王子はイェオリだけだ。

既に十年以上前に立太子の儀を済ませ、名実ともに次期国王として認知されているが、王国も一枚岩ではない。

残念ながら根強い反王太子派が存在する。

温厚な現国王とは違い戦も辞さないという強硬な姿勢を見せ、時に自ら戦場に赴くイェオリを危険視しているという。

(確かに威圧的だし顔は怖いし無口だし黙っていれば恐ろしく感じるのもわかる。まったく言うことを聞いてくれなそうだし)

御《ぎょ》し難い賢王よりも、扱い易い愚王を戴《いただ》いたほうが都合がよいと考える者がいるのもわからないでもない。

アルビナは王家に嫁ぐからにはそういった勢力を懐柔して、味方に引き入れる動きを期待されていると思っている。

「わたしが至らないばかりに……」

「気にするな」

並んでベッドに入り蠟燭《ろうそく》の明かりが揺れる中、アルビナは肩を落としたが、イェオリはいつもと変わらぬ表情だ。

自室に戻ってきたというのになにやら分厚い書類の束を捲《めく》っていて忙しそうにしている。

（はなから期待していないということよね）

しゅんと肩を落とすアルビナの様子を見ていたイェオリは、見ていた書類から顔を上げると咳払《せきばら》いをした。

「ごほん、ごほん……アルビナ」

「はい？」

急に改まって名を呼ばれたアルビナは顔を上げてイェオリと視線を合わせる。

しかしせっかく視線が合ったというのに、イェオリはサッと顔を背けてしまう。

（なに？）

訝《いぶか》しげに眉を顰めると、イェオリはナイトテーブルに紙束を置き、またわざとらしく咳払いを一つ。

「ごほん。明日は外出の予定はないと聞いている」

アルビナは首を傾げる。

自分は予定を話した覚えがないので恐らくメラニーかリーズ、もしくは護衛にでも聞いたのかもしれない。

これまで特にアルビナの行動に注文を付けたことのなかったイェオリが、急に口を出すのはなにか要望でもあるのか。

(それともお小言……？)

アルビナは顔面に力を入れてなにを言われても動じないよう身構える。

「ええ、明日は特に予定を入れていませんが」

相手の出方を窺うように顎を引くと、イェオリは逆に顎を僅かに上向かせる。

初めて見る仕草だった。

「私も明日は主だった予定がない。二人で出掛けようと思う」

二人で。

アルビナは首を傾げた。

(誰と誰が？)

眉を顰めたアルビナは数秒置いてから、それがイェオリと自分のことであると思い至る。

「わ、……わたしと、ですか？」

「他に誰がいるというのだ」

片眉を上げたイェオリはそう言うと、急にフッと蝋燭を吹き消してしまう。

予告なく真っ暗になってしまったことに驚いたアルビナだったが、イェオリが自分を抱き込むようにしてベッドに横になったのでさらに驚く。

「ぎゃ！」

「……色気のない……。明日に備えて今日はもう休むぞ」

そう言ったイェオリはふしだらな動きは一切見せず、静かな寝息を立て始めてしまう。

「イェオリ様、……。イェオリ様？　もう……、勝手なんだから」

ため息をつきながら仕方なく目の前の胸に凭《もた》れて眠ろうと瞼を閉じたアルビナだったが、僅かに感じるイェオリの鼓動が眠りにつくには早いような気がして顔を上げる。

しかし暗くてイェオリの表情などはわからない。

目が暗闇に慣れるまで待っていようかとも思ったが、気のせいだろうと断じ、小さなため息と共に瞼を閉じた。


翌日馬車に乗せられて到着したのは、静かな湖畔だった。

湖畔の近くの、一番良い立地に王家の別荘があるという。

見れば確かに他とは一線を画する立派な建物が確認できた。

今回は日帰りのため行く予定はないが、数日留《とど》まる際にはあそこに宿泊することになるのだろう。

使用人もいるため侍女は二人も不要、とのことでリーズに同行を頼み、メラニーは休みを取らせた。

アンザロード国にいるときから気心が知れると言っても、始終一緒では息抜きもできないだろう。

こんな機会でもなければメラニーに休みをあげられていなかったことに申し訳なさを感じ、今後メラニーとリーズには交互に休みを取ってもらおうと思うのだった。

アルビナはきょろきょろとあたりを見回し、訝しげに眉を顰める。

周囲に人の気配がしないのだ。

王都から近いこともあり貴族の間では人気の保養地となっている、とリーズから聞いたアルビナは首を捻《ひね》る。

（人気という割に人気がないのはなぜ？　天気もいいし外で過ごすにはいい季節なのに……もしかして人払いをした？　まさかね……）

戸惑うアルビナに構わず、同行者たちはテキパキとピクニックの準備をしていく。さすが王城で働く者たちは動きが違う。

それなりに仕事ができると自負していたアルビナが唸るほどに手際の良さに目からうろこが落ちる思いでいると、背後から腰を抱かれてしまう。

「なにを見ている。こちらに来い」

「は、……なんですか？」

呼ばれたため、なにかあるのかとそちらに視線を向けたアルビナだったが、そこには煌めく湖面があるのみだった。

（もしかして鴨《かも》でもいるのかしら……）

イエオリに腰を抱かれたまま注意深く湖を観察するが、そのような小動物の気配はない。

眉間にしわが寄るほどに目を凝らしても、そこにあるのは水のみ。

（もしかしてわたしが感知できないなにかがあるというのかしら？）

超常的なものはわからないのに、と不安げにイエオリを仰ぎ見ると、彼と目が合った。

無言で数秒見つめ合ったが、とうとう沈黙に耐え兼ねたアルビナがなにを愛《め》でていいのかわからずに謝罪しようと口を開きかけた。

「あの……」

イエオリに先んじられて、アルビナは慌てて同意する。

「美しいな」

確かに光が反射した湖面は美しい。

吹きわたる風で生じる波紋で景色が陽炎《かげろう》のように揺らめくのも一興だ。

最後に家族で行ったギエズ湖を思い出す。

「ええ、本当に美しい湖ですわ。連れてきてくださってありがとうございます」

にっこりと微笑んで礼を述べるアルビナだったが、イエオリは微妙な表情をした。

同調しただけなのになぜそのような表情をされるのかわからず、アルビナは眉間にしわを寄せる。

納得できずに悶々《もんもん》としているところに、お茶の準備ができたとリーズに控えめに呼ばれた。

そのまま移動して二人でお茶を飲んだのだが、戸惑いは消えない。

(もう、いったいなんなの？)

ねえ？　と周囲に同意を求めるように視線を巡らせるが、リーズ他、声の届くところにいる使用人たちまでさりげなくアルビナから視線を外してくる。

まるで今話しかけられたくはないと言っているようだった。

微妙な空気はあったものの、お茶を嗜《たしな》んだあとは舟に乗ることになった。

イエオリがなにやら侍従たちと話している隙に、アルビナはリーズに小声で話しかける。

「ねえリーズ。さっきのアレはなんだったのかしら？」

イエオリの態度と、それに付随した皆のよそよそしさ。

まるでアルビナだけが知らない作法があるような居心地の悪さを感じたのだ。

リーズは一瞬キョトンとしてから、にっこりと笑う。

「……アルビナ様はご存知なくても仕方がないことなのですが、イエオリ様がこうして女性とお出掛けになるのは初めてです。そしてお相手を見つめて『美しいな』とおっしゃったのも、恐らく初めてかと。使用人一同、お二人の邪魔にならぬよう苦心いたしました」

不自然なほど満面の笑みを浮かべたリーズの迫力に、アルビナは意表を突かれて目を見開いたあと、じわじわと顔の熱が上がるのを感じて頬を押さえる。

「え、あれは湖が美しいと言ったのではないの？　だって、イエオリ様はそういうことを口にするようには全然……」

アルビナはイエオリを見た。

舟の様子を確認しているらしく、背中しか見えないがそれでも頼もしさを感じる。

「いいえ、あれは確かにアルビナ様に向けられた言葉です。その証拠にアルビナ様が頓珍漢《とんちんかん》なお返事をなさったら『そうじゃない』というお顔をされたでしょう？」

「あ、あはは……」

「それよりもこの湖には他にはいない珍しい魚もおりますので、舟の上から探してみてくださいね」

アルビナは反省した。

自分には恋愛方面のスキルがほとんど備わっていない。

猛牛にそれを求めるのは些か酷というものだし、求められるとも思っていなかった。

（そ、そうなのか……イエオリ様はそんなに気を遣ってくださって……）

仲のいい婚約者というものがどのような距離感でいるべきなのか、アルビナには経験が無いので正解がわからない。

しかし歩み寄る余地があるのは確かだ。

アルビナはイエオリの広い背中を見つめ、認識を改めようと鼻息を荒くする。


日除けがある豪華な水主《かこ》付きの舟は、いかにも王族の優雅な遊びといった風情《ふぜい》だ。

自領に湖はあれど、アルビナはこんな立派な舟で舟遊びなどしたことがない。

舟遊びは王族や一部の高位貴族にのみ許された金のかかる娯楽だからだ。

つまりアルビナは、年甲斐《としがい》もなくはしゃいでしまった。

舟はすいすいと湖面を滑る。

頬にあたる風が心地よく、アルビナは髪をかき上げた。

時折波しぶきが起こり、細かい水の粒が顔にかかるたび、アルビナは小さい悲鳴を上げた。

細い銀髪が風に解けて光を反射し、湖に負けぬ煌めきを発する。

「楽しいか」

頬杖《ほおづえ》を突いたイエオリを満面の笑みで見返したアルビナは、はしゃぎすぎたと気付き息を喉に詰まらせる。

「むぐ……っ」

「ふふ……、どうした」

目を細めたイエオリの視線から逃れるように、アルビナはまた湖に視線を転じる。

（もう！　どうしてそんな顔でわたしを見ているの？　勘違いしちゃう……）

そう考えてから勘違いを自分の都合がいいように解釈しそうになっていることに気付いたアルビナは、それを隠そうと湖面を凝視する。

するとタイミングよく、舟に並行して泳ぐ魚影を発見して指さす。

「イエオリ様、イエオリ様、あそこにお魚が！」

「どれ」

透き通るような湖面を泳ぐ魚の動きは、まるで空を飛んでいるように滑らかだ。

リーズが言っていた魚だろうか、と覗き込むようにして夢中でイエオリを手招きするアルビナは、もっとよく見ようとうっかりと舟のへりに片手を載せ、体重をかけてしまう。

「アルビナ、そのようにしては危ない……っ」

イエオリが叫ぶのと同時にアルビナの手元が滑り、大きく体勢を崩してしまう。

あっという間もないほどにすぐ、ぐらりと舟が傾ぐ。

慌ててへりに掴《つか》まろうとしたが、慌てていてうまく掴めない。

アルビナは悲鳴を上げることもできずに、そのまま派手な水しぶきを上げて湖へ落ちてしまった。

（!?）

泳げないアルビナは水に落ちたのも初めてだった。

どう対処したらいいのかも、上下すらもわからず闇雲に手足を動かすが、水を吸ったドレスがまとわりついて身動きが取れない。

そうこうしているうちに息が苦しくなり、そこでやっと水が冷たいことに気付く。

指先が痺《しび》れるようでうまく動かせない。

(冷たい、息ができない……っ)

美しかった湖が一転して恐ろしいもののように感じられ、アルビナは文字通り心も身体も冷たくなった。

死を覚悟したアルビナの意識が遠のく。

僅かに残っていた空気をごぼりと吐き出したとき、強い力で身体を引っ張られるのを感じた。

それが救いの手だと理解したのは、水面に引き上げられ肺が新たな空気で満たされたあとだった。

「ぷはっ！　ごほっ、ごほっ！」

「アルビナ、大丈夫か！」

珍しく焦りの色が浮かぶイェオリの声に、アルビナは咳《せ》き込みながら涙目で見上げる。

そこには自らもずぶ濡《ぬ》れになりながらも、必死な瞳でアルビナを見つめるイェオリの姿。

水主が助けてくれたのかと思っていたアルビナはまた驚いて言葉を詰まらせた。

しかしがくがくと肩を揺すられてようやく言葉を押し出す。

「だ、だいじょうぶ……っ、ごほ！　ごほ！」

ぶるりと身体が震えた。寒さと恐怖が急に押し寄せてきて、自らの身体を抱きしめるとその上からイェオリに抱きしめられる。

「心配をかけるな、このバカ」

馬鹿と言われるのは心外だったが、注意力が足りなかったのは事実のため甘んじて受けた。

「舟を岸へ、急げ」

イエオリは水主に短くそう告げると、アルビナを抱く腕に力を込めた。

ずぶ濡れの二人がくっついているのに、アルビナはなぜか温かさを感じていた。

「陛下！　アルビナ様！」

一部始終を見ていたリーズ他使用人たちが待ち構える舟着き場に到着する数分で、アルビナはなんとか最低限の冷静さを取り戻していた。

（子供のようにはしゃいだ上に湖に落ちて……イエオリ様まで濡れネズミにしてしまうなんて）

どう詫びたらいいのかわからずに下を向いていたアルビナを、イエオリは横抱きにして舟から降りた。

「あ、歩けます！　歩けますから下ろしてください……！」

「ならん。このまま行く。急いで風呂の用意を」

水を吸ったドレスは驚くほど重いというのに、イエオリはそれをものともせず涼しい顔で大股に歩く。

使用人が数名、先行して別荘へ走っていくのを見ながらアルビナは忸怩《じくじ》たる思いでいた。

（ああ、この失態をどう挽回《ばんかい》したらいいのかしら）

結局別荘の浴室まで抱いて連れて行かれたアルビナは、もうもうと湯気の立つバスタブの前でようやく床に下ろされた。

「しっかり温まってこい」

髪をかき上げたイエオリが浴室から出て行こうとするのを見て、アルビナは思わず声を上げる。

「えっ、一緒に入らないのですか？」

アルビナの一言でイェオリを含め、リーズや入浴の準備をしていた使用人たち全員が動きを止めた。

一拍置いてから自分の発言がどのように聞こえたのか理解したアルビナは、慌てて弁明を試みたが動揺のあまり言葉を紡《つむ》ぐことができず、意味のないうめき声を上げるにとどまる。

「せっかくのお誘いだが遠慮しておこう」

くつくつと笑いながら出て行くイェオリの背中を睨みながら、アルビナは全身が火照《ほて》るような羞恥に焼かれる。

「ち、違うの！　イェオリ様も濡れてしまったし、風邪《かぜ》を引いてしまったら大変だと思って……！」

「ええ、ええ。左様でございますね。ご心配されずともアルビナ様のお気持ちはみなが承知しておりますから」

リーズは苦笑しながらずぶ濡れになったドレスの紐《ひも》を解いて入浴の準備を進める。

濡れて結び目が固くなって脱がしにくいのだ。

リーズにあやされてアルビナは口を噤む。

言葉を重ねれば重ねただけ動揺しているのだと知らしめることにしかならない。

（落ち着け……深呼吸……うぅ、しかし恥ずかしすぎる）

羞恥に耐えながら、それでも湯に浸《つ》かり身体を温めると気持ちが解《ほぐ》れていく。

アルビナはこの際だから、とゆったりとお風呂を楽しんだ。

ふかふかのバスローブにくるまって浴室を出ると、既に着替えたらしいイェオリがカウチで休んでいた。

胸元を大きく開けた姿は昼間目にするには刺激が強すぎて、アルビナはどぎまぎと視線を泳がせる。

「イェオリ様、お風呂は……」

自分に比べて温まった様子がないことを指摘すると、イェオリは意志の強そうな眉を片方上げて口角を歪《ゆが》ませた。

「水に落ちたぐらいでどうにかなるような柔《やわ》な鍛え方はしていない。それより不調はないか」

手招きされるままにカウチに近づくと手を取られ隣に座らされる。

「泳げないなら最初に注意しておくべきだったな」

「いえ、わたしがうっかりしていただけで……巻き込んでしまってすみません」

舟のへりが水で濡れて滑りやすくなるだろうことは、少し考えたらわかりそうなものだ。ただ、言い訳になってしまうがあそこまでつるつると滑るものだとは思わなかった。

申し訳なさで項垂《うなだ》れると、大きな手のひらがアルビナの頭を軽く叩《たた》く。

そのまま逞しい肩に凭れかけさせられると、不思議な落ち着きがアルビナを満たす。

「アルビナのためなら、火の中だろうと水の中だろうと助けに行くのは構わない。ただ、怪我《けが》をしないでくれ」

「はい……、すみませんでした」

ふう、と吐き出された息の中に多大な心配が含まれているのを感じたアルビナは、身体の力を抜いてイェオリに身を預けた。

シャツ越しに伝わる体温と、呼吸のたびに上下する胸板が心地よくて瞼を閉じる。

アルビナはそのまま緩やかに眠りに落ちていった。

目が覚めたとき、アルビナはここがどこだかわからずに息を詰めた。

知らぬ天井、知らぬ装飾、知らぬ窓から漏れる濃い闇の気配でまだ夜であると知れた。

ベッドに寝かされていたアルビナは慌てて起き上がろうとするが、身体に回された腕の重さと背中で感じる温かさに覚えがあった。

アルビナはイェオリに抱きしめられていた。

安堵の息をつくと、そこから記憶がよみがえる。

(あぁ、そうだわたし湖に落ちて……そのまま寝てしまったのね)

日帰りの予定だったのに、予定を変更させてしまった。

きっとベッドへもイェオリが運んでくれたのだろう。

もぞもぞと身体を動かしていると身体を拘束する力が強まった。

「ん……、アルビナ?」

「すみません、起こしてしまいましたね」

昼間からイェオリには迷惑をかけ通しだと反省したアルビナは、身を起こして改めて謝罪しようとする。

しかしイェオリはまだ夢うつつの状態であるらしかった。

アルビナのつむじに額をぐりぐりと擦り付け低く唸るさまは、まるで母親に甘える幼子のようだ。

「あら……これは可愛らしい……」

珍しく微笑ましい姿に笑みがこぼれそうになったアルビナだったが、臀部《でんぶ》に感じる固い感触に我に返る。

（こ、これは……もしかして……っ）

知らないものでもないそれを『まあ、生理現象だし』と軽く流せばよかったのだが、ほぼ毎日のようにイエオリに抱かれているアルビナの身体は勝手にその熱に応じるように意識し始めてしまう。

昨夜夜着に着替えぬまま眠ってしまったアルビナはバスローブを羽織っているが、寝乱れたせいか脚は腿《もも》まで露出しており、イエオリが脚を絡めるように密着している。

湯をよく吸うように柔らかな素材のバスローブは、イエオリの昂《たか》ぶりと熱をそのまま伝えてくる。

（ひ……、ひいええええ……っ）

ゴリゴリと太い血管の存在までありありと思い出すことができるその感触に、アルビナの鼓動は高鳴り始めてしまう。

「イエ……っ、イエオリ様……？」

背後に向けて声を掛けてみたが、イエオリはまだ夢うつつを彷徨っているのか低く唸るのみ。

（イエオリ様って、こんなに寝起きが悪いの!?）

アルビナがどうしたものかと思っていると、腹に回されていた手がなにかを探すように動き始めた。

それは妖《あや》しく蠢《うごめ》き、アルビナの柔らかな胸の双丘を見つけるとやわやわと揉み始める。

「あっ、あれ……？　イエオリ様起きていますよね……？　イエオリ様？」

声を掛けるが返事はない。

やはり寝ているのかと思うが、それにしては指の動きが的確にアルビナの弱いところを刺激する。

「ん、んん……っ、はぁう……っ」

形が変わるほど胸を揉みこまれる。

手のひらで乳嘴が擦《さす》られると、いつものようにつまんだり弾いたりしてほしくて腰がもじもじしてしまう。

もうイエオリが寝ぼけていてもいい。

アルビナの身体に溜《た》まった熱は出口を求めて暴れている。

「あ、……あっ、イエオリ様……っ」

臀部に感じる雄芯でもっと違うところを刺激してほしくて腰を揺らめかせる。

ローブの裾はそれに伴いずり上がり、臀部まで捲れていた。

アルビナが身体の位置をずらすと、猛《たけ》る陽根は脚のあわいの隙間に入り込む。

そこは既にアルビナの蜜で濡れていて、固く雄々しく立ち上がったイエオリは苦も無くアルビナのあわいを摺《す》り上げた。

「はっ、あ、……あぁ……っ」

挿入していないのに、身体の芯がビリビリと痺れるのがわかった。

身体が戦慄《わなな》き震え、蜜がとろりとあわいを濡らす。

「あっ、駄目……っ、これ……っ!」

蜜を纏ったイエオリの昂ぶりが秘裂を摺り上げる。

先端が肉襞《ひだ》を抉《えぐ》るようにして鞘《さや》を被った秘玉を刺激するたびに、びくびくと腰が跳ねてしまう。

(こんな……、駄目なのに……っ)

夜の営みに限りなく近い快感。

蕩けそうな意識を辛うじて細い糸で繋いでいるアルビナは、背後から耳を噛まれて身体を硬直させた。

「ひぁ……っ？」

「駄目か……、その割に随分と気持ちよさそうにしているが」

イエオリに甘く歯を立てられた耳殻は熱い舌で舐られ、息を吹きこまれる。

ぞくぞくと快感が全身に迸《ほとばし》り、蜜洞がきゅう、と鳴くのがわかった。

「っあ……、イエオリ様……起きて……っ？」

「ああ。まさかこんなことになっているとは驚いたが……たまにはこのような趣向もよいだろう」

いつから起きていたのか不明だが、さきほどとは明らかに違う。

意志を持った動きにアルビナは翻弄される。

固くしこった乳嘴をつままれ指の腹で擂りながら、あわいの陽根はぐちゅぐちゅと淫《みだ》らな音をたてて秘玉に押し付けられる。

「あっ！　やぁ……っ」

きゅうきゅうと痛いくらいに蜜洞が収縮している。

早く中を愛してほしいと泣いている。

ひときわきつく乳嘴を抓《つね》り上げられ、うなじに鈍い痛みを感じた。

噛みつかれたアルビナは、視界が白く塗りつぶされ声にならない声を上げて達した。

「……っ、ぁ……っ！」

「……ふぅ。アルビナ？」

くったりとしたアルビナを呼んだイエオリが体を起こす。

アルビナは意識を手放していた。

「まったく……。大胆なことをしたと思えばこのように意識を飛ばして」

呆《あき》れたような呟きだが、その表情は思いのほか穏やかだった。

だが、ドアをノックする音がすると、途端にその顔が引き締まる。

「誰だ」

「恐れ入ります。物音がしたように思いましたので……」

僅かにドアを開けて顔を覗かせたのはリーズだった。

まだ夜も深いというのに、しっかりと身支度を整えた彼女は室内に漂う空気でなにがあったのか察したのか、ハッと表情を固くする。

「湯と、身体を拭くタオルを持ってこい」

「……かしこまりました」

頭を下げたリーズが静かにドアを閉めると、イェオリはアルビナを見つめる。

乱れて頬に掛かった銀の髪を耳に掛けてやる。

その手つきは壊れ物を扱うが如く繊細で、細心の注意を払っているのがわかるものだった。

しばらくしてリーズが湯とタオルをカートに載せてやってきた。

「よろしければわたくしが……」

リーズがそう申し出るがイェオリは目を眇《すが》める。

「控えろ。それを置いて下がれ」

「……っ、失礼いたしました」

リーズが色を無くして下がると、イエオリはいそいそとアルビナのためにタオルを濡らし清拭《せいしき》を始めた。

爽やかな朝の代名詞のような小鳥の鳴き声で目を覚ましたアルビナは、すっきりと起きることができ、上体をすぐに起こすと上に向かって両手を上げて伸びをした。

きちんと夜着を着てべたつきなどない己が身に小首を傾げると、ドアが開いてすっかり身支度を整えたイエオリが入ってきた。

「起きたか」

「あ……、おはようございます」

夜の行為のことを思い出し、少し顔が強張《こわば》ったアルビナを見て、イエオリがにやりと口角を上げた。

「寝ぼけていないようでなにより」

「……っ！」

揶揄《からか》うような声音にカッと顔が熱くなったアルビナだったが、タイミングよく朝食をどうするかとリーズが聞きに来たのでその場はうやむやになった。

「イエオリ様が、なさいました」

食後、テラスに出たアルビナは身体を清めてくれたであろうリーズに手間をかけたことへの礼を述べると、リーズは素っ気なくそう答えた。

「え？」

「ですから……お湯とタオルを準備したのは私ですが、アルビナ様をお清めになったのはイエオリ様です」

リーズは少しバツが悪そうに視線をそらした。

彼女の言葉を脳内で咀嚼《そしゃく》したアルビナは、顔から火が出るような気持ちになって、自らの手のひらで両頬を押さえた。

「あ、そうなの……？　夜に準備させてしまってごめんね、ありがとう……」

「いいえ、とんでもございません。そうだアルビナ様、この部屋から見る湖はとても美しいですよ。今日はお天気もいいですし」

控えめにリーズが話題をすり替えてくれた。

リーズはこうしてさりげなくアルビナを気遣ってくれるのが上手《じょうず》だ。

きっとアルビナのこともイエオリのこともよく見てくれているせいだろう。

それに短く礼を述べたアルビナは、バルコニーに足を向けながら火照る頭で昨夜のことを反芻《はんすう》した。

(そもそも、あれはイエオリ様があんなにくっついて眠っていたから……わたしが湖に落ちたのもいけなかったけれど……それでもあんなに広いベッドなんだから、くっつかなくてもよかったし、なんなら他の部屋で寝てくださってもよかったのに……っ)

いろいろと考えていくうちにもやもやとした気持ちになってしまったアルビナは、窓を開けてバルコニーから外を見た。

リーズが教えてくれたように、湖が見える。

湖面が光を反射してキラキラと煌めいているのが美しかった。

もっとよく見ようと手摺《てす》りに手を掛けると、感触がおかしいことに気付く。

「あら？」

少し表面がざらついていたのだ。

よく見ると木のささくれができていて、うっかり強く握り込んだら棘が刺さってしまいそうだった。

「危ないわね。あとで直すようにお願いしておかなきゃ」

アルビナはささくれた手摺りを避け、外の空気を胸いっぱいに吸い込んで気持ちを落ち着かせた。

予定にない一泊だったため、帰りは慌ただしくなった。

馬車は行きよりも心なしか速く駆けた気がする。

アルビナは馬車の揺れに身を任せながらイェオリの顔を盗み見た。

この度の結婚のこと……もっと言えばアルビナのことをどう思っているのか、イェオリの表情から読み取ることはできない。

ただ、無関心ではなさそうだ。

（房事はするものね……）

ただ、房事に関してはアルビナも納得している。

王族というものはその辺の誰かとホイホイ寝ることができないのだ。

行為には妊娠のリスクが付きまとう。

適当な女に手を付けてしまっては大事になりかねない。

あとからお前の子だと赤子を抱かれて登場されたとして、詰め寄られてもわかるようにしておくくらいの配慮が必要だ。

王統に連なる男ならば継嗣《けいし》を残さねばならぬという義務があるため、子種を与えた女性を正確に把握しておく必要がある。

アルビナがアンザロード王の落とし胤《だね》であることが知れたのも、きちんと母に監視がついていたためだろう。

女性でもいつ誰と交わったのか把握しておくことは大事なことだ。

その点ではアルビナも身代わりをする上でヨセフィーナから言われたことがある。曰《いわ》く『自分の身代わりをしているときに性行為をしてはならない』。

（そんなこと、もちろんするわけがないじゃない）

アルビナとしてはわざわざ言われるまでもないことだったが、それをわざわざ言わなくてはならないのが王族である。

秘め事をそのように開示しなくてはならない身分は、アルビナにとっては疎《うと》ましいの一言だ。

（だから、イェオリ様も……仕方なく）

現時点で唯一保障されているアルビナを抱くのだ。アルビナはそう思っている。

抱いてもいい相手がいるのだから、面倒や危険を冒してまで他の女性を抱くことはないと思っているのだろう。

（その点、わたしは及第ということ……？）

房事の最中に文句が出たことがないので、イェオリもある程度アルビナに満足はしていると思われる。そうでなければ頻繁に抱くことはしないだろう。

そんなことを考えていると王城に到着した。

先触れがあったのか、馬車停まりにはメラニーが待っていた。

「アルビナ様！」

「あら、メラニー。ゆっくり休めた？」

馬車を降りながらわざわざ出迎えなくてもよかったのにと笑顔を向けると、メラニーは泣きそうな顔で矢継《やつ》ぎ早《ばや》に質問を繰り出す。

「湖へ落ちたと聞いております！　大丈夫でしたか？　風邪など召されませんでした？　寒気は⁇」

ペタペタと頬や腕に触れながら異常がないか確認するメラニーは涙目で、心底アルビナを心配してくれているのだとわかって、温かい気持ちになる。

「大丈夫よ、なんともないわ。……でも、先触れでそんなことまで伝わるのね……この調子じゃ夕食のメニューや朝パンを何個食べたかまで共有されそうね」

苦笑いで軽口を叩くと、メラニーがきょとんと小首を傾げる。

「そんな、アルビナ様……当然じゃないですか！　こちらでは基本ですよ、基本！」

「えっ」

冗談で言っただけだったが振り向くとリーズが同意するように頷いている。

アンザロード国では侍女とはいえ、ヨセフィーナのそのようなことまで管理していなかったアルビナは驚愕《きょうがく》に目を見開く。

「うそ、……だって……え？　メラニーいつの間にあなた……っ」

アルビナは自分と同じ程度のスキルを有していると思っていたメラニーが、いつの間にか自分の認識と乖離《かいり》してしまっていた事実を突きつけられて恐れおののく。

「未来の王太子妃と侍女では必要とされるスキルが違うのは当然だろう。安心しろ、アルビナに不足はない」

腰を抱かれ歩くよう促されながらも、アルビナはショックから立ち直れずにいた。

（いつの間にか与えられるだけの状況に慣れ切っていたわ……侍女魂を忘れたつもりはなかったのに）

アルビナは表面にこやかにしながらも、アイデンティティが揺らいでいるのを感じて身体が強張った。

それからというもの、アルビナはさらに精力的に仕事に打ち込んだ。

決して自分からなりたいと手を上げた未来の王太子妃という肩書きではなかったが、それを言い訳にしたくなかった。

礼儀作法、古来の式典、そのいわれや今日に至るまでの歴史と改定部分をみっちりと叩き込んだ。かと思えば城下の視察、招待状が来たら茶会へ参加、そして得意分野である孤児院の視察や慈善活動への参加は令嬢や夫人たちに声を掛け、より結果が出るように献身的に動いた。

反王太子派を刺激しないよう細心の注意を払い、且《か》つ妥協点を探り、それとなく働きかけたりもした。

数か月も過ぎるとその草の根運動は徐々に実を結び始める。

アルビナは意にそぐわない派閥を排除することはしなかった。

親王太子派、反王太子派それぞれの意見を聞き否定せずじっくりと傾聴することで、いわば『王太子妃派』的な流れを浅く広く作り出すことに成功した。

その中でアルビナは仲良くなった令嬢たちから興味深い話を聞いた。アルビナが来る前の、イェオリの妃《きさき》候補についてだ。

最初は口が重かったが、煽《おだ》てて宥《なだ》めて褒めそやすと『もう過去の話だから』と前置きしながらも声を潜めて教えてくれた。

やはり王太子妃候補は思ったよりもたくさんいた。

アンザロード以外の近隣国の王女からも打診が来ていたという噂も多数あり、国内の年回りの近い貴族令嬢に至っては、ほとんどが候補に挙がっていたらしい。

中でも思った通りシュミット侯爵家のクララ嬢、そしてレイデン伯爵家のフェルマ嬢などは令嬢たちの間でも有力候補と目されていたらしい。

公爵家には年回りの近い令嬢がいないということなので、筆頭はシュミット侯爵家ということになる。

やはりクララ嬢のあの視線はアルビナ憎し、というもので間違いなかったようだ。

「でもフェルマ様は思う方がいらっしゃったようで、既に別の方と婚約が成立したようですわ」

かくいうわたくしも、と令嬢が恥ずかしげに手の甲をさっと掲げた。

その指には大振りの宝石があしらわれた指輪が煌めいている。

「まあ！　おめでとうございます」

アルビナが手放しに祝いの言葉を述べると、令嬢は嬉しそうに頬を染めた。

彼女曰くアルビナが婚約者として決まった今、国内貴族の間では空前の婚約ブームが起きているとのことだ。

（そうでしょうね……）

アルビナは表情に出さずに考える。

これから急いで結婚して、うまく子をなせば男児でも女児でも次の代でチャンスが巡ってくる確率が高まる。

丁度アルビナとイェオリの、生まれてくるだろう子供と同じような年回りになるからだ。

こうなってくるとアルビナはどちらの派閥にとっても美味しい撒き餌《まえ》のようなものだった。

うまく立ち回れば王太子が釣れるとびきりの餌。

アルビナはアルビナで、それを利用して情報を収集しているのだからお互い様である。


「つ……っかれた……！」

行儀悪くベッドに身体を投げ出したアルビナは、腹の底から息を吐いて脱力した。

いつも優しく思慮深い婚約者を演じ続け、夜は夜でイェオリと同衾する生活はアルビナを疲弊させるのには十分だった。

「予定を詰め込みすぎですよ」

心配顔のメラニーがアルビナの足から靴を脱がせマッサージを施す。

まだ陽《ひ》も高いというのに、アルビナの体力は削れに削れている。

「でも、付き合いのいい王太子妃候補のほうがいいでしょ？」

「それはそうですけど……アルビナ様が倒れてしまっては元も子もないですし」

「侍女の言う通りだな」

予想外のイェオリの同意にアルビナは勢いよく起き上がる。

幻聴などではなく、イェオリ本人が部屋のドアに寄りかかっていた。

「イェオリ様」

アルビナが慌ててベッドから下りようとすると、イェオリが手を上げてそのままでいいと合図する。

反対の手に持っていた小さな包みをアルビナに向かって差し出したのでそれを受け取ると、微《かす》かに懐かしくて甘い香りがした。

「アンザロード国の菓子だ。食べるといい」

それだけ言うと、イェオリは踵《きびす》を返して出て行ってしまう。

「え？　それだけのために来たの？」

アルビナは礼を言う間もなく立ち去ってしまったイェオリの残像に話しかける。

もちろん返事はない。

「お疲れのアルビナ様を心配してアンザロード国の菓子を差し入れてくださるなんて、お優しいですね」

隅に控えていたメラニーが微笑みながらお茶の準備を始める。

「そうかな……」

アルビナが包みを開けると、アンザロード国でよく食べていたシナモンの菓子が入っていた。

フェルン王国ではあまり菓子にシナモンを使用しないため、アルビナは懐かしさで自然と頬が緩むのを感じる。

夜になってベッドで本を読んでいると、疲れた様子のイェオリがやってきた。

晩餐《ばんさん》も一緒にとれないほど忙しかったようだ。

「随分お疲れですね」

「ああ、まあな」

イエオリは忙しくてもその内容をアルビナに言わない。

言ってもアルビナが解決できるわけではないだろうが、疎外感を感じてしまうのは否めない。

そうなるとアルビナにできることは身体を労《いた》わることぐらいだ。

「今夜は早くお休みになってください」

こういうときは質の良い睡眠と栄養だ。

アルビナは兄からよく言われていたことを思い出し、イエオリのために身体をずらして場所をあける。

「しないのか」

イエオリは黒曜石の瞳でじっとアルビナを見据える。

その声に僅かに険が含まれているのを感じてアルビナは眉を吊り上げる。

「疲れているときは身体を休めるものです。また、元気になったら……すればよいのです」

アルビナはツンとそっぽを向く。

以前から思っていたのだが、イエオリは精力が旺盛すぎるのではないか。

今の口振りではしないことに不満があるというように聞き取れる。

(疲れているときは泥のように眠るものよ……！)

なまじ体力に自信があるため加減がわからないのかもしれない。

もう一言二言苦言を呈してやろうと口を開いたアルビナは、急に視界が回転したことに驚いて声を上げた。

「ひゃ……っ？」

「疲れているときこそ、人肌が恋しくなろうというものだ」

滑らかなシーツの上で身体を一瞬浮かされ横にされたアルビナの上に、イェオリが伸《の》し掛《か》かってくる。

「ちょ、ちょっとお待ちください……っ」

「待たない。いつものことだとあきらめろ」

首筋に顔を埋めたイェオリはそこで深く息を吸い、アルビナの香りを堪能する。

淫らに蠢く手を止める術《すべ》はなく、アルビナはシーツに埋もれるようにして抵抗をあきらめた。


「うう……、結婚前でこれなら王太子妃になるともっと激務が……？」

ようやく解放されたアルビナは大袈裟《おおげさ》に泣き言を口にすると、ぐううぅ、と腹の虫が鳴った。

乙女《おとめ》らしからぬ音をなかったことにしたくて、強く腹部を押さえたが無駄だった。

「なにか夜食でも持ってこさせるか？」

どこか満足げな顔をしたイェオリが呼び鈴を鳴らそうと手を伸ばしたのを、アルビナが止める。

これを鳴らせばメラニーかリーズ、もしかしたら別のメイドが割を食うかもしれない。

「こんな時間ですから結構です。いただいたおやつが残っているので」

アルビナがガウンを羽織ると、昼間にイェオリからもらった菓子が置いてあるテーブルに移動する。

その後ろをイェオリもついてきた。

「シナモンの菓子は珍しいな」

「ええ、こちらではあまり見かけませんね」

シナモンはその優れた薬効から、薬としての側面が強い。

アンザロード国では原料となる樹木が多く自生しているため、他の地域よりたくさん利用方法があるのだ。

「慣れていないと、この香りが苦手な者もいるのだが」

「そうですね。でも血の巡りを良くしてくれますし、積極的に取って損はないかと。あ、でもイェオリ様はほどほどになさってください」

焼き菓子を摘まもうとしていたイェオリに声を掛ける。

「なぜだ?」

訝しげな声を上げるイェオリに、アルビナは人差し指を立てて宣《のたま》う。

「もともと体温が高いですし、今でさえ性欲旺盛なイェオリ様がシナモンを召し上がっては、わたしの身が持ちませ……っ」

イェオリが珍しくぽかんと気の抜けた顔をしたことで、恐ろしいほどの失言に気が付いたアルビナは大慌てで自分の口を塞ぐ。

「ああ、そういえばシナモンは媚薬《びやく》として使われることもあるとか」

「……」

イェオリの言葉は静かだったが、アルビナはそれをそのまま受け止めることができずに目を逸らして沈黙する。

（やばい、これはやばいでしょう！）

イエオリは横目でアルビナの様子を窺いながら、シナモンの菓子を食べる。

身を縮こまらせたアルビナの肩にイエオリの手のひらが置かれたかと思ったら、耳元でふっと息がかかる。イエオリが笑ったのだ。

「二人で口にしたらもっと顕著な結果が出るかもしれないな？」

イエオリの手のひらの熱を感じながら、アルビナはこれからはもっとよく考えて話す必要があると心に誓った。

シナモンのおかげかそうでないのかわからないが、濃厚な夜を過ごしたアルビナはうめき声と共に目が覚めた。

腰が擦られている。

そう言えば腰が痛い。うめき声はそのせいか……。

徐々に意識が覚醒していく中、思考が繋がっていくのを感じたアルビナは、この地獄の底から響いてくるような声が自分の口から発せられていると気付き、驚いて目を瞬《また》かせる。

「えっ、えっ？　わたし？」

「くっくっ……っ。本当にアルビナは見ていて飽きない」

隣では既に起きていたらしいイエオリが肘枕でニヤニヤしていた。

どうやら腰を擦ってくれていたのは彼らしい。

「あっ、非道ですか！　唸っていたら起こしてくれたらいいのに！　これがお兄様なら……っ」

起こしてくれた、と続けようとしたアルビナの顎がイェオリによって捉えられる。

「アルビナは兄と同衾していたのか？」

「あ、いえ……そうではなく……ソファで昼寝とかしていて悪夢にうなされているときに起こしてくれたので」

思いがけない剣幕にアルビナは腰が引ける。

だがイェオリは追及の手を緩めない。

「アルビナはいつもその辺で無防備に寝ていたのか？」

顔が怖い。

アルビナは顔が引き攣《つ》るのを自覚しながらも、それを隠すことができない。

（なんなの？　いったいなんの追及だというの？）

もちろんアルビナだって適当にその辺で寝るようなことはしていない。

あくまで城に上がる前、幼い頃の自宅の居間でのことだ。

アルビナは早くから王城に勤めに出たので、長じてからはそんな不用心なことはしていない。……してても気心の知れたメラニーがいるところだった。

「そんなわけないじゃないですか！　イェオリ様はどうあってもわたしをふしだらでだらしない女にしたいのですか！」

語気を強めて言うとイェオリが怯《ひる》む。

しかし到底納得のいった顔ではないのを見て、アルビナは声を荒らげる。

「いいですか、これを機に申し上げておきますが！　我が兄ユアンは人格的にも常識的にも非常に優れた人間です！　わかりますか？　男とか女とかではなく！　優れた人間ということです！」

アルビナは猛烈な勢いで、ユアンがいかに素晴らしい人物かをまくしたてる。

身体が弱いながら領民に慕われていること、決して身体のことを言い訳にしないこと……アンザロード国では言えなかったことをここぞとばかりにぶちまけた。

「わ、わかった……すまない。私が悪かった」

とうとうイェオリが白旗を上げた。

いつもはきりりとした眉毛が心なしか下がっているようにも見える。

「わかっていただけたらいいのです！」

ふん！　と鼻息も荒くそっぽを向いたアルビナの腰を両腕で抱いたイェオリは大きく息を吐く。

「それにしてもアルビナは兄のことを殊《こと》の外《ほか》大事にしているのだな」

「もちろんです、家族ですもの」

この控えめなハグが仲直りの印だと感じたアルビナは遠慮しながらも、そっと両腕をイェオリに回す。

「……家族、か」

少し含みを感じるイェオリの言葉にアルビナは小首を傾げる。

家族は特別だ。

特にアルビナのチェスカ家は貧しいこともあり、他の貴族家庭より団結力が強いと自負している。

だが、それをイェオリがなにか思うことがあるだろうか。

国王と王妃も仲が良く、イェオリのことを案じている様子だった。

家族として問題があるとは思えない。

「私とアルビナも家族ではないのか？」

顔を上げたイエオリの瞳に射貫《いぬ》かれたように、アルビナの呼吸が止まる。

こんなにまっすぐに、彼の気持ちを差し出されたことがあっただろうか。

（いや、ない……！）

男らしく逞しいイエオリと抱き合いながら、それでも彼のことを可愛らしいと感じてしまう自分に驚く。

「あ、ええと、……正確には、まだ家族では……。でも、そのうち……結婚すれば……ええ」

歯切れの悪いアルビナに業を煮やしたのか、イエオリは腕の拘束を強める。

「結婚していないことが問題なのか」

「……普通、血縁関係か婚姻関係がある人物のことを家族と言い習わすような気がいたしますが……」

ここまできてアルビナは、イエオリが寝ぼけている可能性を考え始めた。

（いくらなんでも言動がおかしくないかしら？）

考えに没頭するあまり無意識に唇を尖《とが》らせたアルビナを、イエオリはじっと見つめる。

「……私はまず、ユアン殿に勝たねばならないな」

「は？　なぜそうなるのです？」

イエオリの不穏な言葉に眉根を寄せたアルビナに、彼は軽く唇を合わせるだけのキスをした。

「お前の一番になるためだ」

「!?」

アルビナが目を剥くとイェオリは楽しそうに目を細めて再び唇を奪う。

優しいキスを受けながら、アルビナの胸はひどく高鳴るのだった。


天気のいいある日、アルビナがメラニーとリーズを供に散歩をしていると、王家専用の庭でばったりと国王と王妃に出くわした。

「陛下並びに王妃陛下、ご機嫌麗しく存じます」

「おお、アルビナ」

国王は鷹揚に手を上げる。

二人の邪魔をしてはいけない、とすぐに下がろうとしたが逆に引き留められ、一緒にお茶を飲もうと言われた。

「お邪魔では？」

恐る恐る尋ねると国王は「とんでもない！」と目を見開く。

「アルビナには是非聞きたいことがあるのだ」

王妃も隣で頷いているのを見ると、まさかそれを固辞するわけにもいかない。

庭に急遽《きゅうきょ》お茶の席が整えられることとなった。

「して、アルビナ」

「は、はい」

改まって国王と話をするのはこれが初めてだ。

王妃とはお茶会もあり打ち解けたが、国王ともなれば別格である。

(それに、陛下ってイェオリ様のお父様なんだよねえ……)

婚約者の父親と膝を突き合わせて話すというのはどことなくハードルが高い。

それでなくともアルビナは、仕事を介さずに父親世代と話をするのが苦手だ。

父親がいないせいもあるのだろうが、どうしても身構えてしまうのだ。

(なにを聞かれるんだろう……もしかして出自の話かしら)

イェオリは不問に付すという態度だったが、国王ともなれば話は別だろう。王統に連なる者として
いかにも不適格、と言われるのかもしれない。

もしそうなれば、イェオリとの婚約も白紙に戻すのかもしれない。そう考えたアルビナの胸に鈍い
痛みが走る。

(え、胸が痛い……なぜ?)

どきどきと動悸《どうき》を感じて胸を押さえるアルビナを見て、王妃が国王の脇腹を扇でつつく。

「陛下、アルビナを怖がらせては駄目ですわ」

「おお、済まん済まん。そう構えなくていい。聞きたいのはイェオリのことだ」

国王の言葉はアルビナをさらに困惑させた。それこそどうして自分たちの息子のことを自分に聞く
のだろう?

曖昧に微笑みながら言葉を待つアルビナに、思ってもみない質問が投げかけられた。

「アルビナはこの短期間にどうやってあの男を手懐《てなず》けたのだ?」

ずい、と前傾姿勢になった国王は真剣な眼差しでアルビナをまっすぐに射る。

思わず耳を疑ったが、聞き間違いでも言い間違いでもないと知るとアルビナはさらに困惑を深める。

「手懐ける、とはまたすごい言葉ですが……わたしにはよくわかりません。なぜそう思われるのですか？」

確かにアルビナとイェオリの仲は、当初想像したものよりは随分と親密に感じられる。しかしそれをして『手懐ける』と言われるとは思ってもみなかったのだ。

「ほほほ、レーヴェンラルドの男って言葉が本当に下手《へた》なのよね。この人はね、アルビナが来てからイェオリが変わったと言いたいのよ」

さらりと国王に対して情け容赦のない評価を下したとは思えないほど、優雅な笑みを湛えた王妃が首を傾げる。

その仕草はあたかも『あなたもイェオリの妻となるなら留意するべきところだからね、ここ！』と言っているようで、アルビナは背筋を伸ばした。

「左様。親の私が言うのもなんだが、イェオリは小さい頃から扱いづらくてなあ。物で釣ろうとしても欲しいものはない、足りていると言うような面白みのない奴《やつ》で」

国王は昔を思い出すように顎鬚《あごひげ》を扱《しご》きながら遠くを見る。

それに釣られたのか、王妃も目を細めて笑う。

「そうそう。出されたもので結構、と言って自己主張することがなくて」

アルビナは相槌《あいづち》を打ちながらイェオリの意外な幼少時代に驚いていた。

アルビナの知るイェオリは自分の認めたものでなければいらない、という確固とした自我の上に成り立っているように感じたからだ。

「だからアンザロード国との同盟に基づいて婚姻を、となったときには驚いたのだ。彼《か》の国のヨセフィーナ王女なら年回りが近いと言うと、奴め条件を出してきおってな?」

「……それはどんな?」

アルビナが興味津々で合の手を入れると国王は目を眇める。

「『結婚相手はヨセフィーナ王女ではなく、銀髪緑目の高貴な女性と書いてくれ』などと言ってきたのだ」

「!」

アルビナは思わず息を呑んだ。

一体どういうことなのだ。

アルビナは国王の言葉の意味を咀嚼しきれずに眉を顰める。

その時点でまだ王女ではなかったアルビナのことではないだろう。

さすがに子爵令嬢は高貴とは言えない――いや、そもそもイエオリはアルビナのことを知らなかったはずだ。

しかしストレートにヨセフィーナ王女ではなく『銀髪緑目』と指定したのはなぜだ。

確かにそのように条件が書かれていたからこそ、アンザロード国王はヨセフィーナ王女ではなくアルビナを輿入《こしい》れさせようと画策した。

ヨセフィーナを、と書かれていたらこの度の入れ替わりはありえなかった。

この入れ替わりの最大の要をイエオリが担っていたと言える。

(偶然よね……でも、どうしてイエオリ様はそんなまどろっこしいことを?)

意図がわからずに首を傾げるアルビナに、国王と王妃は笑みを深める。

「あやつの真意はわからぬが、それによってアルビナが来てくれたことを思うと、まるで女神が巡り合わせてくださったように思えるのだ」

「ええ。アルビナが来てからのイエオリは随分と楽しそうだし、執務室に籠《こも》りきりになるようなこともないし」

国王と王妃はここぞとばかりに、イエオリのこれまでの不摂生を暴露し始める。

「食事をする時間が惜しいからと執務室に片手で食べられるものばかりを運ばせたり」

「ええ。風呂に入る時間がもったいないと、いくら言っても湯船に浸からず烏《からす》の行水《ぎょうずい》で済ませたり」

「ええ……」

「それからね、小さい頃は……」

暴露話は幼少期にも及んだ。

あれこれと真偽入り混じったようなエピソードを聞くたびに驚きの声を上げたり笑い転げたりと、アルビナはいつしか国王夫妻に対する緊張をすっかり解いた。

口では扱いづらいと言っていた国王も王妃も、イエオリのことをここまで慈しんできたことがよくわかったアルビナは満面の笑みを浮かべる。

気が付けば庭でかなりの時間語らっていた三人は、慌てて臨時のお茶会を解散することにした。

「楽しいひとときでした。お誘いいただき、ありがとうございます」

深々と頭を下げると国王がアルビナの肩に手を置く。

「公の場以外でそのような堅苦しい礼は不要だ。もう君は私たちの娘も同然なのだから」

「そうよアルビナ。本当のお父様やお母様の代わりにはならないかもしれないけれど、それでも私たちは家族なのだからいつでも頼ってちょうだい……私たち、なんならイエオリよりもあなたの味方ですからね！」

王妃がウィンクをするとアルビナはつい吹き出してしまうが、すぐに顔がくしゃくしゃに歪む。

国王と王妃の心遣いが嬉しかったのだ。

「陛下、王妃様……ありがとうございます……っ」

本当の父からは終《つい》ぞ感じることができなかった男親からの思いやりが、母ヘレナと同じような深い愛情がフェルン王国で与えられるとは思わず、胸がいっぱいになったのだ。

出生のことを知っているだろう二人は、黙ってアルビナの背を撫でてくれた。

「今日は父上と母上と一緒だったとか」

ベッドに入ろうとしたところを呼び止められたアルビナは、ベッドに片膝をついた状態で振り向く。

背後には胸の前で腕を組んで、いかにも機嫌が悪そうなイエオリがいる。

そう言えばイエオリは部屋に入ってきたときからいつにも増して無口だった。彼の不機嫌の元がようやくわかったアルビナは、身体を半回転させてベッドに腰掛けると脚を組む。

「ええ、ご一緒させていただきました」

手持ち無沙汰を解消するために、アルビナは後ろでひとまとめにしていた髪をゆっくりと解いた。

豊かな銀髪がするりと背中に流れると、イエオリの喉仏が上下したのがわかった。

アルビナは髪が眠るときに邪魔にならないよう、耳の横でひとまとめにすると緩く編んでいく。

細く柔らかい感触は自分で触っていても心地よく感じるほどだ。

日々メラニーやリーズ、そして王城のメイドたちが心を込めて手入れをしてくれるのだ。

そのありがたさを噛みしめながら編み終わりをリボンで結ぶと、イェオリの手が伸びてきてそのリボンの端を引いてしまう。

アルビナの銀糸がはらはらと解けていく。

「ちょっと、イェオリ様……っ」

せっかく結ったのにと頬を膨らませると、イェオリがドスンと乱暴にアルビナの隣に座る。

ベッドが軋んで体勢を崩しそうになるが腹筋に力を入れてなんとか堪える。イェオリは無言のまま完全にアルビナの髪を解いてしまうと梳《くしけず》るようにして指を通している。

「イェオリ様？」

「私は、アルビナの髪は解いているほうが好きだ」

急にそんなことを言い出す。

何事かと思っているとイェオリはさらに言葉を続ける。

「私はアルビナの婚約者だ。そしていずれ夫になる男だ」

「そ、そうですね？」

なにが言いたいのかわからずに、曖昧に相槌を打つ。

だが、微妙に響いていないアルビナを察したイェオリは、苛《いら》ついたようにアルビナの肩を掴んで強引に自分のほうへ向けさせた。

「アルビナ、おかしいとは思わないか」

「な、なにがでしょう？」

イエオリが目を眇めて訴えていることがわからず、アルビナは混乱する。

（本当にわからない……っ、なにが言いたいの？）

だが、イエオリはアルビナの察しの悪さにとうとう大きなため息をついてしまった。

「アルビナは私と一度もお茶会をしていないのに、母はともかくどうして父上とまでしてしまうのだ」

「…………え、誘われたからですが」

深く考えず反射で答えたアルビナだったが、それを聞いたイエオリが肩に置いた手に力を込めた。

「ならばアルビナは誘われたら父上と結婚をするというのか？」

もうイエオリの思考回路がわからない。これは暴走と言ってもいいだろう。

アルビナは頭痛を感じて額を押さえた。

「……イエオリ様、それは些か飛躍しすぎです。陛下には王妃様がいらっしゃるではないですか。請われたところで結婚などできるはずがありません」

「それは障害がなければ受けるということか？」

違う、絶対的に違う。

今のイエオリはどうしてか、最初に掛け違えたボタンに気付かずに悪戦苦闘しているように見えた。

アルビナはボタンを一旦全部外してやり直したら？　と言いたいのをぐっと我慢して、どうして掛け違ってしまったのかを指摘した。

「イエオリ様はわたしとお茶会がしたくて、やきもちを焼いているのですか？」

少し意地悪なことを言ってしまったと思ったアルビナだったが、後には引けない。

しかし予想に反してイェオリは真顔で頷く。

「そうだが？　アルビナの初めてをひとつ奪われて面白くない気分だ。これは恐らく嫉妬だろう」

想定をはるかに超えた回答に、アルビナのほうが動揺してしまう。

目の前の男が不機嫌を隠しもしないことが、どうしてこんなに嬉しいのだろう。

じわじわと顔に汗が浮き、顔面が熱くなるのを感じる。

胸が引き絞られるような感覚を覚え、苦悶《くもん》の表情で耐えていたアルビナだったが、とうとう我慢が限界に達しイェオリとは反対のほうに身を伏せる。

「アルビナ？」

「うう……、イェオリ様、あまり恥ずかしいことを言わないでください。これではまるで……」

まるで、本当に好かれているようじゃないですか。

あまりに自己肯定感が強すぎる言葉を呑み込み、アルビナはベッドに倒れ込んだまま両手で顔を覆う。

ほどなくイェオリが覆い被さってくる気配を感じて、指の隙間から覗き見た。

イェオリはアルビナが思うよりもずっと、まっすぐに彼女を見つめていたので、思わず指を閉じて見なかったことにした。

結果から言うと、イェオリを納得させるのは非常に難しかった。

なにしろ、これから先の『アルビナの初めて』を全部寄越せと強欲なことを言ってきたのだ。

これにはアルビナも頭を抱えてしまう。

(そんな、いつ初めてに遭遇するかもわからないのに、約束できるわけない！)

やんわりと期待に添うことは難しいと告げると、イェオリの機嫌が悪くなった——表情は変わらないのに、確実に機嫌を損ねたのがわかって、アルビナは驚く。

「で、ではこうしましょう！　なるべく、一緒にいる時間を増やすのです。そうすればおのずと初めてが増えていくかと……」

そんな子供騙《だま》しが通用するかと叱られるのを覚悟で口にした軽口だったが、思いのほかイェオリは満足したようで肘枕をしたまま何度も頷く。

「なるほど、そうしよう。では手始めに」

そう言うとイェオリは肘枕をしていた腕を伸ばしてアルビナの頭と枕の間に突っ込んだ。

「わあ！」

「腕枕は、初めてだろう？」

ある種の圧を感じる問いかけに頷くしかない。

むしろ頷く以外の選択肢を選びにくい問いでもある。

「も、もちろんです！」

必死に頷くアルビナの答えに、イェオリは満足げに口角を上げた。

4・身代わり令嬢、バレる

王太子イェオリの婚約者としてフェルン王国で存在感を高めていくアルビナは、アンザロード国にいたときよりも生き生きと暮らしていた。

誰に阿《おもね》ることなく『本来のアルビナ』として生きることがこんなにも楽しいだなんて、当初は思いもしなかったのに。

お茶会や慰問、視察や式典も最近は周囲が驚くほどうまく回すことができるようになっていた。

時にヒヤリとすることもあるが、致命的なミスもなくなんとかやれている。

「それもこれも、リーズがいてくれるからね。本当にありがとう」

控えていたメラニーも大きく頷《うなず》いて同意する。

「そうですわ。フェルン王国のことを教えてくださるリーズが一緒にアルビナ様を守《も》り立ててくれるからこそ、なんとかやれているのですわ」

二人から交互に褒めそやされたリーズは、戸惑ったように視線を彷徨《さまよ》わせる。

「ま、まあ……なにを急に。そんなことありませんわ。すべてはアルビナ様の努力の賜物《たまもの》です」

そう言いながらも嬉《うれ》しいのか、俯《うつむ》いてもじもじとしている。

アルビナとメラニーはにこにことそれを眺め、部屋には平和な空気が流れた。

そんな空気を感じながら、アルビナはこのましかるべき時にイェオリと結婚して本当の夫婦になるのだろう、とぼんやりとした未来を描いた。

しかし物事はそううまくは運ばない。

フェルン王国の貴族の中で強硬にアルビナを敵視しているのは反王太子派よりも、王太子妃の座を狙っていた年頃の娘を持つ貴族たちだった。

彼らは表ではいい顔をしつつ、急に婚約者の座に収まっただけでなく、気難しく機嫌を取るのが至難と言われていたイェオリとうまくやっているアルビナを苦い思いで見ていた。

その中で最も好戦的なのが、シュミット侯爵である。

彼はイェオリとアルビナが未《いま》だ婚約状態であるうちに、どうにかして破談にしたいと情報を集めていた。

だが国内でのアルビナの評判は悪くないどころか上々で、情報が集まるたびに侯爵は臍《ほぞ》を噛《か》んでいた。

「こんな情報が欲しいのではない！　もっと、あの小賢《こざか》しい女を今すぐに追い落とすような情報を持ってこい！」

日々苛《いら》つき部下に当たり散らすのにも訳がある。

年頃を迎えたシュミット侯爵の娘クララは、イェオリと結婚させるべく誰とも婚約をしていない。

王太子妃としての目が難しいのであればすぐに対応を変えなくてはいけないのに、当のクララがそれを拒むのだ。

これまではなんとかやり過ごしてきたが、しかしそれももう限界が近づいてきた。

シュミット侯爵家と王太子妃の座を争っていた周辺貴族が、即座に次代へ目標を据え婚約や結婚を発表し始めたのだ。

優良物件の数は限られている。

機を逃せば条件はどんどん悪くなり、しなくてもいい妥協をしなければならなくなる。

それにあまりに婚約者が決まらないと、令嬢になにか問題があるのではないかと噂《うわさ》が立ってしまう。

そうなっては元も子もない。

甘やかして我儘《わがまま》に育ったクララを受け入れてくれそうな高位貴族は、そろそろ打ち止めだ。

同じように王太子妃候補だった伯爵令嬢の婚約が既に決まっているのが、またシュミット侯爵を焦らせた。

娘のクララにも有力な貴族との婚約を打診するのだが、彼女はなんとしてもイェオリでなくては駄目だと駄々をこねている。

他の男では自分が一番になれない、と。

これはクララが幼い頃からシュミットが噛んで含めるようにイェオリと結婚するのだ、国で一番敬われる女性にならねばならないと言い続けてしまった弊害かもしれない。

良かれと思ってしたことが、取り返しのつかない歪《ゆが》みを生んでしまった。

「ええい、こうなったらなんとしてでも女狐《めぎつね》を引きずり下ろさねば……最悪捏造《ねつぞう》してでもっ」

そんなシュミット侯爵に思わぬ方向から朗報がもたらされた。

アルビナの祖国・アンザロード国からの情報で、アルビナの致命的な秘密の暴露だという。

その知らせを受けたシュミット侯爵は狂喜乱舞《きょうきらんぶ》した。

「ははははは！　天は我に味方した！　これで我が娘が王太子妃……ひいては国母となる道が開けた!!

「ははははは！」

高らかに哄笑《こうしょう》するシュミット侯爵は、劇的な暴露の舞台を整えるべく思考をフル回転させた。

ある日の会議で、珍しくシュミット侯爵が発言を求めて挙手をした。

常にはないことで議場がざわついたが、議長は静粛を求めるように手を掲げ、シュミット侯爵に発言を許可する。

「お時間を少々いただきます。実は私《わたくし》、この国の未来について、看過できない事実を知ってしまいましたので……」

もったいぶった口調でニヤニヤと頬を緩ませ国王に視線を流したシュミット侯爵に、国王とイェオリが同時に眉を顰《ひそ》める。

さすが親子ということだろうか、不快に思うタイミングが一致している。

「申してみよ」

フェルン国王が頷くと、シュミットは嬉々《きき》として語り出す。

「私はこの国の貴族として王家を支え、守りかつ発展させていく義務があると常々思っております。そしてこんにちまでそれを実践してきたという自負があります」

「……」

規模の大きな滑り出しに議場はしんと静まり返る。

国王もイェオリも真顔で侯爵の言葉に耳を傾けている。

彼はそれを肯定と感じたのか、ますます饒舌《じょうぜつ》になった。

「私は全身全霊をかけて、私欲無くこの国のため尽くしてまいりました！　しかし先日、私は耳を疑う話に触れ、ひどく動揺しました」

ああ、と天を仰いで詠嘆するシュミットに、イエオリが小さく舌打ちをした。

「シュミット侯爵はなにが言いたいのか。要点をまとめてほしい」

議場のすべての人の総意を代弁したイエオリにも恐れず、シュミットは芝居がかった仕草で頭を下げる。

（まるで道化のようだ）

肘置きを指で叩《たた》いて、苛立《いらだ》ちを隠さないイエオリを国王が低く窘《たしな》める。

「イエオリ」

「……失礼を」

姿勢を正したイエオリに視線を送った後、シュミットは顔を上げて口角を上げた。

「王太子殿下はアンザロード国から輿入《こしい》れしてきた王女を、本当に娶《めと》るおつもりですか？」

「……なに？」

イエオリの声に険が混じった。

誰の目にも、シュミットの発言がイエオリの逆鱗《げきりん》に触れたのは明らかだった。

国の重大事などと銘打つからには政策や国境のこと、もしくは不正の告発かと思っていただけに、アルビナが婚約者に相応《ふさわ》しくないなどと言い始めるには些《いささ》か――今更感が否めない。

「アルビナとは現在婚約中で、なんの問題も発生していないし不満もない。善き日を選定して婚儀を整えるつもりだ。それに異を唱えるというのか」

イェオリの声は冷たいどころか凍えていた。

議場の貴族たちは固唾《かたず》を呑《の》んで状況を見守る。

不穏な空気に気付いているのかいないのか、シュミット侯爵は複雑な表情の中に一抹の憐《あわ》れみを混ぜてイェオリを見る。

「イェオリ・レーヴェンラルド王太子殿下、恐れながら殿下はアルビナ王女……いや、アルビナに騙《だま》されておいでです」

「なに？」

シュミットの言葉に議場がざわつき始める。

最近では評判のいいアルビナだが、根底には所詮《しょせん》他国からの人質、という取り払うことのできない考えがフェルンの貴族には根強くある。

「他国の人間にしてはそれなりにやる」「まあ、及第点か」という土台の上に積み上がったアルビナへの信用が「やはり信用ならない」とすぐさま塗り替えられるような気配に、イェオリが立ち上がる。

「それは私に対する、ひいてはレーヴェンラルド王家に対する侮辱と受け取るが構わないな」

明らかに気分を害した様子に、シュミットが慌てて首を振る。

「いいえいいえ！　そのようなことは決してございません。ただ、あの女狐の正体を知れば殿下もご納得されるはずです」

額に汗を掻《か》きながらも笑みを崩さないシュミットの様子によほど自信があるのだと感じた貴族たちは、彼がアルビナのことをどうして『女狐』と呼ばわるのか、興味津々の様子だ。

「シュミット侯爵、どういうことだ」

国王が怒れるイエオリを制してから発言の意図を説明するように促すと、シュミットはパッと顔を明るくして唇を歪める――嗤《わら》ったのだ。

イエオリはそれに対して目を眇《すが》めて奥歯を噛みしめた。

「ええ、陛下。我々はアンザロード国に騙されたのですよ。今でこそ王女然とした振る舞いをしていますが、彼女は本名をアルビナ・チェスカといい、アンザロード国の子爵家の娘です。我々は偽物を掴《つか》まされたのです！」

ざわり、と議場の空気が動いた。

フェルン王国ではレゾン国への牽制《けんせい》のためにと、アンザロード国からの働きかけで同盟を結んだ。その絆《きずな》を強固なものにするための婚約であり結婚である。

王太子の相手となれば、それは相応に高貴な身分の相手が望ましく、またつり合いが取れるというもの。

美しい上に女神フェルンと同じ吉祥色を身に纏《まと》う王女ならば、それに相応しいと納得し議会でも承認したというのに。

「なんということだ！」

「それは本当なのですか？」

「許されぬ愚行……っ」

議場で様々な声が出て紛糾する中、イエオリが声を荒らげる。

「私が妃《きさき》にと求めたアルビナに対してなんという暴言だ……！」

国王が静粛を求めて手を上げる。

「これについては後日改めて場を設けるものとする。今日は解散だ」

「しかし陛下……」

納得できない表情のイェオリがなおも言い募ろうとするが、国王は首を振ってそれを制する。

シュミット侯爵のほうもこの流れで一気にアルビナをやり玉にあげようとしたいらしいが、国王の冷静な瞳で見つめられて言葉を呑み込む。

国王とイェオリは立ち上がり、無言のまま議場を去った。

その背後ではシュミット侯爵が他の貴族たちに取り囲まれ、アルビナのことを悪《あ》しざまに言っているのが聞こえた。

得意げな声の調子が神経を逆なでるようだった。

「父上、なぜ止めたのです?」

靴音に怒りを漲《みなぎ》らせながらイェオリが唸《うな》るように言う。

これが父親でなければ、実力行使に出ていてもおかしくないほどに怒気を隠そうともしていない。

「お前まで興奮してどうする。剣でも抜いてしまえばそれこそ取り返しがつかない」

「しかしあれでは、アルビナに瑕疵《かし》があったと認めるようなものではないですか」

思い出してまた怒りが湧いたのか、ふつふつと滾《たぎ》る感情をなんとか押し留《とど》めている息子を見て、国王はわずかに目を細めた。

「お前がそこまでアルビナ殿に入れあげるとは思っていなかった。ちゃんと人を愛せるのだな」

為政者としていつも己を律している国王が稀《まれ》に見せる父親としての柔らかな表情に、イェオリは目を見張る。

そして詰めていた息を吐き出すとガシガシと乱暴に髪を掻き回す。

「ああ、そうです。私はもうなにがあってもアルビナを手放すことはできない」

これまでこのような会話を交わすことのなかったイェオリは、ほんの少し照れたように視線を外す。

「なるほど。ならばするべきことは承知しているな？」

試すような父の視線に、イェオリはヒヤリとする笑顔で応じる。

「――ええ。手加減をする気はありません。好きにやらせてもらいます」

それは了承を得る類《たぐい》のものではなく、宣言だった。

イェオリは踵《きびす》を返すと靴音も高く歩き出した。

すべてはアルビナと共に歩む未来のために。


「ば……、バレた？」

その夜、アルビナは自らの寝室ではなく、隣のイェオリの部屋にいた。

常にはなく廊下からのドアと続き扉の両方に施錠したイェオリから不穏な空気を感じ取ったアルビナは身を固くした。

（か、鍵を掛けていったいなにをするつもりなの……っ）

著しい身の危険を感じたアルビナだったが、ベッドに並んで腰かけたイェオリから会議でのことを聞かされ上擦った声で叫ぶ。

「声が大きい……。今詳細を探らせているところだが、恐らく情報源はアンザロード国だろうと思われる。アルビナに恨みを持つような人物に心当たりはないか」

「そんな、心当たりなんて……」

アルビナは唇を噛みしめる。

アルビナはヨセフィーナの侍女として与えられた役目をそつなく、望まれる以上にこなしてきた自負がある。

なんならアルビナのほうが無理矢理身代わりとして送り込まれたアンザロード国に恨みを持っていてもいいくらいだ。

それでもなにかあったかと、時計を逆回しするようにして思考を巡らせていると、出立の際のことが思い出された。

「……あ、もしかして」

「なんだ」

イエオリがずいと顔を寄せてくる。

頬に唇が触れそうな距離に胸が高鳴るが、それどころではない。

アルビナは努めて冷静であろうと咳払《せきばら》いをする。

「前にお話しした通りわたしは国王の隠し子で、輿入れのためだけに急に王女として認知されたので、貴族たちの間で不満があったと思います」

アンザロード国からフェルン王国のような大国に輿入れするのは、玉の輿と言っても過言ではない。

高位貴族の令嬢であれば、これまで下位貴族と侮っていたアルビナが玉の輿に乗り、ゆくゆくはフェルンの国母となるのは歯噛みするほどに悔しいことであるかもしれない。

出立のときに見た、羨《うらや》むような突き上げるような視線を思い出す。

「なるほど。アルビナのあらを探していたシュミット侯爵がアンザロード国でヨセフィーナ王女由来の騒動を知り、そこを足掛かりにアルビナを追い落とそうとしたということか」

「ええ。でもアンザロード国では誰もが知ることです。事が事だけに口止めも無理でしょうし……今更という感が否めないという気も。この件に対する批判は、そのままアンザロード王家に対する不満ですから」

(おかしい……。イエオリ様はなぜこの問題を大事にしようとしているのかしら)

アルビナは俯いて考える。

シュミット侯爵がこれほどまでにアルビナを追い落とそうとするのは、恐らく年頃の娘を王家に嫁がせたいからだろう。

先日令嬢たちから聞いた話では、侯爵令嬢が王太子妃候補筆頭だったはずだ。

それならば横から素性も定かではないアルビナに掻《か》っ攫《さら》われたら面白くないのは理解できる。

いまやフェルンの貴族のほとんどのお家事情を網羅したアルビナがその考えに行き当たるのだから、イエオリもそれに気付いているだろう。

この問題は簡単に解決することができる。

議会がイエオリの妃にアルビナが相応しくないと断じるのであれば、アルビナを放逐してシュミット侯爵の娘なり他の貴族令嬢なり、相応しい女性を娶ればいい。

シュミット侯爵が足掛かりとした「アルビナが駄目な理由」をそのままアンザロード国に突きつければ事は済む。

アンザロード国がしたことは心底フェルン王国を馬鹿《ばか》にした行為だからだ。

武力においても政治手腕においても辣腕《らつわん》と恐れられるイェオリならば、それくらい朝飯前だろう。

だがイェオリはそうせず、面倒にもアルビナとこのまま結婚するために策を弄するようだ。

「もし諸々ご迷惑なら、婚約を解消してくださっても構いません。……あ、でも同盟は維持したいのでそれはなんとかいい感じでまとめてくだされば……」

すらすらと提案するアルビナは途中で言葉を切る。

イェオリの黒曜石の瞳がじとりと睨《にら》んでいた。

「……、なにか?」

「アルビナ、お前は本当に……」

イェオリが見たことがない顔をしているのを見て、訝《いぶか》しげに眉を顰めたアルビナは避《よ》ける間もなく唇を奪われる。

すぐ隣にいるのだからそれはとても簡単なことで、婚約をしているのだから避けなくてもいいことなのだが、アルビナはつい顔を背けてそれを避ける。

「ちょ、ちょっと！　なんでキスするのですか、大事な話の途中……」

「なぜアルビナはまだ私の妻ではないのだろうな」

おかしなことを呟《つぶや》きながらイェオリはアルビナの細い顎《あご》を捉えてさらに唇を重ねる。

呻《うめ》いて遺憾の意を表すが、舌を絡められ吸い上げられると頭の芯がビリビリと痺《しび》れて、身体《からだ》が弛緩《しかん》してしまう。

「……っ、はぁ……っ」

思うさま味わわれたアルビナは荒い息でイェオリを睨むと、その逞《たくま》しい胸を押して唇を拭《ぬぐ》う。

「……わたしがまだイエオリ様の妻ではないのは、結婚していないからです！」

当然といえば当然すぎるアルビナの回答に、イェオリは真顔になる。

「あ、あぁ……。そうだな」

彼の顔には『そういうことではないのだが』と書かれていたが、アルビナは気付かないふりをした。

顔が熱かった。もっと赤くなってしまう前に冷静にならなければ。

「ええと、では……イエオリ様は当初の予定通りわたしと結婚する方向でよろしいのでしょうか」

いまは色事にかまけている暇はない。

シュミット侯爵にどう対処するかを決めなければならないのだ。

ここでイエオリと足並みを揃《そろ》えておかなければ足元が崩れる。

「もちろんだ」

揺るぎない言葉に、アルビナは逆に不安になる。

(イエオリ様がどうしてここまで結婚に固執するのか……わたしが女神フェルンの吉祥色を持っているから？)

裏を返せば、吉祥色があれば誰でもいいということ。

アルビナは胸に痛みを感じて言葉を詰まらせる。

「……っ、そのように。では……」

努めて平静であるように心掛け、アルビナはシュミット対策を話し合う。

事務的に話をしている限り、胸の痛みが遠ざかってくれる気がしていた。

数日後、フェルン王国の由緒ある議場での臨時会議は出席率が十割を超えていた。

つまり常には出席できない面々まで姿を見せているということだ。

（まるで見世物ね）

アルビナは議場に通じる扉の前で、これまで身につけてきた淑女としての完璧なあり方を体現するように存在していた。

背筋を伸ばしまっすぐ前を見て、頬には柔らかな笑みを浮かべている。

全身を緊張させながら、決してそうみせてはならない。

それを呼吸するようにできなければ、イェオリの隣に立つことはできないのだ。

王族は最後に議場に現れることになっている。

アルビナはイェオリが差し出した手を取り、一つ深呼吸をする。

「緊張しているか」

「それなりに」

短く答えると、イェオリはアルビナの手を掬《すく》い上げ指先にキスをした。

「案ずるな、アルビナは今日もちゃんと美しい」

「いま必要なのはそういう言葉じゃないんですが……でも、気持ちは解《ほぐ》れました」

まったくの強がりだったが、アルビナは目を細めて笑う。

「さあ、わたしたちの結婚のために参りましょう」

場を和ませようと軽口を叩いたアルビナを見遣《みや》ってからイェオリが係の者に合図を送り、扉が開かれた。

イェオリとアルビナが登場したことでざわついていた議場がしんと静まり返った。

これは王族に敬意を表したというよりはアルビナに対する排他的な意味合いが強い。

(視線が突き刺さる)

つい先日までにこやかに会釈を返してくれていた貴族面々の口が堅く引き結ばれ、女性は扇の裏でひそひそとなにやら囁《ささや》いている。

一部心配そうな表情を浮かべているのは、アルビナと共に慰問に力を入れている令嬢たちとそこにいるはずのないメラニー、リーズだった。

(頼んで入れてもらったのかしら)

視線が合うとメラニーは口許《くちもと》を戦慄《わなな》かせてなにやら言いたげにしている様子が可哀《かわい》そうで愛らしく、アルビナは僅《わず》かに首を傾《かし》げて微笑《ほほえ》みを投げる。

(心配してくれているのね。なんて可愛《かわい》らしい)

アルビナの胸は熱くなり、自然とイェオリの手を強く掴んでしまう。

その手を強く握り返され、まじまじとイェオリの顔を見返す。

「大船に乗ったつもりでいていい」

前を向くイェオリはいつもの表情だったが、それが頼もしい。

イェオリとアルビナに続き国王が議場に入ると空気が緊張した。

国王の席のすぐ後ろには大きな女神の像が設《しつら》えられている。

何人《なんぴと》も女神の前で人を貶《おとし》めることをしてはならない。

女神に恥ずかしい行いはしてはならないという戒めなのだという。

議長が厳《おごそ》かに開会を告げると、許可を得ないうちからシュミット侯爵が立ち上がる。

すぐにでもアルビナを糾弾するつもりらしい。

やる気が膨らみすぎて、腹のボタンが弾《はじ》け飛びそうになっているではないか。

「本日は臨時の会議まで開いてくださりありがとうございます。早速ですが現在アンザロード国王女と名乗り、イェオリ王太子殿下の婚約者の座に収まっているアルビナ・チェスカへの審議を……」

すらすらと口上を述べるシュミット侯爵の態度は自信に満ち溢《あふ》れていて、こんな場でなければ随分と有能な人物に見えた。

アルビナは表情を崩さず静かにそれを聞いていた。

「……つまり、本来我が国に輿入れするはずだったのはヨセフィーナ王女であり、アルビナ殿は名指しされていないのをいいことに、ただ銀髪で緑の瞳というだけで権力欲しさに強引に名乗りを上げた我欲の強い女なのです！　みなさま、果たしてこのような人物が王太子妃に、ひいては王妃となるに相応しいとお思いですか？」

シュミットはオペラを一曲歌い上げたような、やり切った顔で両手を広げた。

彼の頭の中では万雷の拍手が鳴り響いているのだろう。

（なんですって？　情報が歪みすぎでしょ！）

どこからの情報だ、と眉根を寄せたアルビナはわなわなと震えた。

自分がどんな気持ちで家族と別れてフェルン王国に来たのか、ここでどんなに苦労してフェルン式の作法を身につけたのか、社交活動に勤《いそ》しんだのか……すべてに泥を塗られた気持ちになる。

（暴れてやろうかしら）

心の中の猛牛が前足で地面を削ってスタンバイしている。

自分いつでも行けます！　と鼻息も荒く敵（シュミット侯爵）を見据えるが、議長が冷静に場を進行させる声に我に返る。

「シュミット侯爵の意見に異議のある方は挙手を」

その声にイエオリが挙手をする。

議長が首を巡らせて全体を確認してからゆっくり瞬《まばた》きをした。

「イエオリ王太子殿下、どうぞ」

イエオリは議長に対し目礼をすると前を向く。

王族でありながらも議場に相応しく議長に対して礼を表す。

「シュミット侯爵の情報には齟齬《そご》がある。まずこちらから打診したのは吉祥色を纏う高貴な女性、というものだ。ヨセフィーナ王女を望むとは一言も明記しなかった。ゆえに条件を満たしたアンザロード国で由緒ある子爵家令嬢であるアルビナ殿が輿入れすることになった。至極当然のことでなんの問題も瑕疵もない」

イエオリの言葉は真実を告げるものだったが、それでは納得しないシュミットが声を上げる。

「しかし子爵程度の身分では到底王太子妃として満足のいくものでは……！　それにアルビナ殿は輿入れに際して『アンザロード国王女』と名乗っておられる！　これは偽証ではないですか！」

「偽証ではない。アルビナは現アンザロード国王の隠し子であることは彼《か》の国からの公式文書で確認できている。十五歳から城に上がり行儀見習いほか王族の作法などを修め、時にヨセフィーナ王女の名代として各種式典に臨席、この度の同盟をより強固なものにするために認知、正式な王族として家系図に組み込まれたのち我が国へ輿入れしてきたのだ」

……物は言いようである。

イェオリはこの臨時会議のためにアンザロード国へ早馬を送り、国王からアルビナの嘘《うそ》偽りのない身元を保証する親書を手に入れてきた。

一体あのやる気のない国王をどのように脅せばこんなに早く公式文書を入手できたのか、後学のために詳細を聞いておきたいものである。

「し、しかしアンザロード国内の貴族が語る真実を、すべて偽りだと無下に切り捨てるのは……」

ここまで強硬に反論されると思っていなかったのか、シュミットがハンカチで汗を拭った。

だがイェオリは手を緩めない。

追い詰めて追い詰めて、完膚なきまで叩きのめそうという強い意志が感じられる。

「シュミット侯爵が証言を得たのはアンザロード国侯爵令嬢カメリア・リステランザと同じく伯爵令嬢エリザベス・ノルトンだろう。アルビナ、この両名に心当たりは」

急に話を振られたアルビナは一瞬肩を揺らしたがすぐに優雅に微笑む。

「ええ、よく存じ上げております。ヨセフィーナ王女の侍女として王城での時間を共にしておりました」

不足なく説明するが、イェオリは視線を転じ隅の方にいたメラニーに声を掛ける。

「アルビナ付きの侍女メラニー・ブライデル。カメリア嬢とエリザベス嬢はアルビナにどのような態度であった?」

「はっ？　わたくしですか！　え、ええ……正直申しまして家格で劣るアルビナ様を軽んじておられました。アルビナ様はそれにもめげず、健気《けなげ》にヨセフィーナ王女をお支えして……」

メラニーはか細くも、しかし張りのある声でしっかりと答える。

その内容に議場がまたしてもざわめく。

その反応を見てイェオリがニヤリと唇を歪めた。

まるで悪役の如《ごと》き表情だったが、この場においてはこの上なく頼もしい。

「ほう。では、その令嬢たちがアルビナの輿入れについてどのような態度であったかわかるか」

「はい。輿入れに際して国王陛下からアルビナ様が王女である旨が知らされると、歯軋《はぎし》りせんばかりに顔を歪ませておりました。迎えの馬車に乗り込むときなど、まるで親の仇《かたき》を見るような鋭い目つきで嫉妬《しっと》心が透けて見えるようでした」

赤裸々なメラニーの言葉に周囲はもちろん、アルビナも息を詰める。

（メラニーったら、こんなところであんなに堂々と発言するなんて……！）

いつも控えめに微笑んでいる、温和なメラニーからは想像もできない辛辣《しんらつ》な言葉に驚くと共に、自分への想いを垣間《かいま》見《み》ることができたアルビナはまた胸が熱くなるのを感じていた。

「ほう、ではアルビナのことを尋ねられた場合、その令嬢たちがなんの偏見もなく事実のみを語るのは難しそうだな」

「それはもう、偏見と下劣な想像に基づいて好き勝手言い散らかすに違いありません。反論する人のいない話し合いではままあることです」

仕方のない人たち、と言わんばかりのため息をついたメラニーは議場の視線を集めた。

まずは周囲の令嬢たち。彼女らは比較的アルビナに対してプラスの思考を持っていたから、メラニーの言葉に『そうだ、証言を鵜呑《うの》みにするのはどうかと思うわ』という反応を見せた。

次に中立の貴族たち。イェオリとメラニーの話で『なるほど、確かに一方の意見のみを聞いて判断するのは愚の骨頂』と我に返る。

そしてシュミット寄りの者たちは『話が違うぞ……』と焦りの色を見せ始めた。

議場の空気が乱れたのを感じたイェオリは声を張る。

「付け加えるならアルビナは国内で重要な仕事を担うヨセフィーナ王女を慮《おもんぱか》って、同盟のために輿入れを決意してくれた。彼女にとって、夫を亡《な》くした母と病がちな兄を残してくるのは身を切られるような決断だったと聞く。しかしレゾンが国境を侵せば病弱な兄が戦地へ赴くことになる……アルビナの気持ちを考えると胸が締めつけられるようだ」

視線を落として唇を噛むイェオリはいつになく感情的で、議場のみんなの注目の的だ。

(役者ですこと。そんなわたしにあなた、初対面でなにをしたか、お忘れみたいですね……)

強引に腕を引かれ浴室に連れて行かれた上に頭から湯を浴びせられたことを思い出す。

過去の出来事に思いを馳《は》せているとシュミット侯爵が声を上げる。

「そこな侍女はアルビナ殿の腹心でしょう！　それこそ発言の真偽は怪しいでしょうに！　国家間の婚儀は疑いを持たれることこそ致命的！　我らに疑念を生じさせたのならもう破談も同じこと……！」

最後の足掻《あが》きなのか、身振り手振りが激しくなったシュミット侯爵は声を荒らげてまくし立てる。

「……手負いの獣並みにしぶとい。息を止めるまで口を閉じないつもりか」

イェオリが低く呟いた内容があまりに物騒だったので、アルビナはぎょっと目を見張る。

しかしイエオリは慌てた素振りもなく、知的な雰囲気を崩さぬままシュミット侯爵を見据え腕を組んでいる。

その横顔をふてぶてしくも頼もしく思っていると、シュミット侯爵は机を叩き断末魔の叫びのような声を上げる。

「わっ、わかっているのかアルビナ・チェスカ！　これはお前だけの問題ではない！　アンザロード国国王や、身分詐称《さしょう》の罪をチェスカ子爵家にも取ってもらわなければ収まらぬことだぞ！」

シュミット侯爵は王太子の婚約者に対して敬いを一切忘れたような口調で喚《わめ》く。

もはや支離滅裂な恫喝《どうかつ》、聞く価値もないとイエオリが引導を渡そうとしたが、隣のアルビナの態度がおかしいことに気付く。

「アルビナ……？」

「駄目、……お願いよ、やめて……っ」

遠目でもわかるくらいに身体を震わせたアルビナの瞳には涙の膜が張り、今にも零《こぼ》れ落ちそうになっている。

「お母様やお兄様には責任はないわ……。わたしが相応しくないというなら……イエオリ様との結婚が許されないというなら、わたしを……わたしだけを罰してください……お母様やお兄様には関係のないこと……っ」

フェルン王国に来てから常に気を張り明るく過ごしていたアルビナだったが、母親と兄を罰せられるかもしれないという恐怖に怯《おび》えていた。

そして今、シュミット侯爵の発言でそれをまざまざと想像させられたのだ。

「アルビナ……」

イエオリが驚いて声を掛けるが、本人には届いていないようだ。

「国王の隠し子なのも本当、ヨセフィーナ様の身代わりなのも本当……っ、積極的に言わなかったのは申し訳ないと思います……では、どうすれば満足ですか？　国へ帰ればいい？　それとも死刑？　ええ、どんな罰も受けます。ですがチェスカ子爵家に手出ししないと念書を書いてください！　絶対に家族に手は出さないで……っ、う、うぅ……っ」

ぼろぼろと涙を零し、嗚咽《おえつ》混じりに気持ちを吐き出したアルビナは堪《こら》えきれずその場に蹲《うずくま》ってしまう。

「アルビナ……っ」

初めて見る動揺したアルビナに、イェオリは膝をつき壊れ物に触れるようにそっと肩を抱いた。

そして冷たい視線をシュミット侯爵に向けると、慈悲の感じられない声で突き放す。

「慣れぬ他国で淑女であろうと努力したアルビナに、私は報いたいと思う。アルビナ以外に妃は考えられぬし、万が一にも愛妾《あいしょう》などを持つ気はない。心しておけ」

アルビナはイェオリに縋《すが》りついてさらに嗚咽を深める。

議場はしんと静まり返り、アルビナの泣き声だけが響く。

誰もが痛ましげに眉を顰める中、国王が立ち上がり口を開いた。

「アルビナがアンザロード国王の隠し子だということはアルビナの罪ではない。国内で重要な仕事を担うヨセフィーナ王女のために輿入れしてきたことも罪ではない。なにより同盟のためとはいえ、いまやこんなにも想い合うようになった二人を今更引き裂くようなことは、女神フェルンも許さないだろう」

女神像を振り返りながらしんみりと発言した国王に誰もがこうべを垂れた。

フェルンは女神をどこよりも深く信仰しているのだ。

みな胸に手を当てて瞼《まぶた》を閉じている。

シュミット侯爵はそれでもなにか発言しようとあちこちに視線を彷徨わせたが、誰とも目が合わず、ごくんと生唾を飲み込むとぐぬぬ、と低く唸った。

「で、……では、陛下はこの件についてアルビナ……殿、を不問に付すと……？」

「そもそもなんの問題も発生してはおらぬ。王太子が妃を娶る気になっただけでも快挙だと思っておる」

目を眇めながら顎を上げた国王は、わずかに苛立った様子を見せた。

彼は彼なりに息子の妻となるアルビナを気に入っていると見える。

「……私の先走りでございました……陛下と王太子様におかれましてはひらに、ひらにご容赦を賜りたく……」

「シュミット侯爵、謝罪する相手を間違えているのではないか」

声を凍えさせたまま、まるで虫けらでも見るようなイエオリにシュミット侯爵が縮み上がる。

「ア……、アルビナ殿、この度は誠にもって……申し訳なく……」

「……ぐす……っ、シュミット侯爵の、しゃ、謝罪を受け入れ、ます……」

しゃくりあげながら、それでも顔を上げて侯爵を許すアルビナはいつもの毅然《きぜん》とした様子とは違い、どこかあどけなさが覗く。

潤んだ瞳、紅潮した頬、嗚咽を堪えようとしている姿は艶《なま》めかしささえ感じさせる。

苦渋の混じるシュミット侯爵の声に、議場の空気がざわざわと蠢《うごめ》く。

恐らくこの騒動の後の権力バランスについての囁きが交わされているのであろうことは、想像に難《かた》くない。

少なくともイェオリが国王となるときに、シュミット侯爵の家門は今よりも発言力が弱まることは必至。

もしかしたらそのタイミングはもっと早まる可能性もある。

国王はシュミット侯爵には声を掛けず、議長に目配せをする。

「……では、この度の臨時会議はこれにて終了とさせていただきます」

国王は腰を上げるとアルビナとイェオリのところまで行き、わざわざ腰を折って話しかける。

「アルビナ、我が娘。つらい時間だったが、これに懲りずこの国にいておくれ。王妃もきっと心配している。またみんなでお茶を飲もうではないか」

「陛下……っ」

アルビナはイェオリに重ねられたのとは反対の手を、差し伸べられた国王の手に預け立ち上がる。

貴族たちに話の内容は聞こえなかったが、アルビナが涙を拭い力なくも笑顔を見せたことで、国王と未来の王太子妃の関係が良好であることが印象付けられた。

これによってシュミット侯爵と距離を置こうと考える貴族も出てきそうだった。

元々シュミット侯爵は我欲が強く、自分が取り立てられるためには他者を下に見るところがある。

シュミット侯爵という船の底に大穴が開いたとなれば、乗り合わせた者は慌てて次の船に乗り換えようとするだろう。

登場したときよりもさらに密着して退場したイェオリとアルビナの背中には、船の大きさや頑丈さを見極めんとする視線が多数刺さっていた。


「……まさかあの涙も演技とは」

私室に戻ってきたイェオリは開口一番、ため息と共にそんな言葉を吐き出す。

議場を出て廊下を歩くアルビナをどう慰めようかと横目で様子を窺《うかが》っていたイェオリは、彼女の顔が仮面を脱ぐように素の顔になった瞬間を目撃してしまったのだ。

「人聞きの悪いことを言わないでください。切り替えが早いだけで、すべて本心です」

化粧が乱れないよう、慎重にハンカチで涙を拭ったアルビナはすんすんと鼻を鳴らす。

「でも、これでシュミット侯爵は大人《おとな》しくなるでしょうね」

ひとまず安心、と笑顔を見せソファに腰掛けたアルビナの足元に、イェオリが膝をついた。

驚いたアルビナが伸ばした手を、イェオリが掴んで口元まで引き寄せる。

「フェルン王国の王族として謝罪する。本当に申し訳ない」

「えっ？　またまた、どうしたんですか？」

珍しく殊勝な態度に茶化すような声音ではぐらかそうとしたが、イェオリはアルビナを見上げたまま言葉を待っている。

イェオリはシュミット侯爵の言動がアルビナを傷つけたことを謝っているのだ。彼はアルビナの痛いところをついて追い詰め、王太子妃となるのを阻止したかったのだろう。

そこには自分の娘と挿《す》げ替えるという野望があったはず。

目の前でいい餌を攫われたのが国力で劣る国の王女だというのも面白くないというのに、それが偽物であったなら我慢もできなかったのは頷ける。

だが、議場で発言した通り、アルビナが身代わりなのも国王の隠し子で輿入れ前に急遽《きゅうきょ》間に合わせのように認知されたのも本当のことだ。

イエオリはシュミット侯爵と同じようにアルビナを非難してもいい立場である。

アルビナは母の身の安全が確保され、兄が戦場に送られることがないのであれば、本当に処刑されても文句を言う気はなかった。

(だから、謝罪は過分なのよ……王太子《おうたいし》殿下)

イエオリもわかっているはずなのに、彼は唇に触れそうな距離でアルビナの手を握ったまま微動だにしない。

その様子はまるで、忠犬が主人から『待て』と言われているように見えた。

(わたしの手にキスする許可を？　待っているというの……？)

思い上がりにも似た思考を笑い飛ばしたくなるが、アルビナの目の前のイエオリは確かにそれを望んでいるとわかった。

黒曜石の瞳の奥にある感情の炎が揺らめいている。

アルビナはごくんと喉を鳴らすと、上擦りそうになる声を抑え、努めて平静に聞こえるように言葉を紡《つむ》ぐ。

「イエオリ様、私の心を守ろうとしてくれてありがとう。とても嬉しかったです」

「お前のためじゃない」

「え……？」

思わぬイエオリの言葉にアルビナは目を見張る。

「私は私のために意見を言ったまで。今更アルビナを失うなど許容できない」

瞬間、胸が大きく跳ねた。

目の前の男がいやに鮮明に映り、視線が絡まるのがわかった。

（あぁ、不思議な気持ち……吸い込まれそう）

ゆっくり瞬きをして口角を上げるとアルビナの気持ちが通じたのか、イエオリの瞳の奥の感じが揺れた気がした。

「……キスをしても？」

「ええ、もちろん」

これまであんなに強引だったのに、と思い出し笑いをしながらイエオリが指先に口付けするのを見ていたアルビナは気が付く。

（いいえ、強引だったけれど、イエオリ様はいつも私に同意を求めていた。いつも大事にされていたわ）

事実を知ってなお、アルビナのことを偽物よ、たかが子爵令嬢よと侮ることなく、一人の女性として接してくれている。

不遜に見えてイエオリはアルビナのことを想ってくれている。

そう思うと急に指先に口付けされていることが居《い》た堪《たま》れなくなり、アルビナは手を引く。

しかしがっちりと握られた手は、痛くない程度に固定されていてとても抜けそうにない。

「あの、イエオリ様。手を」

離してくれという意味を込めて再び手を引くが、イエオリはアルビナの指を口に含む。

丁寧に指を舐《ねぶ》られてつい腰が引けてしまう。

「ああ」

返事をしたものの、イエオリはアルビナの手を離さない。

指の股を擽《くすぐ》ってから吸い上げ、音を立ててからようやく解放されると、アルビナはあらぬところが蜜で濡《ぬ》れていることに気付く。

「……っ」

快感に綻びそうになる口許を強く引き結ぼうとするがうまくいかない。

はしたない声を上げてしまわないように懸命に我慢するも、喉が勝手に喘《あえ》ぎたがって戦慄く。

「アルビナ」

イエオリの低い声が鼓膜を震わせる。

その心地よさに揺蕩《たゆた》っていたいという気持ちと、負けたくないという負けん気がアルビナのなかで鬩《せめ》ぎ合う。

「……っ、……ずるい」

ようやく口から出たのはアルビナの気持ちを正確に代弁するものではなかった。

しかしそれを言葉にして、アルビナは自分が悔しさを内包していると気付いた。

「ずるい？　なにがだ」

アルビナの膝に手を置いて膝立ちになったイェオリが顔を近づける。

鼻先が触れそうな距離にアルビナの胸が高鳴るが、イェオリは唇を重ねてこない。

（いつもならしてくるのに……試しているの？）

感情が身体の中で渦巻いて出口を探しているようだ。アルビナは息を詰めてイェオリを睨む。

「キスするって言ったわ」

これではキスをせがんでいるようだと恥ずかしくなったが、実際キスをしてほしいと思っているので認識に間違いはない。

ただ、猛烈に恥ずかしかった。

顔が徐々に赤らんでいくのを感じる。

その様子が近くに顔を寄せているイェオリには如実《にょじつ》に伝わっていると思うと、羞恥《しゅうち》はさらに加速していく。

「してよ……」

イェオリが口を開かないことに焦《じ》れたアルビナは催促した。

淑女にあるまじきことだ。

女官長が知ったら泡を吹いて倒れるだろう。

「ああ、しようか」

言葉と共に唇に息が吹きかけられる。イェオリが笑ったのだと気付いたときには、アルビナの唇は塞がれていた。

「んっ、う、うう……っ！」

待ち望んでいた感触なのに、アルビナは目を白黒させた。

あまりに激しく、まるで食いつくようにイェオリが貪る。

唇をこじ開けるようにして舌が侵入すると、口内を余すところなく舐り上げる。息が苦しくなり顔を背けるとイェオリがそれを追ってきた。

「ちょ、ちょっと……っ、ん、んんっ！」

いつの間にか中腰になったイェオリが両手でアルビナの頬を包み込むようにしてくる。舌を深く差し入れアルビナのそれに絡ませて吸い上げる。

「ふ、……っ、う、うぅ……っん、はぁっ！」

ようやく唇が解放され、大きく口をあけて空気を求める。イェオリは鼻先や額にキスを降らせると、アルビナを見て目を細めた。

「かわいいな」

「は、……はぁ？　なにを……」

肩で息をつくアルビナは、イェオリの気持ちがわからず大きな疑問符付きで顔を上げる。

(こんな、キスで溺れそうになっている人を見て可愛いとか、どうかしているのでは？)

しかし、アルビナが目にしたイェオリは、これまでにないほど満足げな顔をしており、それが嘘ではないのだと知れた。

「……う、……まあ……婚約者をそれなりに、可愛いと思うのは、い……いいことでは？」

素直に受け止められずぼそぼそと言うアルビナは、再びイェオリに唇を奪われる。

今度は然程《さほど》激しくもなく、アルビナもそれに応じた。

「あぁ、本当に可愛いと思う。アルビナをもっと可愛がりたい。ベッドに移動しないか」

尋ねるような声色だが、その実ほぼ確定である。

さきほどからアルビナの足に、イェオリの固く隆起したものが当たっている。

自分とのキスでそうなったのだと思うと嬉しいような恥ずかしいような気持ちになる……つまりアルビナもとっくにその気なのである。

「……ん！」

アルビナは唇を引き結んだままイェオリに向かって両腕を差し出す。

それは幼い子供が親に抱っこをせがむ仕草だった。

アルビナは物心ついたときから父親というものがいなかった。

兄はよく抱っこしてくれようとしていたが、身体が弱く線も細かった彼に小さくとも妹を抱きかかえるということは難しいことだった。

だから抱き上げられることはアルビナにとってずっと我慢していた行為で、特別に甘えている行為に他ならない。

それを知っているのか知らないのか、イェオリは口角を上げて気安く応じてくれる。

アルビナの背中と膝裏を支え、ひょいと持ち上げる。

バランスをとるようにアルビナが腕を彼の首に回すと、触れるだけのキスをする。

「ふふっ」

なぜだか急におかしくなって、アルビナは笑いながらイェオリの頬にキスを返す。

じゃれ合うようにキスしながらベッドまでやってくると、イェオリはそっとアルビナをシーツの上に横たえる。

「アルビナ……」

低く掠《かす》れた声はアルビナの身体に染みわたるように空気を震わせた。

アルビナは上体を起こすとドレスを脱ぎ始める。

コルセットをした身体は何重にも過剰包装された贈り物のようだ。

侍女としてヨセフィーナに着せていたため、構造には詳しいがさすがに背中まで自在に手が回るわけではない。

アルビナは髪を前に流してイェオリに背中を向ける。

「背中、解《ほど》いてくれません？　まず……」

本日着用しているドレスは背中に数か所結び目がある。

それを解いてホックを外し、一皮二皮むいたところにコルセットが現れるのだ。

これまでは夜着やガウンの状態から致していたため苦労することがなかったが、今回アルビナはイェオリと協力して臨まなければならない。

「うむ」

イェオリは意外にも素直にアルビナの言葉に従い、手順通りにアルビナを解放していく。締め付けがなくなり身体が解きほぐされていくと、アルビナはほう、と息をつく。

「こんなに締め付けていてはつらいのではないか？」

露出した背中に口付けながらイェオリが問う。

もちろんアルビナもそう思うが、それがマナーでありファッションなのだとあきらめている。

「ええ。だからコルセットをしないで済むベッドの上は快適です」

口にしてから意味深なことを言ってしまったと思ったが、気付かないふりをして脱衣に集中する。

ようやく下着姿になり一息つくと、イェオリが正面からアルビナを見てしみじみと言い放つ。

「もっと楽な服装にならないものか」

脱がす側の男の本音がわかりやすすぎて、アルビナは吹き出す。

「あはは！　確かにひと剥《む》きで裸になったら楽で、すね……」

笑いと共に同意したアルビナだったが、イェオリの表情が真剣すぎて尻すぼみになる。

正面から受け止める強い視線は『もう我慢できない』と如実に訴えていて、アルビナの鼓動は高鳴った。

「アルビナも私に抱かれるのが待ち遠しかったのか？」

腰に手を回されあっけなく引き寄せられると、イェオリの膝に乗せられ背中から抱き込まれる。

「そっ、……そういうふうに、同意しにくいことをわざわざ聞くのはずるいと思います……」

そんなことない、と即座に否定したくなる気持ちをぐっと呑み込み、アルビナは自分が許容できるギリギリの言葉を選択した。

可愛くない態度だとわかっていたが、イェオリはそれを気にした様子もなく、うなじに吸い付く。

「あぁ、そうだな。私はずるい男だな」

「うっ……」

照れ隠しを肯定されてしまい、アルビナは言葉に詰まる。

イェオリ一人を悪者にするつもりはないのだ。

これは、アルビナも望んでいることなのだから。

「わたしも、それなりにずるいので……両成敗ということでなんとか……」

身体を捻《ひね》ってイェオリの首に腕を回したアルビナが軽く唇を重ねると、腰に回された手に力が込もり、身体が密着する。

表面を潤すように舌でねっとりとなぞられ、耐えられなくなったアルビナが唇を開いてイェオリを迎え入れる。

深く重ね合わされた唇は徐々に熱を生み、ジワリと体温が上がるのがわかる。

「んっ、……は……」

舌を絡ませながら薄く目を開いたアルビナは至近距離からイェオリを盗み見る。

どこか、いつもよりも切迫した雰囲気を感じる。

眉間にしわを寄せてなにかに耐えている。

(……多分、コレよね)

自らの下腹部に感じる熱い昂《たか》ぶりがその原因だと思うと、アルビナも身体の芯から発熱するような気分になってしまう。

ズクンズクンと脈打つような下腹部の感覚は、アルビナにもとても馴染《なじ》みのあるものになっている。

「あっ、イェオリ……っ、もう、来て……っ」

口からまろび出た言葉が、思ったよりも切羽詰まっていることに驚いたが、それは偽らざる正直なアルビナの気持ちだ。蜜が滴《したた》るほどにイェオリを求めている。

「待て、まだ慣らしてもいない……」

いつものように指や舌で十分に蕩《とろ》かせてからとイェオリが言うが、アルビナは腰をくねらせて潤む秘所を擦り付ける。

「いいから、もうすごく濡れてるから……お願い……っ」

「……っ」

イェオリは奥歯を強く噛むと急《せ》いた様子でトラウザーズのボタンを外す。

既に前が固く張り詰めていて手間取る様子がどこか滑稽だったが、彼の急く気持ちが十分わかるアルビナは、自らも下着を脱ぎ捨てる。

トラウザーズから勢いよく飛び出た雄芯が、イェオリとアルビナの下腹部に挟まれて待ちきれないように涎《よだれ》を垂らした。

「……先に謝っておく。痛くしてしまう、すまない」

その言葉にぞわぞわと皮膚が粟立《あわだ》つのを感じながら、アルビナは腰を浮かせてイェオリを助ける。

挿入しやすいように自分で秘部をイェオリの眼前に晒《さら》すなんて、信じられないと思いながらも胸が期待で破裂しそうだ。

「あっ、ああ……っ、イェオリ……っ」

とろりと蜜が滴りシーツに染みを作ると、イェオリの手のひらがアルビナの腰を掴んでそのまま下から腰を突き上げた。

「……っ！」

ズグ、と聞いたことのない音と共に雄芯が侵入してくるとアルビナの息が止まった。

多分その瞬間心臓も止まったに違いない。

みりみりと隘路《あいろ》が拓《ひら》かれていく。

未だかつてない衝撃が、固く太い昂ぶりによってもたらされた。

正直なところ、丁寧な前戯がなくとも何度も迎え入れた経験からいけると踏んでいたアルビナだったが、とんでもない、と痛感する。

悲鳴を上げなかっただけ偉すぎるというものだ。

アルビナは改めて前戯というものの意義を考える。

そしてアレはイェオリの凶器のような男根をスムーズに受け入れるのに必要な、決して欠くことのできない『儀式』なのだと思い知る。

だが今更泣き言をいうことなどできない。

アルビナにだって矜持《きょうじ》というものがある。

少しでも早く凶器が身体に馴染むように願いながら、ゆっくりと腰を揺らす。

「んっ……、は……ぁっ、あぁ！」

(痛くない、痛くない……コレは気持ちのいいもの……っ)

祝詞《のりと》のように唱えながら無心になったアルビナは、イェオリの大きな手のひらに臀部《でんぶ》を掴むようにして引き寄せられると、根元まで飲み込まされる。

「あぁ……っ！」

今度は悲鳴のような喘ぎ声が出た。

解れ切っていない隘路の最奥を突かれ、背筋から脳天にかけて稲妻が走ったような衝撃を受けた。

うまく息が吸えず、ハクハクと口を開くとイェオリが噛みつくような口付けを仕掛ける。

じゅ、と舌を吸われながら緩く腰を動かされると徐々に蜜洞が緩み始め、結合部から淫らな音がし始める。

「んっ、んぅ……っ」

裏筋でゴリゴリと弱いところを刺激されると勝手に腰が戦慄く。

蜜洞が収縮しながらも緩み始め、イェオリの雄芯を柔《やわ》くきつく締め付ける。

「アルビナ……っ」

鼓膜を震わせるイェオリの低音に思わず背筋を伸ばすと、逞しい胸板に自身の膨らみを擦りつけてしまう。

敏感に立ち上がった乳嘴《にゅうし》が下着でこすれてビリ、と甘い痺れが生まれる。

「あ、……っ、はぅ……っ」

顎を反らし無防備になった喉笛に甘く噛みつかれた。

本能的な恐怖が襲ってくるが、すぐに快楽に塗り替えられてしまう。

「アルビナ、……アルビナ……」

吐息と共に名を呼び、腰を揺らすイェオリを思うと胸が苦しくなる。

締め付けられるような感覚を紛らわせるために自ら胸を擦り付けると、彼の胸の突起でさらに刺激され、あわいが蠢く。

「ああ、……んんっ！　イェオリ……っ」

身体がグズグズになってしまいそうで、アルビナは目の前にある首から肩に向かう稜線に噛みついた。

「……っ」

ビクリ、とイェオリの動揺が歯を通して伝わったアルビナは、無意識でしたことに気付いて声を上げた。

「あっ、ごめんなさい！　わたしったらつい……」

血が滲《にじ》むほどではないが、歯形が残ってしまったことに申し訳なく思っていると、イェオリは首を傾げて強引にアルビナの口を塞ぐ。

「……っ、は……っ、構わない。なんと甘美な痛みだ」

もっとしてほしそうに目を細めるのを見て、アルビナは眩暈《めまい》がした。

イェオリの顔が今までよりもずっと美しく見えたのだ。

（なに？　どうしたの急に！）

まるで汚れた窓ガラスを綺麗《きれい》に拭いたあとのような鮮明さで、イェオリの整った顔立ちがアルビナの瞳にくっきりと映った。

「え、どうしたのかしら……、病気？」

「どうした」

動揺したアルビナの声に反応したイェオリがアルビナの瞳を覗き込む。

そうされるとさらに精悍《せいかん》な美しさがアルビナの網膜を焼く。

「待って、イェオリ様。急に美しくならないでください……っ」

明るすぎる太陽の陽《ひ》ざしを遮るようにイェオリの顔を手で遮ったアルビナが、きつく瞼を閉じる。

それを見てイェオリは解《げ》せぬというように片眉を吊《つ》り上げる。

「私の顔は変わっていない。それよりもこっちを疎《おろそ》かにしてもらっては困るのだが」

そう言って腰を揺らす。

また違和感に苦しむかと思い腹に力を入れたアルビナだったが、気が逸《そ》れたのが功を奏したのか、こわばりが解れ、いつものようにイエオリをきゅ、きゅ、と締め付けていた。

「あっ、今いい感じです……っ」

「そうだな……とてもいい具合だ」

相変わらずイエオリの陽根は固さと太さを維持しているが、アルビナの蜜洞はそれを柔らかく包み込むように解れている。

「はぁ……っ」

安堵《あんど》の息を吐くと、身体がじわじわと緩やかな快感を拾い始める。

イエオリが動かずとも雄芯のわずかな脈動だけで気持ちがいい。

このまま腰を数度動かすだけで極まってしまいそうだ。

「では、本格的に動くぞ」

「へ……？　なんて？」

間抜けな声を上げたアルビナは、口角を歪ませ悪そうな顔をしたイエオリを見た。

瞬時にめちゃくちゃにされそうな気配を感じたが、さきほどからの目の不調？　により迂闊《うかつ》にも見《み》惚《と》れてしまう。

アルビナはそのままイエオリの上で声が嗄《か》れるまではしたなく喘ぐことになった。

5・身代わり令嬢の心配

(本当に容赦ないというか、人の弱みにつけ込んで……あの美形め)

王城の庭園をメラニーと優雅に散策しながら、アルビナは内心穏やかではなかった。

最近どうもおかしい。

イエオリがとても素敵に見えるのだ。

もともと整った顔立ちなのだが、出会った当初はそんなに気にならなかった。

王族という人種は美形が多いため、アルビナも見慣れている。

(まあ、美人を嫁にとっていれば美形出生率も高くなるだろうけど)

イエオリの母である現王妃も美しいし、国王も美中年としてよい年の重ね方をしていると思う。

イエオリに案内してもらった代々の肖像画を見てもそれは事実として明らかだ。

しかし、美しい系譜であるレーヴェンラルド王家の面々の中でも、アルビナの目にはイエオリだけがキラキラしく見えてしまうのだ。

他のどんな美形を見てもそうはならないため、アルビナは本気で目の病《やまい》を疑っていた。

「お医者様に診《み》ていただこうかしら……」

「まあ、どこか具合でも?」

メラニーが慌ててアルビナの手を引き、四阿《あずまや》に座らせる。

手を取りながら膝をついたメラニーは心配そうに顔色を観察する。

「頭痛が？　それともお腹《なか》が……、あっ、もしかして？」

パッと明るい顔をしたメラニーがなにを考えたのかわかってしまったアルビナはスン、と表情を無くす。

「それ、違うからね」

メラニーの口が『おめでたですか？』の『お』のかたちになった瞬間即座に否定すると、彼女は残念そうに眉をハの字にした。

「あ、すみません。早とちりを」

口許《くちもと》を覆って自らの軽口を反省したメラニーは項垂《うなだ》れる。

これは繊細な問題で、高度な政治的判断にかかわることだ。

もし本当にそうだとしてもおいそれと口にしていいものではない。

「……目がおかしくて」

目に見えてしょんぼりしたメラニーをフォローするようにアルビナは眉間を揉《も》む。

早く話題を切り替えたかったのだ。

メラニーはさっきとは打って変わって厳しい表情になる。

「目、……目ですか？　どんなふうに？」

「……特定の人だけがくっきり見えたりするのよ」

小首を傾《かし》げると、メラニーはきょとんとする。

確かにきょとんとするしかない症状であることは、アルビナ自身がわかっている。

「ええと、目の焦点が合わないとか、目がかすむとかじゃなくて？」

違う、とアルビナは緩く首を振る。

アルビナはヨセフィーナと似ていることを悟られたくなくて大きな伊達眼鏡《だてめがね》をかけていたが、視力に不自由を感じたことはない。

「いいえ。遠くも近くも問題なく見えるわ。見えないのではなく、くっきり見えるの」

おかしいでしょう、と眉間に力を入れるがメラニーは『ちょっとわからない……』と困惑を露《あら》わにしている。

同意を得られずにアルビナは小さくため息をつく。

「そうよね、見えないならともかく、くっきり見えるのがおかしいなんてことはないわよね」

気にすることはないか、と話題を切り上げようとしたが、メラニーは食いついてくる。

「特定の人が、とおっしゃいましたが、具体的にどなたですか？」

「……イエオリ様だけど」

なんとなく言いにくくてぼそりと言い捨てるように言うと、メラニーの目が大きく見開かれる。

目玉が零《こぼ》れ落ちそうな様子にアルビナがぎょっと身構えると、彼女はアルビナの両腕を掴《つか》んでガクガク揺する。

「そ、それってもしかしてイエオリ様だけがキラキラしく見えたり、他の人より鮮明に見えて目が離せなかったりとか、そういうことですか？」

「え、ええ……」

あまりの剣幕にアルビナが戸惑いを浮かべたが、メラニーは鼻息も荒く目を輝かせていて気付いていない様子だ。

「こっ、ここ、こ……！」

突然鶏のような声を上げると、メラニーは勢いよく立ち上がる。

「こうしてはいられません……すぐに料理長に宴《うたげ》の準備を頼んできます！」

「ちょっと待って、メラニー！　宴ってどういうこと？」

普段のおっとりした様子からかけ離れ、メラニーの背中はあっという間に小さくなってしまった。

そして数十分後、そのまま四阿で休んでいたアルビナの元に、たくさんの御馳走《ごちそう》や菓子を積んだカートが列をなした。

どうしたことだと尋ねても、みな一様にニコニコとするだけで答えてはくれない。

その中でも一番ニコニコしているメラニーが流れるような手つきでお茶を淹《い》れてくれる。

「さあ、アルビナ様どうぞ」

「え、ええ……」

芳《かんば》しい香りがあたりに漂うカップに口を付けると、どこからともなく美しい調べが聞こえてきた。

アルビナが振り向くといつの間にスタンバイしたのか、四阿の後ろに楽団がいた。

そして蔦《つた》が絡むシンプルな四阿に次々と花やリボンが飾られていく。

「え、待って、本当にこれはどうしたの？」

アルビナが大きな声を上げても、みんなは笑みを崩さない。

アルビナはだんだん恐ろしくなっていく。

まるで違う世界に紛れ込んでしまったようだ。

「落ち着かれてくださいアルビナ様。乙女《おとめ》はこういう気持ちになるものです」

メラニーが四阿の変貌ぶりをぐるりと見回すと、満足したように鼻で息をして頷《うなず》く。

アンザロード国で苦楽を共にし、フェルン王国でも一緒に頑張ってきたメラニーのことが急にわからなくなり、アルビナは肝を冷やした。

「お、乙女……？」

心に猛牛を飼っているアルビナにしてみれば、乙女などというものは知らない住人であるがメラニーは自信満々だ。

アルビナがしきりに首を傾げていると、美しく着飾った令嬢たちが数名歩いてくるのが見えた。

楽しげな様子が遠くからでも窺《うかが》えたアルビナは、この浮かれた四阿の様子が彼女たちに訝《いぶか》しく思われはしないかとハラハラする。

（ああ、タイミングが悪い……！）

隠れようにも、向こうからは既に能天気なほどデコレーションされた四阿が見えてしまっているだろうからどうにもできない。

（仕方ない……。ここはひとつ優雅さを前面に押し出して笑顔の圧で押し切るか……！）

頬を数度叩《たた》いて気合を入れると、アルビナは居住まいを正してカップに口を付ける。

最高級のお茶の香りが気持ちを落ち着けてくれる。

「アルビナ様……！」

「あら、みなさまごきげんよう」

令嬢たちから丁寧にカーテシーで礼を尽くされたアルビナは、今気付いたというように視線を向けにこりと微笑《ほほえ》む。

ここであまりにっこりしすぎてはいけない。

少し抑えた笑顔で威厳を保つのだ、と自分に言い聞かせる。

「まあ、なんて素敵なんでしょう」

令嬢たちはデコレーションされた四阿を見回してほう、とため息をつく。

「ええ。たまには気分を変えて、このような趣向もいいかとみんなが考えてくれたのですわ」

この少女趣味な趣は自分の発案ではない、勘違いしないでくれという意味と、メラニーたちの労をねぎらう意味を込めて言う。

アルビナの心の中の猛牛の照れ隠しである。

「まあ、そうなのですね。まるで夢の中のようでとても素敵ですわ！　あの、ご迷惑でなければご一緒してもよろしいでしょうか？」

おずおず、といったように申し出たのは、何度かアルビナと孤児院の慰問に行ったことのあるレイデン伯爵令嬢フェルマだ。

優しくて思いやりのある様子がとても好ましいと感じる令嬢だ。

一緒にいる令嬢たちも大人《おとな》しい性格なのか、はにかむようにもじもじしている。

「もちろんよ。さあ、どうぞ」

幸いアルビナ一人では食べきれない大量の菓子が所狭しと並べられている。令嬢たちが同席したことが素早く情報共有されたのか、また新しいカートがやってきた。

メイドがクロッシュを取ると、中には鳥や花を模した美しいフルーツの盛り合わせが入っていて、アルビナと令嬢たちは揃《そろ》って感嘆の声を上げる。

「まあ……！　なんて素敵なの！」

技術の高さと美味《おい》しさと美しさを兼ね備えた盛り合わせに、令嬢たちの心が一つになったのがわかった。

（ああ、このように感覚を共有するのは仲良くなるにあたって有用なのね）

形を崩さずきれいに盛り付けてもらって、楽しく食していると、どこからか小鳥が数羽やってきて近くの枝にとまる。

楽団の音楽と鳴き声が相まって、まるで一つの完成された音楽のように聞こえる。

暫《しば》しその妙《たえ》なる歌声に耳を傾けていると、そのうちの一羽が飛んできてアルビナの肩にとまった。

「まあ、アルビナ様の肩に！」

「まあ、可愛《かわい》らしいわ！」

令嬢たちが小鳥を驚かさないように声を潜めてアルビナと小鳥を見ている。

不用意に動けなくてアルビナが固まっていると、フェルマ嬢が頬に手を当てて微笑む。

「アルビナ様の女神の如《ごと》き優美なお姿に、小鳥までもが魅了されるのですね」

あまりにも手放しに褒めそやされてアルビナは顔が熱くなる。

フェルマ嬢は清楚《せいそ》な美人なのだ。

薄く浮いたそばかすが可愛らしい。

もし小鳥が寄るなら自分のような猛牛ではなく、彼女のような人にこそ相応しいと思ったアルビナはそれを告げようと口を開こうとする。

しかし小鳥が一羽、また一羽とアルビナの手の甲や頭の上にとまり始める。

「えっ、えっ？　どうしましょう？」

身動きどころか首を動かすこともできず、アルビナが動揺した声を上げると、令嬢たちが一斉に声なき声を上げる。

「まあ、とても神々しいですわ！」

「誰か、急いで宮廷画家をお呼びして！」

静かに盛り上がる四阿の中で、アルビナだけが狼狽《うろた》えている。

（えええええ、どうしよう。みんな可愛らしいし、場が和むのはいいことだけど……！）

自分の本性である猛牛と令嬢たちの認識が著しくずれていることに一種の罪悪感を覚えたアルビナは、どう行動するべきか迷いアワアワとしてしまう。

令嬢たちにはそれがまた可愛らしく映ってしまうことなど、考えも及ばなかった。

「我が婚約者は花の如く芳しいからな。鳥が香りに誘われるのも道理というもの」

急に低い声が背後からしたと思うと、アルビナのすぐ隣にそっと腰掛けた者がいた。

アルビナに対してそのような態度をとれるのは一人しかいない。

令嬢たちが息を呑《の》んで口を噤《つぐ》む様子から、それはイエオリに間違いないのだが、首を巡らせると小鳥を驚かせてしまうため、そちらを向くことができない。

「イエ、イエオリ様？」

視線だけを必死に横に向けようとするが、四阿のベンチが半円形になっているため、頑張っても真横が見えない。

しかし持て余すように長い足が組まれると、その態度の大きさから、イエオリに間違いないと確信

する。

「イエオリ様、どうしてここに？」

政務の最中では、という意味を込めて尋ねると隣からふっと笑ったような気配がした。

(今の質問に笑う要素があった？)

「私もこの鳥と同じようなものだ。アルビナの甘い香りに誘われて、な」

イエオリから発せられた予想外の甘い言葉に、アルビナを始めその場にいる令嬢たちが『きゃー！』と声なき声を上げる。

令嬢たちは感情の高まりから、アルビナは信じ難《がた》い言葉を聞いたためであるが。

そんな女性陣の様子を汲《く》み取ったのかそうでないのか、イエオリは軽く鼻を鳴らすとアルビナに身を寄せた。

え、と思った瞬間、止まっていた小鳥たちが一斉に飛び立ち、その動きを追うように伸び上がったアルビナの頬に温かく柔らかなものが触れた。

(ん？)

アルビナが知覚するよりも早く、向かい側にいた令嬢たちが今度こそ悲鳴を上げた。

「きゃあぁ！」

それは恐怖ではなく、嬉《うれ》しさが溢《あふ》れており、嫌な類《たぐい》のものでないとすぐにわかったが、自分がイエオリにキスされたのだと知ったアルビナは、瞬時に顔を赤らめる。

「なっ、イエオリ様……っ、なにをなさるのです？」

「なに、少し味見をな」

恥ずかしいことをさらりと言ってのけたイェオリに抗議しようとそちらに顔を向けると、彼はすっと立ち上がる。

「仕事を抜けてきたのだ、すぐに戻らねばならん」

「う、あ……っ」

先制されて文句が封じられてしまったアルビナが言葉を詰まらせていると、イェオリが令嬢たちのほうを向く。

「邪魔をしたな。ゆるりと過ごされよ」

僅《わず》かに口角を上げてイェオリが颯爽《さっそう》と立ち去った。

足が長いため、イェオリの姿はあっという間に見えなくなってしまう。

イェオリが寝室以外で甘い態度を示したことと、それを令嬢たちに見られてしまったことと、それを押しても嬉しく思ってしまっている自分……そのすべてにアルビナは動揺した。

「まあ……、王太子殿下はアルビナ様を心の底から愛《いと》しく思っておいでなのですね」

「本当に。見ているわたくしのほうが恥ずかしくなってしまいましたわ」

令嬢たちは口々にアルビナとイェオリの仲の良さを褒め称《たた》える。

そのたびにアルビナは顔から火を噴きそうになるのを懸命に堪《こら》えた。

「お、お恥ずかしいわ。レディたちの前であのような……」

顔を伏せながらハンカチで汗を拭くと、フェルマが軽やかな笑みを零す。

「とんでもございませんわ。王太子殿下とアルビナ様が仲睦《なかむつ》まじいことはフェルン王国にとって福音です。それにアルビナ様と婚約されて、イェオリ様は随分穏やかになられましたし」

穏やか？　いや、それなりに物騒ですけれど、とアルビナが首を傾げると、フェルマはハッと口許を隠す。

それは『失言をしてしまった』というあからさまな仕草だ。

「申し訳ありません……っ、あの……、殿下を貶《おとし》めるような意図はまったく……っ」

周囲の令嬢たちも身を縮こまらせている。

あまりの態度の違いにアルビナはぽかんとしてしまう。

メラニーに視線を送ると、彼女も困惑したような視線を返す。

「わかっているわ、フェルマ嬢。ただ、イェオリ様がそんなに変わられたとは知らなかったので驚いただけよ」

令嬢たちの怯《おび》えを払拭するようにアルビナは笑顔を作り、菓子を勧める。

そして自らもお茶で喉を潤してから軽い調子で話しかける。

「ご存知の通りわたしは祖国では子爵令嬢として、そして王女ヨセフィーナ様の侍女として城勤めもしたことがあるの。王族の噂《うわさ》って正直楽しみなところもあるじゃない？」

淑女の仮面を脱ぎ捨て、アルビナは少し前傾姿勢になりメラニーと二人のときのような話し方をする。

「ア、アルビナ様？」

急にざっくばらんに砕けたアルビナに令嬢たちが一様に驚きの顔を見せる。

それを知りながら、アルビナは話を続ける。

「わたしはこちらに来てからのイェオリ様しか知らないから、どんなふうに変わったのかわからなくて。以前のイェオリ様がどんな感じだったのか、本人には内緒にするから、是非教えてくださらない？」

アルビナがウィンクすると、フェルマが両隣の令嬢たちを見遣《みや》り、『どうしようか……』と悩んだ後、横目でアルビナを見る。

それに対して『是非！』と目力たっぷりに語りかけると、フェルマも前傾姿勢になり、小声で話す。

「わたしが言ったということは、殿下には内緒ですよ？」

「もちろん、口の堅さは信じてもらっていいわ」

すると、フェルマは心を決めたように、静かに話し始める。

「……殿下は昔から文武に優れ、見目も麗しくて」

（まてまて、予想に反して褒め殺しですか？）

本当ならばここで大暴露大会が始まるはずだったのに、肩透かしを食らってしまう。

場が解《ほぐ》れていなかったかとアルビナは反省したが、フェルマがさらに声を潜める。

「でも、ご自分へも他人へもとても厳しいお方で、戦場での鬼神の如き活躍も相まって殿下はとても恐れられていました」

「……そうね、整ったお顔も凛々《りり》しいを通り越して時に恐ろしくて」

「ええ、ええ！　わたくし殿下の笑顔なんて見たことがなかったですもの」

フェルマが口火を切ると、令嬢たちはどんどんとイェオリのことを話し出す。

それを聞きながらアルビナは初めて会ったときのことを思い出していた。

（なるほど。やはり強引に引っ張っていかれて浴室で湯を浴びせかけられて無表情のまま髪を思いっ

きり引《ひ》っ掻《か》き回された、あれが基本形だったというわけね）

わかるわー、と腕組みして頷いていると、興《きょう》が乗り過ぎていたと気付いたフェルマがフォローを入れる。

「でも、公平で聞く耳を持っていらっしゃいますし、極悪非道というわけではないですわ！」

「ええ、無表情で恐ろしく見えますけれど、それほど怒っていらっしゃらない……らしいですわ！」

なかなか苦しいフォローを聞くに、気を遣ってもらっているのがわかったアルビナは逆に申し訳なくなってきた。

「言いにくいことを無理矢理言わせてしまってごめんなさい。でも、そうね。わたしが思うイェオリ様像とそう変わったところがなくて安心したわ」

言外に『わたしもそう思っているから気にしないで』と話を切り上げようとすると令嬢の一人が鼻息も荒く拳《こぶし》を握る。

「いいえ、アルビナ様は勘違いしておられますわ！　イェオリ様はアルビナ様が思っていらっしゃるよりもずっとアルビナ様を大事になさっていますわ！」

急に旗色が変わってアルビナは目を瞬《またた》かせる。

「ええ。アルビナ様をエスコートする殿下の顔のお優しいこと！」

「そうですわ！　腰に回された手つきに細心の気遣いを感じますわ」

「なにより先日の臨時会議の際の一挙手一投足、視線も何から何まですべてにおいて殿下がアルビナ様を優先されているのがよく表れていましたわ！」

怒涛《どとう》のように畳みかける勢いに、アルビナは負けそうになりながら顔を扇で隠す。

「ま、まあ……そうなのね……自分では気付かなかったわ」

落ち着かせるように殊更ゆっくりと言葉を紡《つむ》ぐが、令嬢たちはまだ興奮している。

「王城中、いえきっと国中の人間が殿下のお気持ちを存じ上げております……アルビナ様は殿下に愛されておいでだと……！」

言い切ると令嬢は周囲を見回す。

フェルマ含めその場にいる全員が大きく頷いた。

さすがにそれはないわ、などと否定することができず、アルビナは頬を引き攣《つ》らせながら笑う。

「お、……おほほ……。そうなのね……わたくしそんなに愛されて……」

複雑な気持ちを隠そうとするが、うまくいっていない気持ちでいると、フェルマが視線を動かして小さな声を上げた。

「あっ……」

なにかあったのかとアルビナは反射的にそちらに目を向けた。

少し離れたところに令嬢がいた。

彼女は目が合ったと思った瞬間に踵《きびす》を返して行ってしまった。

あまりに短時間のため顔は確認できなかったが、その後ろ姿や雰囲気がどことなく見知った人物に似ていた。

それにあの身のこなし……視界に入れたくない、入りたくないと言わんばかりの態度は記憶の中の彼女と一致する。

「すみません、つい声を出してしまいました」

フェルマはこれ以上ないくらいに眉を下げて謝罪するが、アルビナはニコリと微笑む。

「いいえ、フェルマ嬢は悪くないわ」

優雅にカップを持ち上げると、フェルマはホッとしたように口角を上げる。

周囲の令嬢たちも多少気まずいようでさきほどより表情が固い。

場の空気からして彼《か》の女性はアルビナが考えている通りで間違いないようだ。

——クララ・シュミット侯爵令嬢。

王太子妃になりたいと願っていたのに、それをアルビナによって潰されてしまった女性。

頼みにしていた、権力を持つ父親もそれを覆すことができず、さぞやアルビナを憎んでいることだろう。

それを知っている令嬢たちは、アルビナよりもよほど対応に困るのか、ちらちらとアルビナのほうを気にしている。

アルビナは令嬢たちが気にしないよう、努めてにこやかに話題を振り、この場がいやな思い出にならないよう気を配った。

少ししてからフェルマがほう、と深くため息をついた。

「アルビナ様、お気遣いいただきありがとうございます」

「いいえ。こういうことは……お互いなかなか思うようにはいかぬものですから」

シュミット侯爵の勝手な出世欲に振り回されたのなら不幸なことだと思っていたが、クララも進んでその座を狙っていたのなら心中穏やかではいられないだろう。

悪いことをした、とアルビナは胃が少し重くなるような気がした。

「クララ様はずっと王太子妃になると言い続けておりましたものね」

「ええ、イェオリ様にはその気がなかったようですけれど」

令嬢の口振りは控えめだが、その表情はクララのアピールにイェオリが迷惑していたであろうことがうすうす感じられた。

なるほど。アルビナは顎《あご》に手を当てて考える。

もしも会議の結果自分に王太子妃になるという目がなくなったとなれば、アルビナのことが憎いに違いない。

シュミット侯爵ともどもクララのことも気にしておかねば、と考えているとフェルマが目を細めた。

「アルビナ様、心配は無用ですわ。イェオリ様はもうアルビナ様以外の方に気持ちを奪われることはないのですもの」

彼女の言葉に令嬢たちがそうだそうだと口々に声を上げる。

「あ、ありがとう……」

アルビナは礼を言うよりほかなく、僅かに引き攣った顔でなんとか笑顔を作った。

＊　＊

「お父様……っ！」

屋敷に戻った侯爵令嬢クララは父親に泣きついた。

少しきつめの容姿ながら若い娘らしく華やかな装いに不似合いな涙は、シュミット侯爵の顔を歪《ゆが》ませた。

「おお、クララ！　どうしたのだ、美しい顔が台無しではないか」

彼は娘のクララを溺愛している。

利発で上品で美しい、自慢の娘だった。

クララを国で一番幸せにしてやらねば、と常日頃思っている。

欲しいものはなんでも与えたし願いはなんとしてでも叶《かな》えてきた。おかげで少し我儘《わがまま》に育った気がしないでもないが、裕福な侯爵家の潤沢な財産が、それを可能にしていた。

「私に耐え難い恥辱を味わわせたあの女を、どんな手を使っても失脚させてやりたいのです！」

泣いて膝に縋《すが》る娘の声はシュミット侯爵の心をひどく震わせた。

なんとかして愛娘《まなむすめ》の願いを叶えてやりたい、という気持ちが彼の中で肥大していく。だが彼の中の理性的な思考が待ったをかける。

「クララ、私も気持ちは同じだが、今やアルビナを失脚させることはイェオリ様に刃向かうということなのだよ……」

臨時会議のとき、シュミットは骨まで凍るような体験をした。

イェオリの敵を排除しようとする視線を受け続けたときのことを思い出す。

『死んでしまう……っ』

なんの誇張もなく、そう思ったのだ。

総指揮官ながら戦場に出て数々の武功を挙げているイェオリのことは承知しているつもりだったが、シュミットはその視線に晒《さら》された敵兵の気持ちが痛いほどわかった。

あんな鋭い眼光で射られては身動きすらできないうちに命の灯が消えただろう。

もし会議の場に帯剣が許されていたらと思うとぞっとする。

「お父様、なにを弱腰な！　お父様ほどのお力があれば他国の王の隠し子など……っ」

「馬鹿《ばか》ッ、口を慎《つつし》まんか！」

シュミットは慌ててクララの口を塞ぐ。

侯爵家の屋敷とて王家の、いやイェオリの手が伸びていないとは限らない。

完全にイェオリを敵に回した今、内通者がどこで目を光らせているかわからないのだ。

「ば、か……？　お父様……今、わたくしのことを馬鹿と……？」

大きく目が見開かれ、クララの瞳に涙の膜が張る。

しまったとシュミットが思うのと同時にクララが泣き始めた。

「これまで侯爵家に……なによりお父様に恥じない娘であろうと日々努力してきましたのに……まさか馬鹿と罵られる日がこようとは、思いもしませんでした……っ」

さめざめと泣き崩れる娘をどう慰めていいかわからず、シュミットはおろおろと膝をつく。

「ああ、クララ、泣かないでおくれ。お父様が悪かった」

泣き崩れる娘の肩を抱きながらシュミットは儘ならぬと歯噛《はが》みする。

娘は可愛い。

しかし娘が望む王太子妃の椅子《いす》が手に入らないのはもはや確定しているのだ。

それこそ、アルビナが死にでもしない限り――。

「アルビナさえいなければ……」

シュミットはぎくりと身体を強張《こわば》らせる。

今、自分が口にしてしまったのかと思ったのだ。

だがそれは可愛らしい娘の艶《あで》かな唇からまろび出たものだった。

「ク、クララ……？」

恐る恐る腕の中の娘を見下ろすと、彼女は瞳をぎらつかせていた。

「そうよ、アルビナが、あの忌々《いまいま》しい女がいなくなればいいのだわ……っ」

どこか焦点の合わない瞳は、シュミットの背筋を寒からしめた。

＊　　＊

「アルビナ」

私室で寛《くつろ》いでいると、ノックもなしにイェオリがドアを開けた。

先触れを寄越せとまでは言わないが、せめてノックをしてほしいと眉を顰めたアルビナだったが、違和感を覚えて立ち上がる。

無表情の中にどこか温度を感じるのが常であるイェオリの視線が、無機質な光を放っている気がする。

よくないことかと息を詰めたアルビナに、イェオリが静かに事実を告げる。

「今、アンザロード国から早馬が来て、国境近くにレゾン国の軍が進軍してきていると」

「……な、なんですって？」

アルビナは大きな声を上げてイェオリに縋りつく。

「どういうことなのですか、戦《いくさ》が始まるということですか？」

「まだわからない。だが、レゾン国軍が武装しているからには可能性がある。まだ使者も立てられていないようだ」

通常、国家間の戦争においては開戦前に使者を送り、要望を伝えてそれを受け入れるようにと通達を出す。

戦争を望まない場合はうまく話し合いに持ち込んで、時には金銭で片をつけ戦を回避したりする。

どの国も戦争を望んではいない。

戦争は民を疲弊させ、心を破壊するばかりか土地を荒し、余計な出費ばかりが増えてしまうものだ。

そうしてまで得られるものにいったいどんな価値があるというのだろう。

しかし今回のように使者もなしにいきなり進軍となるとレゾン国側は勝つ自信があり、且《か》つある程度の犠牲を厭《いと》わないということだ。

「なぜ……」

しきりに考えるが、動揺しているせいかうまく考えがまとまらない。

「もしかしたら、フェルンとアンザロードの同盟がレゾン国の危機感を煽《あお》ってしまったのかもしれない」

イェオリの言葉に顔を上げる。

確かにアンザロード国は、好戦的なレゾン国を牽制《けんせい》するために同盟を結んだ。

それが気にくわなかったということか。

「でも、輿入《こしい》れにあたってレゾン国にはこの同盟の意味をきちんと使者を立てて伝えてあるはず。そうですよね？」

アルビナの問いにイェオリが頷く。

フェルン王国とアンザロード国それぞれがレゾン国に使者を送り、貴国に対して好戦的な意味のある同盟ではないという内容の親書が送られているのだ……ただ、それに対しての返信があったとはアルビナは聞いていていない。

「とにかく、アンザロード国から公式に援軍要請が来ている。しばらく留守にする」

「あの、兄を……っ、兄が……っ」

アルビナの頭は貴族ゆえに将校として参加させられる可能性のある、兄ユアンのことでいっぱいだった。

輿入れ前に国王たちからもぎ取った念書を置いてきたが、責任感の強い兄は自分だけ免除されるわけにはいかないと自ら志願する可能性もある。

そうなればおっとりとした母親はどうなってしまうのか、病弱な兄は過酷な戦場に耐えられるのか……。

あらゆる疑念があとからあとから湧いてきてアルビナの喉を詰まらせる。

やはり家族のこととなると冷静ではいられない。

アルビナは落ち着こうとして目を伏せる。

「大丈夫だ。兄のことは私に任せろ。アルビナの兄は私の兄でもある」

イェオリは落ち着かせるようにアルビナの背を優しく撫《な》でる。

アルビナは興奮していることを自覚し、気持ちを整えるために数度深呼吸をする。

「あ、ありがとうございます。どうか兄の、ユアンのことをよろしく……あれ、しばらく留守にするってことは？」

そこでようやくアルビナは顔を上げる。

視線がかち合ったイエオリはニヤリと口を歪ませた。

「やっと気づいたか。私が軍を率いるからな。いない間はいつも通り健《すこ》やかでいてくれればいい」

「そっ、そんな王太子自ら出陣ですって？　行っても自軍の安全なところにいるんでしょう？」

アルビナは再び興奮状態に陥る。

戦で総大将が王族であることは珍しくない。

ただイエオリは軍の一番奥で指揮官として采配を振るうタイプではなく、どう考えても先陣を切るタイプだ。

イエオリが強いのはアルビナも知っている。

だが、戦場ではなにがあるかわからない。

万が一にもイエオリになにかあったら……。アルビナは顔を青くした。

「ふふ、その顔を見られただけでも直接知らせに来た甲斐《かい》があったというものだ」

イエオリは目を細めるとじっとアルビナを見る。

その視線にくすぐったいものを感じ取ったアルビナはむきになって口を開く。

「答えてください、安全なのですよね？」

イエオリを揺さぶって言質《げんち》を取ろうとするがイェオリはニヤニヤするばかり。

絶対に遊ばれていると思いながらも、イェオリの口から安全だと聞くまでは安心できないアルビナはさらに激しく揺さぶる。

「絶対無事に帰って来なきゃ、許さないですからね……っ！」

「わかったわかった、気を付けよう」

アルビナの心配をまるで本気にしていないようなイェオリの不真面目《ふまじめ》な態度に納得のいかないアルビナだったが、彼が部屋を出て行くと急に不安になって自身を抱きしめる。

(イェオリ様……どうか無事で……)

アルビナは自然と胸の前で両手を組み女神にイェオリの無事を願っていると、ふと気づく。

誰かのことをこんなに心配するのは初めてだ。

母や兄のことはもちろん心配だが、こんなに胸が苦しくなることはなかった。

それに、さっきはあんなに心配だったユアンのことを、アルビナはもう心配していない。

(……そうか、イェオリ様が任せろと言ってくれたから)

その一言で、アルビナはユアンが安全であることを確信できたのだ。

その代わりに、現時点で誰も守ってくれないイェオリのことが心配でたまらなくなったのだ。

(そう、きっとイェオリ様は先頭に立ち一兵卒をも守るだろう。優しいとかではなく、それができるから)

アルビナはそんなイェオリのことを誇らしく思うと同時に胸が締め付けられる。

もし戦場について行けるなら、自分がイェオリを守るのにと考えて首を振る。いくらアルビナが心に猛牛を飼っているといってもイェオリは許さないだろう。

だからアルビナは女神に祈る。今までにないほどに真剣に。
組んだ指が白くなるほど力を込める。
（女神フェルンよ、どうか……！）
窓から入る日差しの中で一心に祈るアルビナの姿は、まるで淡く光を放つようだった。

6・身代わり令嬢は幸せになる

イェオリが軍を率いてレゾン国とアンザロード国の国境に向かってから、アルビナは毎日王城内の礼拝堂で祈っていた。

期間は定かではないが、なにもなければひと月程度で帰還できるだろうという話だ。

（ひと月は長いわ。あと十日もあるなんて）

しかし本格的な戦闘が始まってしまえば長引くことになる。

フェルン王国としてはレゾン国とアンザロード国の間に入って戦いを回避したい考えだ。

（そもそも、なんでレゾン国は急に侵攻を始めたのかしら）

けっして仲が良いわけではないが、互いに女神フェルンを信仰する国同士である。基本的な考えは似通っているはずなのだ。

ただ、信仰の度合いは違う。

女神への信仰心が最も深いと言われるのがフェルン王国、信仰心が重いと言われるのがレゾン国、そしてアンザロード国は民に信仰が浸透しすぎて逆に薄い、と言われている。

アンザロード国をして女神に対して不敬だとレゾン国が思っていることは知っている。

しかしアンザロード国では女神は特別な存在ではなく、すぐ隣にいるものなのだ。

それを不敬と言われても困ってしまう。

「アルビナ様、いいお報《しら》せです」

メラニーとリーズが礼拝堂に入ってきた。

二人とも浮足立ったようすで駆け寄ってくる。アルビナは祈りを中断して顔を上げた。

「どうやら戦闘を回避できたようです！」

国境での睨《にら》み合いが戦闘に変わる前にイェオリが介入し、両国の指揮官を話し合いのテーブルに着かせることに成功したのだという。

メラニーが上気した顔で早口に告げると、アルビナは床にぺたりと座り込む。

「アルビナ様？」

リーズが慌ててアルビナを支えるが、当の本人はその手を大丈夫だ、と断って大きく息を吐く。

「……よかった……、とりあえずよかった……！」

大丈夫だと言われたし、イェオリを信じてもいたが、それでもやはり不安だった。

戦場ではなにが起こるかわからないのだ。

それでなくともイェオリは大国の王太子で、命を狙われる立場だ。

行軍の最中にこれ幸いと毒を盛られてもおかしくないのだ。

「……ほんとうに、よろしゅうございました」

リーズがアルビナの背をゆっくりと撫《な》でてくれるが、その声が震えている。

フェルン王国の民として、イェオリが無事で、活躍するさまは嬉《うれ》しいのだろう。

「アルビナ様、こちら殿下からのお手紙です」

受け取って目を通すと、急いで書いたのか走り書きではあったが、確かにイェオリの筆跡だった。

『愛するアルビナ　ユアンは無事だ。すぐ帰る。　イェオリ』

ただそれだけ書かれているメモのような紙を、アルビナは何度も繰り返し読んだ。

ジワジワと身体《からだ》の奥から熱が湧いて出てくるような気持ちに、つい頬が緩んでしまう。

「まあ、愛するだなんて……！　殿下は情熱的ですね」

後ろから覗《のぞ》き込んだメラニーがニヤニヤと不敬な笑みを浮かべている。

思わず声を荒らげて否定しそうになったアルビナだったが、最近元気のないアルビナを鼓舞しようとしての行動だとわかったため、なんとか呑《の》み込む。

「多分誰に見られても不審がられないように、よ」

手紙になら対面していない分、思ってもいないことを書けるだろうと、気持ちを落ち着かせる。

「あら、普段言えないことをしたためるのが手紙ですわ！」

パチン！　とウィンクしたメラニーがウキウキとステップを踏む。

「王太子殿下が無事にお帰りとあれば宴《うたげ》が催されますね！」

戦《いくさ》に勝ったわけではないから祝勝会ではないが、帰還を喜び兵士を労《ねぎら》う宴はあるだろう。

「――よし！」

イエオリの無事が確認できたアルビナは掛け声と共に立ち上がる。

それは、ここ数日礼拝堂で一心に祈っていたたおやかなものとは一線を画す、まさに猛牛のような勢いがあった。

「イエオリ様がお帰りになったら完璧なお出迎えをするわよ！」

「はい！」

「そうですね！」

メラニーとリーズを従えて、アルビナは意気揚々と礼拝堂を後にした。

アルビナはその足で侍従長のところへ行き、帰還の宴について尋ねた。

侍従長はわざわざアルビナが足を運んできたことに恐縮しながら、驚きを隠さず言う。

「はい、宴の予定はございます。……しかしアルビナ様からお話があるとは思ってもみませんでした」

戸惑い、視線をチラチラと寄越す侍従長の言葉にアルビナは息を呑んだ。

「あ、そうよね。差し出がましいことをしてしまったわ、ごめんなさい」

いてもたってもいられなくてつい確認に来てしまったが、本来それはアルビナが首を突っ込むことではない。

王太子の帰還は国の、王族の行事となろう。

婚約者とはいえまだ正式に王家に迎え入れられたわけではない、『ただのアルビナ』が立ち入っていいものではなかった。

帰還の知らせを受けて浮かれていた自分が恥ずかしくて、アルビナはすぐにその場を立ち去ろうと踵《きびす》を返した。

「お、お待ちください……っ」

それを引き留めたのは侍従長その人だった。

彼の瞳には慈しみと期待の光が宿っているように見える。

「どうか、イェオリ様のご帰還を完璧に祝えるようにお力をお貸しくださいませ……！」

「え、ええ……それはもちろん」

期せずしてアルビナはイェオリ帰還の宴の総責任者に就任した。

「アルビナ様」

「アルビナ様」

既に今日だけで何回名前を呼ばれたかわからない。

恐らく過去最高回数を記録しただろう。しかしアルビナは疲れを隠して笑顔で返事をした。

宴の準備は本当ならばアルビナは不要だ。

アルビナが声をかけなければいつものように侍従長を中心としたメンバーが粛々と進めてくれたはずだ。

会場の選定からテーブルの配置、参加する貴族の名簿作成に席順と料理のメニュー、並べる酒の銘柄……決めることはたくさんある。

もちろん独断で進めることはできないから、こういうことに素人《しろうと》であるアルビナは侍従長たちと相談しながら一つずつ決めていった。

「わたしが関わることで貴方《あなた》たちの仕事を増やしてしまっていないかしら？」

不安になったアルビナが質問すると侍従長と女官長が動きを止めた。

そして顔を見合わせてからゆっくりとアルビナに向き合う。

「増えるというほどではありませんので、ご心配なく」

「ええ。アルビナ様は即戦力です。これからのこともありますし」

意味深に微笑《ほほえ》む彼らがなにを言いたいのか、アルビナはなんとなく察して曖昧《あいまい》に笑う。

これはきっと王太子妃教育の一環なのだろう。

レーヴェンラルド王家の人間として、そして未来の王妃として国の行事に掛かる一通りのことを熟知しておけということなのだろう。

本来は流れを知っておけばそれでいいのだろうが、アルビナから接触してきたのならば実際に経験するのもいいだろうと判断したのだと思われる。

肩にかかる責任が些《いささ》か重く感じるが、それでもアルビナは『やっぱりできません』と尻尾《しっぽ》を巻いて逃げたくはなかった。

(いっちょ完璧にやったろうじゃないの!)

猛牛魂に火がついた。

アンザロード国で侍女として城の裏側を見てきた経験と、リーズとメラニーのサポートもありアルビナは侍従長が目を見張るほどの活躍を見せた。

作業のため城のあちこちでたくさんの人と関わり、時に議論し時にこうべを垂れるアルビナのことを、城内の人間は受け入れていた——と思っていた。

レンガがアルビナめがけて落ちて来るまでは。

「……っ、はぁっ、はぁ……っ!」

どくどくと心臓が早鐘を打つ。

息が苦しい。

猛牛ですら腰を抜かしてしまうほどに驚いた。

足元には粉々に砕けたレンガが落ちている。

(危ない……っ、あと少し気付くのが遅ければ)

アルビナを直撃していただろう。そうなったら割れていたのはレンガではなくアルビナの頭蓋だった可能性がある。

「アルビナ様ーっ！」

メラニーが顔を青くして駆け寄ってくると、少し離れた場所にいた護衛騎士も駆けつける。

帰還の宴の会場となる王城の中庭は途端に騒然となる。

「だ、大丈夫……、当たってないから」

「でもっ！」

メラニーは半泣きでアルビナの手足をさすり異常がないか確認している。

誰かが「上でなにかが動いた」と証言したことから護衛騎士が確認に行った。

アルビナは大事を取って部屋へ戻ることになり、部屋の外にはいつも以上に厳重な警備が敷かれた。

「アルビナ様」

しばらくすると護衛騎士とリーズがやってきた。

「わたくし、窓からレンガを落とした犯人らしき人物を目にしたので、いち早く駆けつけたのですが逃がしてしまって……」

「まあ！」

驚いて目を丸くするアルビナに、護衛騎士が進言する。

「ええ、私が現場と思《おぼ》しきところに到着したとき、リーズ嬢が既にいらして、証拠の保全をしてくださっておりました」

聞けば王城でよく使用される補修用のレンガ数個が窓辺に放置されていたという。

「恐ろしいですわ。もしかしたら二個、三個と落とすつもりだったのかしら」

リーズの言葉を聞いてアルビナは背筋が凍った。

恐ろしい可能性に気付いてしまったのだ。

「リーズ」

アルビナは椅子《いす》から立ち上がり、よろよろとリーズに近寄るとその手を強く握った。

傍目《はため》からも力が込もっていることが知れたのか、異常なアルビナの気迫に周囲が息を呑んで見守っている。

「な、……なんですかアルビナ様」

その気迫に圧《お》されたのか、リーズが僅《わず》かに後ずさる。

しかしアルビナはその手を離さないばかりか、もっと強く握り込む。

「あなた……っ、なんてことを……！」

非難めいた空気を孕《はら》んだアルビナの声に、リーズがサッと顔を青褪《あおざ》めさせる。

「あっ、……っ」

「そんな危険なことをして！　もし犯人と鉢合わせしていたら大変なことになっていたのよっ？」

アルビナはリーズの手を引くとがばりと抱きつく。

そしてぎゅうぎゅうと締め付けるようにしてリーズの無事を喜ぶ。

「あなたがわたしのためを思ってしてくれたのだとわかっているけれど、でもあなた自身の身の安全を犠牲にしては駄目よ！　今後は絶対に許可しないわ！　本当に、あなたが無事でよかったわリーズ！」

「ア、アルビナ様……っ」

リーズは大いに戸惑い、アルビナの腕から抜け出そうとするが、アルビナは離そうとしない。

張り詰めた空気が一気に緩み、ほんわかした雰囲気が広がった。

リーズももう危険なことはしないと約束してその場は収まった。

「問題はこれが偶然なのか故意なのかよね」

リーズに十分休むように言って部屋に帰すと、アルビナは首を捻《ひね》る。

それというのも件《くだん》の窓辺は本当に補修が必要で申請がなされていたことがわかったのだ。

しかし修繕担当者は今日の予定に入っていないと顔を青褪めさせた。

「……職人のミスなら厳重注意で済むのだけれど」

無事だったとはいえ、未来の王太子妃に怪我《けが》を負わせるところだったと知れれば厳罰は免《まぬか》れない。

思い詰めた職人が口を噤《つぐ》んでいる可能性もあったが、故意でなければ厳罰には処さない、とアルビナは考えている。

しかし本人はそう考えず貝になっているかもしれない。

「あまり目立って犯人捜しはしないで。ただ、ここにいる人たちにお願い。事件後に『特定の行動』をした者がいたら報告してほしいの」

そう言って注意するべきことを申し伝える。

監視の目が少ないのは否めないが、あまり手を広げすぎると情報が漏れる危険もある。

「ですがアルビナ様」

護衛騎士が異を唱えて一歩前に出る。

犯人を取り逃がしたことを悔いているのだろう。顔に悔しさが滲《にじ》み出ていた。

「王太子殿下から、不在の間殿下に代わってアルビナ様をお守りするようにと命《めい》を受けましたので、犯人は厳罰に処さねばなりません」

「ぶあ……っ！　んん！　いいのよそんなに思い詰めなくても。イェオリ様とだってこれまで四六時《しろくじ》中《ちゅう》一緒にいたわけじゃないんだし」

自分の知らないところでそんな命令が下されていたと知ったアルビナは、照れのあまり思いっきり猛牛になりかけたがなんとか堪《こら》えた。

大事をとって警備を増やしたアルビナを、再び『事故』が襲ったのはそれから三日後のことだった。

表向きはなんの変わりもなく中庭で宴の準備を監督していたアルビナは、休憩を促された際に出されたお茶の香りに違和感を覚えた。

「リーズ、お茶を変えた？」

「いいえ、いつも通りの……っ」

質問の意味を察したリーズは顔色を変えてアルビナからカップを奪うと、お茶の匂いを嗅ぐ。

「うっ」

鼻を押さえて激しく噎《む》せたリーズに視線が集中する。

すぐにメラニーと護衛騎士が駆け寄ってきた。

「アルビナ様、大丈夫ですか？」

「わたしは大丈夫。リーズ、大丈夫？」

リーズはまだ咳《せき》をしながら涙目で首を振る。

それが『大丈夫』なのか『駄目です』なのか微妙だった。

調べた結果、茶葉に毒草が混入されていた。

リーズによると使用済みの茶葉を保管していた棚にはしっかりと施錠されていて、それを開けたのはリーズ本人ということだ。

「詳しく調べたところ鍵穴に細かな傷があり、何者かが器具を使い無理に解錠したと考えられます」

「……いよいよ不穏ね」

アルビナは眉間にしわを寄せた。

レンガのときはまだ確定ではなかったが、これで決まりだろう、と目を閉じる。

アルビナは命を狙われているのだ。

まさか自分が、と思わないわけではないが、現在の自分の社会的地位を見れば納得せざるを得ない。

誰かにとって、アルビナはとても邪魔なのだろう。

アルビナの脳裏にシュミット侯爵の姿が浮かんだ。

あの一件以来侯爵は勢力を縮小したようで、登城しても大人《おとな》しくしているようだ。

他の貴族も彼と積極的に交流してはいないらしいと聞く。

「でも、そんなあからさまな手に出るかしら……」

独《ひと》り言《ごと》のつもりが声に出てしまった言葉にメラニーが反応した。

「シュミット侯爵ですか？」

やはりアルビナ以外にもシュミット侯爵を疑っているようで、護衛騎士も頷《うなず》いている。

確たる証拠もないが、今一番アルビナ憎しと思っているのは彼だろうと思われるからだ。

「一度陛下にご相談してみようかしら。侍従長、陛下に謁見のお伺いをお願いできますか？」

アルビナはそう呟《つぶや》いて椅子から立ち上がる。

「畏《かしこ》まりました……アルビナ様はどちらへ？」

「中庭に戻るのよ？」

宴の準備が途中でしょ、と首を傾《かし》げると部屋にいる全員から『とんでもない！』と止められてしまった。

以降アルビナは自室から指示を出すことになってしまった。

中庭に面したベランダから全体像を確認できるという利点もあったためだ。

しかしその場で指揮をとれないことの不満を漏らすと、断固として反対されてしまう。

最初は納得できずにいたアルビナだが、リーズやメラニーをこれ以上危険な目に遭わせることになるやも、と護衛騎士に諭《さと》されて意見を引っ込めた。

(そうよね。命を狙われているからには近くにいるメラニーたちも危険ということ……なんとしても早く解決しなきゃ)


「アルビナ！　大丈夫なのか」

国王との面会が設定され、応接間に向かうと国王が待ち構えていた。まさか自分よりも先に来ていると思わなかったアルビナは遅れてきたことを謝罪する。

「お待たせしてしまって、申し訳ありません」

「私たちが待ちきれなくて先に来ていたのよ。それよりもアルビナ、大変だったわね」

応接間には王妃も来ていて、彼女はアルビナの手を握った。その手が冷えて小刻みに震えていて、かなり動揺していたことがわかる。

「ああ、アルビナ、可哀《かわい》そうに……、恐ろしかったでしょう」

「王妃様……ありがとうございます。幸いわたしはなんともなくて……」

落ち着いて席につく。国王は当事者のアルビナよりも憤慨しているようだった。

近衛《このえ》騎士を全員投入して不埒《ふらち》者を今すぐに吊《つ》るし上げてやると息巻いている。

（うわあ……、さすがイェオリ様のお父上だけあるわね）

国王を宥《なだ》める王妃の姿に、未来の自分を重ねてしまったアルビナはうっかり口許《くちもと》を綻ばせてしまった。

「ご心配いただきましてありがとうございます。お気持ちはとっても嬉しいです」

丁寧に礼を述べるアルビナは、「でも」と続ける。

「今後同じようなことがあっては困るので、一気にカタを付けたいと思っているんです」

「アルビナ？」

「それはどういう……」

国王も王妃も戸惑ったように眉を顰《ひそ》める。

アルビナは今考えていることを包み隠さず二人に伝え、なにかのときには力添えをしてほしいと頼む。

国王も王妃ももちろんそれを快諾し、アルビナに思う通りにするよう許可をくれたのだった。

その後、アルビナが待っている『特定の動き』をしている者の情報が入らず、犯人も姿を現さないまま、三度目が起きた。

アルビナに矢が射かけられたのだ。

部屋のベランダから中庭を見下ろし準備の最終確認をしていると、背後からメラニーに呼ばれた。

返事をして振り向いた瞬間、アルビナの顔すれすれのところを矢が飛んで行ってソファに突き刺さった。

「きゃ、きゃあああっ！」

驚きで息を呑んだアルビナの代わりにメラニーが悲鳴を上げる。

同席していた護衛騎士が、姿勢を低くするように指示を出してからカーテンを閉めた。

室内で息を殺して第二波、第三波を警戒していたがその様子はない。

悲鳴を聞きつけた廊下を守る騎士たちが駆けつけると、すぐに増員と犯人捜索が始まる。

「これは、本格的にまずくないかしら……」

アルビナはイエオリの帰還まで無事でいられるか不安になり小さく呟いた。

今日のことはすぐさま国王にも報告され、緊急事態としてアルビナの部屋は封鎖された。

出入りを厳しく制限され、食事も必ず毒見を通すことになる。

大袈裟《おおげさ》な、と笑っていられなくなったアルビナは頭を抱えた。

「どうしよう、イエオリ様のための宴が……」

「宴の準備は侍従長たちがしっかりと取り仕切ってくれていますから。それよりもアルビナ様のお命のほうが大事です！」

メラニーが慰めるように微笑む。

追加の報告があり、レゾン国とアンザロード国の合意が正式に締結されイェオリの帰還の日程が決定した。

四日後には帰城するとのことで、それまでに準備は十分間に合いそうだった。

「それはそうなんだけど……気が滅入るわ」

アルビナの部屋は昼間だというのに、カーテンを閉め切り明かりが灯《とも》されている。

室内のドアの前、廊下の前、そしてアルビナの部屋に通ずる廊下の入り口にはそれぞれ屈強な騎士が完全装備で警備に当たっている。

警備が厳重なのは仕方がないと割り切れるが、カーテンを開けることができなくなったのは精神的につらかった。

矢が射かけられたことを考えれば当然の措置だと理解はするが、まるで地下牢《ろう》のような生活は息が詰まる。

「皆さん犯人を懸命に捜してくれているので、すぐ捕まりますよ！」

メラニーはそう言ってくれているが、現在まで有力な情報はない。

シュミット侯爵には見張りがついて毎日報告が上がってきているが、おかしな動きはないとのことだ。

それでも現状最も怪しいのはシュミットに違いないのだ。

彼の行動報告書を読みながら、アルビナは気になったところを騎士に尋ねる。

「ねえ、もともとシュミット侯爵は慈善活動に興味が？」

頻繁に教会を訪れているという部分を指して聞くと丁度その場にいた侍従長が首を捻る。

「慈善活動とはあまり縁がない方かと……。あ、しかし改心の予兆ということでは」

フェルン王国は女神を深く信仰しているため、悔い改めた者に関して懐が深い。

切り捨ててしまわないのはいいことだが、とアルビナは唇を尖《とが》らせる。

「これですよ、私がお願いしたかったのは！」

「え？」

アルビナの言葉をうまく受け止めきれない侍従長とその他の面々が目を丸くした。


とうとうイエオリが帰還する日となった。

宴の準備は完了し、城内の雰囲気もどこか浮き足立っている。

イエオリ以外にも大勢の騎士や兵士が戻ってくるのだ。家族や知り合いが無事に帰ってくるとなれば浮き足立つのも仕方がないと言えよう。

それに矢の件以来アルビナを狙う事件は起きず、警備の目が少しずつ緩みつつあった。

蟻《あり》一匹見逃さないような警備態勢が、ちょっと手が足りないとか、ちょっと所用でとか、少しずつ削《そ》がれていったのに、誰も声を上げなかった。

それはアルビナとて例外ではない。

鼻歌などを歌いながら刺繍《ししゅう》を刺し「暗いからカーテンを半分開けてくれない？」とメラニーに頼む始末。

「大丈夫ですか、アルビナ様」

リーズが声を掛けるが当のアルビナはあっけらかんとしたものだ。

「大丈夫よ。それにまもなくイェオリ様が帰ってきちゃうじゃない？　プレゼントの刺繍がもうちょっとで終わるのよ……！」

顔を上げずに答えると、リーズは困ったわね、というふうに首を傾げながらティーセットを下げるために部屋を出ていった。

「……そろそろだと思うのよね……っと」

細かく針を動かしながら刺繍と格闘しているとメラニーが女官長に呼ばれた。

リーズが戻ったら行く、と言伝《ことづて》しているのを聞いたアルビナは行っておいでと送り出す。

「でも、アルビナ様がお一人になってしまいます」

メラニーが渋るが、アルビナは目を細めて笑う。

「大丈夫よ。すぐにリーズが戻ってくるから」

ひらひらと手を振るとメラニーはすぐ戻ると言いながら渋々部屋を出て行った。

しばらく室内が無音になった。

窓を開けていないが、中庭では宴の最終チェックが行われているようだ。

アルビナもこれが終わったら着替えなければ、と頭の中で算段を立てていると、ドアが開く音がした。

「リーズ？　遅かったわね……」

顔を上げると、そこにはいるはずのない人物が立っていた。

暗い顔をして、突き上げるような視線でアルビナを見ている。

「……っ、シュミット侯爵……っ」

アルビナの手から針が落ちた。しかしそれを拾うことはできない。

シュミットが懐から抜身の短剣を取り出したのだ。

「……おのれ、アンザロードの小娘風情《ふぜい》が……っ」

大股で歩み寄ってくるシュミットから逃げようと立ち上がるが、アルビナに逃げ場はなかった。

イェオリ不在の今、侵入者があったら危険だということで隣室との続き扉を封鎖している。外へはシュミットが入ってきたドアから出るしかないのだ。

なんとかシュミットを躱《かわ》して廊下へ、と思ったがシュミットが入ってきたからには見張りの騎士が無力化されている可能性もあるし、もしかしたらシュミットの協力者がいるかもしれない。

（つまり、袋のネズミ……って、わたしの方がネズミってどういうことよ？）

自らツッコミを入れつつ後ずさる。

「お前さえいなければ……王太子妃には我が娘が……、クララがっ」

ハアハアと荒い息を吐きながらシュミットが近寄ってくる。

顔色が悪く目が落ちくぼんでいる。

相当神経に負担がかかっている様子だ。

「それ以上近寄ることを禁じます、シュミット侯爵」

毅然《きぜん》とした態度でそう告げるも、シュミットは歩みを止めない。短剣を持った方の手を大きく振りかぶるとアルビナめがけて振り下ろした。

「死ね……っ！」

「あっ！」

一撃をなんとか躱すが体勢を崩して靴が脱げ、転んでしまう。

そのまま立ち上がって廊下へ、と思ったがシュミットが素早く短剣をドレスに突き立てる。

動きを封じられ、まるで蝶《ちょう》の標本のように縫い留められたアルビナの上に、シュミットが馬乗りになる。

「死ね……、死ね……っ！」

大きな手で首を絞められたアルビナは足をばたつかせて抵抗するが手は外れない。

ミシミシと嫌な音と共に意識が遠のきかけるが、がむしゃらに動かした手に脱げた靴が触れた。

それを掴《つか》んで尖ったヒールを思いっきりシュミットの脇腹に突き刺した。

「うぐ！」

「ごほっ、げほ……っ！」

渾身《こんしん》の一撃で転がったシュミットから逃げるように起き上がる。短剣の刃でドレスが引き裂かれる音を聞きながら距離を取る。

ふらついて足元がおぼつかない。目が霞《かす》む。

アルビナはよろよろとバルコニーに続く窓を開け放つ。

途端に中庭の活気づいた音が聞こえた。

たくさんの人がいるが、助けを呼ぼうにも首を絞められたせいで声が出ない。

そうこうしているうちに呻《うめ》き声と共にシュミットが起き上がる。脇腹を押さえているということはアルビナの攻撃が効いているのだろう。

しかし旗色はアルビナが悪い。

シュミットは床に突き立てた短剣を拾うと再び刃をアルビナに向けた。

「貴様……っ、ころ、殺してやる……っ」

怒りで赤黒くなったシュミットが猛然と向かってくる。

逃げ道がないのを見て、アルビナは覚悟を決めた。

ドレスの裾を絡《から》げて手摺《てす》りに足をかけて振り向く。

「あなたなんかに……殺されてやらない！」

そう言うとバルコニーから勢いをつけて飛んだ。

その瞬間、廊下に通じるドアがけたたましい音と共に蹴り開けられ、誰かがアルビナの名を呼んだ。

「アルビナ、無事か……っ」

落下する直前振り向いたアルビナが見たのは、自分に向けて短剣を振り下ろそうとするシュミットと、その後ろから届くはずのない手を伸ばしたイェオリの姿だった。

（遅いよ……っ）

見たことのない絶望の表情を浮かべたイェオリに不満を漏らしながら、アルビナは時間が流れるのを妙にゆっくり感じ、悲鳴と共に中庭に落下した。


「……心臓が止まった」

イェオリはこの世の悪意のすべてを集めたような顔をしてベッドの脇で唸《うな》った。

ベッドには包帯で真っ白になったアルビナが笑っている。

「は、はは……。お互い死ななくて良かったですね！」

「馬鹿《ばか》か……っ」

軽口が言い合えるのは命があるからだ。

アルビナは全身の痛みに耐えながら、痛みを感じられることにありがたいと思った。

もちろんアルビナは死ぬつもりで飛び降りたわけではない。

ちゃんと命が助かるように、中庭に設置された日除《ひよ》けのテントに向けて飛び降りたのだ。

宴の準備でテントがたくさん設置されているのは知っていたし、距離的にも勢いをつけて飛べばいける、と踏んだ上での跳躍だった。

しかも人が多数集まる中であれば、すぐに医師の手配もできるだろうということも計算に入っていた。

手足が二、三本折れるのは覚悟の上だったが、結局テントの骨組みにぶつけた左腕一本の骨折と両足の捻挫《ねんざ》、全身の打撲と擦《かす》り傷で済んだのは僥倖《ぎょうこう》だったと言えよう。

「本当ですよ……っ、アルビナ様……っ、無事なのは奇跡なんですからねえええええっ」

さきほどからメラニーはずっと泣き続けている。

女官長に呼ばれて中庭で最終確認をしていたメラニーは、落ちてくるアルビナを見つけて悲鳴を上げた。

テントの上に落ちたアルビナを誰より先に救出し、医師を手配し応急処置を施した立役者だ。

「メラニー、心配かけてごめんね。でも包帯で派手な形《なり》だけどほとんど擦り傷だから。気に病まないで」

自分が側《そば》を離れたからだと自分を責めるメラニーを優しく諭すアルビナは笑みを浮かべる。

結局シュミット侯爵の思い通りにはならなかった。

現行犯で拘束されたシュミットは現在地下牢に閉じ込められている。

正確にはまだ王族ではないとはいえ、王太子妃に確定している人物に対する狼藉《ろうぜき》である。

極刑は免れないだろう……というか、イエオリにこれ以上ないくらい痛めつけられ、現在命があるのが不思議なくらいである。

彼はアルビナよりも重傷だ。

「まったく、事前に回避したとはいえ戦から帰ってきた私よりも傷だらけなんて、笑い話にもならん。怪我が治るまでは大人しくしていろ」

怒り冷めやらない様子のイエオリだったが、それでもアルビナを見つめる視線はいつもより優しい。

「はい、反省しています」

アルビナはしおらしく頭を下げ、怪我の治癒に全力を注いだ。


起き上がれるようになるまで、イエオリは毎日アルビナを見舞った。

誇張なく毎日、である。

その様子は国王や王妃、そして王城内のすべての人間の、イエオリに対する認識を一新するほど衝撃的だった。

なにしろこれまで政務と剣の鍛錬にかかわることの他は、生命維持に必要なことしかしてこなかったと言っても過言ではないイエオリである。

そんな彼がアルビナの見舞いのために花束を求め庭師に声を掛けたときなどは、天地が鳴動するほどの騒ぎとなった。

だがそれも毎日続けば当たり前の光景となり、療養中のアルビナの寝室はいつも花で溢《あふ》れていた。

(それ以来、部屋に花が絶えない……)

心に猛牛ありとはいえ、アルビナも女性である。

こんなふうに普通の女性のように贈り物をされると、気持ちが浮ついてしまうのは仕方がない。

イエオリは武骨で寡黙なのに、アルビナに花を贈るときにはいやに饒舌《じょうぜつ》になる。

この花は『初めて逢《あ》ったとき』のアルビナをイメージした、とか
今日の花はフェルンに来たときに着ていた金糸雀《カナリア》色のドレスに似ているとか……。

言われ続けると、これまでの不愛想なイェオリがよくそんなところまで覚えていたなという新鮮な驚きと共に、甘酸っぱい想いが胸に満ちるのを止めることができない。

(それに……視線が、触れる手が熱い)

満身創痍《まんしんそうい》になったアルビナは安静を余儀なくされていたため、イエオリと触れ合えるのは手のみという日が続いた。

その手も最初のうちは手の甲に添えるだけだったのが、回復と共に手のひらを合わせたり、指を握ったり絡めたりと、徐々に触れ合いが増えていった。

メラニーは終始寝室に控えているためもう慣れっこになっていたが、たまに来たリーズにそれを見られると、ひどく驚かれてしまうので居《い》た堪《たま》れなくなってしまう。

(もう、また恥ずかしいことをして!)

よく考えるとただ手に触れているだけなので、恥ずかしい要素などは一片もない。

だが触れられているアルビナが平静ではいられないのだ。

時折リーズの視線が触れている手に注がれているのを感じると、羞恥心《しゅうち》が煽《あお》られてしまう。

しかもそんなときに限って、イェオリは余計なことを口にした。

「早く回復してくれ。アルビナが確かにここにいるのだとこの身で実感したいからな」

イェオリのその言葉がなにを指し示すのか、わからないほど初心《うぶ》な者はいなかった。

アルビナは頬を染め、唇を尖らせながら右手でイェオリの腕を抓《つね》り上げる。

わかりやすい照れ隠しである。

それを見たメラニーとリーズはどんな態度を取ったらいいか迷ったあと、微妙になってしまった空気を吹き飛ばすように、不自然に声を張った。

非常に、……非常に居た堪れない。

「そっ、そうですね！　アルビナ様早く良くなってください！」

「……ええ、本当に命があって良かったですわ」

引き攣《つ》った笑顔の侍女たちに複雑な顔を向けるアルビナだった。


そんなわけで怪我が治るまで閨事《ねやごと》は禁止されていた二人に濃密な触れ合いはなかったが、それはイェオリがアルビナの回復を誰よりも待ち望んでいた裏付けでもある。

イェオリはアルビナの治療に誰より積極的だったし、多方面に気を遣っていた。

足の捻挫は安静が必要になるが、ある程度回復するといつもベッドの上ではつまらないだろう、と政務の合間を縫ってアルビナを散歩に連れ出したのはイェオリである。

もちろん歩かせることはできないので、抱き上げての散歩である。

「ちょっと待ってください、さすがに恥ずかしい……！」

アルビナが不自由しないようにとリーズが準備した車椅子も「押してついて来い」と補助的にしか使わず、常にアルビナを抱いて歩いた。

途中、庭の四阿《あずまや》で休憩するときもベンチは固いからと膝の上に抱いたまま、お茶も菓子も手ずから与える始末。

誰がどう見てもイェオリはアルビナを大事にしていると知れた。

さらにイェオリはアルビナの主治医を選定し、毎日治療と経過について報告をさせ始めると、さすがにやりすぎだとアルビナ本人から苦情が出る。

そんな珍事があったものの、メラニーのひとときも離れない献身的な看病もあり、アルビナは三週間程度で歩けるようになった。

看病がすべてメラニー主導になったのには理由がある。アルビナの負傷にはリーズも責任を感じており、交代で看病しようと申し出たのだがメラニーが断固として譲らぬ姿勢を見せる。

それはアンザロード国にいるときから苦楽を共にした親友を思いやるものであり、なにがなんでもアルビナをベッドから一歩も出さぬという鉄の意志からきたものだ。

メラニーは長い付き合いからアルビナは必要以上に人の手を借りることを嫌い、少しでも自分でなんとかしようと無理をする性分であることを見切っているのだ。

「でも、ベッドの下にタオルを落としてしまったからといって、拾ってと頼むのも……」

「拾いますから。アルビナ様は動かないでください。ベッドから落ちて全身を強打したいのですか？」

ピシャリと言い切るメラニーに、イェオリが全面的に賛成をしたことも大きかった。

そこでメラニーはアルビナに付き添いを、リーズは主にアルビナと城内の取次役というように役割を分担して回復をサポートする。

おかげでアルビナは叫び出したくなるような極限の暇と引き換えに驚異的な回復を見せ、医師を驚かせた。


そして今、アルビナはイェオリに付き添われ議場に来ていた。

シュミット侯爵の罪を断じるためである。

事件後の調査で、アルビナを恨んでの蛮行だと確定していたが、当人同士が不在のまま断罪することができず、シュミット侯爵とアルビナ双方の怪我の回復を待って決定が延びていた。

両脇を騎士に拘束されたシュミットは包帯も痛々しく目が落ちくぼみ無精髭《ひげ》が生え、あのときよりも随分と痩せた様子だった。議場にクララの姿はない。

彼女は現在、自宅で謹慎処分となっている。父親の罪をアルビナの陰謀だと断じて暴れ、手が付けられないため、議場への入場を禁止されたのだ。

現在は見張りの騎士が何人も侯爵邸に送り込まれており、一歩も外に出られないという。

イェオリとアルビナに続いて国王と王妃が登場すると、議長は開会を宣言して、シュミットの罪状を述べていく。

「……異論があれば述べなさい」

議長が言うとシュミットはぼそぼそと呟いた。

「すべては……私の罪。私一人の罪……、私の娘は関知せぬこと……」

彼の言葉に覇気は感じられず、もしかしたら既に正気を失っているのかもしれない。

罪を認めたシュミットは過去の判例にてらされ死罪、シュミット侯爵家は爵位と土地、屋敷を剥《はく》奪、取り潰しとなる。

被害者たるアルビナに強い恨みを抱き、再び害をなす恐れがあるクララは自由刑の執行、となるはずだった。

自由刑とは罪人の自由を奪う刑罰だ。

当初クララは王城の地下牢に収監され、懲役か禁固となる予定だったがアルビナが異議を唱えた。

「父親も家も無くし、さらに自由も奪うというのは刑が重すぎではないでしょうか。クララ嬢が直接手を下したわけではないのに」

聞けば意外なことに、クララはイェオリのことを愛していたわけではないらしい。

シュミット侯爵からこの国で一番敬われる存在になるのだと小さい頃から言われて育ったため、王太子妃にならなければいけないと思い込んでいたという。

上昇志向の強いシュミット侯爵が、自分の娘の幸せを考えてそう発言したのだろうということは想像に難《かた》くない。

しかしそれが逆にクララの将来を閉ざしてしまったことは、皮肉としか言いようがないだろう。

夫との夫婦仲が悪く長く別居していたシュミットの妻は、アルビナ糾弾の会議の後に彼と離縁しており、この件に関しては全く関知していない旨を親書にしたためて王城へ届け出ている。

被害者であるアルビナの訴えとそのあたりの事情も改めて考慮され、クララは辺境の修道院へ送られることとなった。

王都よりも数段寒く、冬には雪と氷に閉ざされてしまう修道院は、クララにとって真に己の存在を問う場となるだろう。


「本当にあれでいいのか」

イエオリの言うあれとは、クララに対する罰のことに相違ない。

アルビナはゆっくりと頷く。

「これまで高位貴族の令嬢として生きてきた彼女には、十分重いと思います。もしかしてなまじ自由があるだけにつらいかもしれません」

いくら辺境とはいえ噂《うわさ》はついて回るだろう。

そのたびに王家を……アルビナを恨む気持ちを募らせるかもしれない。それを思うと気が沈む。

しかしアルビナはそれを背負わなければいけない。

王太子妃とは、……王族とは背負ってなお笑顔でいることを求められる立場なのだ。

「シュミット侯爵……罪を犯したとはいえ、後味が悪いですね」

アルビナは神妙な顔で俯《うつむ》く。

自分が害されたとはいえあれほどの権力者が堕《お》ちていくのは、見ていて気持ちのいいものではない。

「それでも最後まで見届けるのが王族の務めというものだ」

その言葉でイエオリがアルビナと同じか、もっと強い覚悟で臨んでいることが知れたアルビナは、イエオリの肩に身をもたれかけさせた。

(この人と一緒にいられるなんて……どんな巡り合わせかしら)

イエオリはアルビナの肩を抱き寄せこめかみに口付ける。

「本当に、アルビナが無事でよかった……」

「ふふ、ありがとうございます」

実感の込もった声にアルビナの気持ちが浮上する。

そして心の底から生きていてよかったと思う。


多方面に大きな衝撃を与えたアルビナの負傷だったが、とうとう待ち望んだ日がやってきた。

そろそろ普通に生活をしてもよいという、主治医からのお墨付きが出たのである。

その知らせにアルビナ本人はもちろん、イエオリも口角を上げて喜んだ。

アルビナ的には折れた左腕の包帯はまだとれないが、至って元気なためその診断が遅いと感じたほどだ。

「本当にいいのだな?」

「ええ。ですが折れた腕はまだ完治したわけではありません。体重をかけたり強く引っ張ったりしてはいけません」

主治医が注意事項を説明すると、当然だとイエオリが頷く。

「そんなことくらいは承知している。して、アレはどうなのだ。してもいいのか」

意味をぼかしすぎた質問に首を捻る主治医とは逆に、アルビナは即座にそれを察知し切羽詰まった声を上げる。

「そっ、それは聞かなくても大丈夫なやつです！」

横からサッと手を出しイェオリの口を塞ごうとするが、予想していたのかイェオリは動じない。

アルビナの手に負荷をかけないようにやんわりと口を塞ぎに来る手を捌《さば》いている。

「なぜだ、聞かなくてはいけないことだろう」

「？」

察しの悪いらしい主治医は眉間にしわを寄せて考えているが、まだ答えに辿《たど》り着かないらしい。アルビナの慌てぶりからメラニーとリーズは気付いたようで無言を貫いている。

「もう！　そんなことより先に聞かなきゃいけないことがあるでしょう！」

顔を真っ赤にして憤るアルビナにイェオリが質問をする。

「先に聞くこととはなんだ？　いいぞ、先に聞くがいい」

どうぞどうぞ、と手のひらを上に質問権を譲ったイェオリを、アルビナは上目遣いに睨む。

主治医は急に始まった小さな諍《いさか》いに目を白黒させるばかり。

「うっ、……うう！」

イェオリの質問を妨害したいためだけだったアルビナはすぐに思いつかず、悔しそうに唇を噛《か》む。

その仕草を見たイェオリは顎《あご》を上げて「ふふん」と笑う。

「あっ、なんですかその顔は！　なんだか釈然としませんが！」

「ふふ、本当は質問などないのだろう？　恥ずかしがって、愛《う》いやつめ」

アルビナの銀の髪を撫《な》でるイェオリの手の優しさに、主治医がハッとする。ようやくイェオリの質問の意味がわかったようだ。

「ええと、そうですね。無茶をしなければしていただいて大丈夫です。ただし注意が必要な体位がございまして……」

「なんと、それは聞いておかねば」

「きゃあああ！　なにを言っているのですか！」

「あらあら……うふふ！」

「……」

メラニーは仲がよろしいことと微笑み、リーズは照れくさいのか顔を背けた。

そんなことを主治医に聞くのは破廉恥《はれんち》だと思う一方で、アルビナはどこかで納得もしている。なにしろアルビナの怪我で一番割を食ったのはイエオリだからだ。

ひと月近く遠征に出ていて、急いで帰って来た途端あのような凶事に触れたイェオリは、もしかしたら怪我をした当人よりももっと長く感じていたのかもしれない。

（わかる……でも、面と向かっては恥ずかしいというか……）

散々同衾《どうきん》していたのに今更と思わなくもないが、やっと帰還したイェオリと気軽に抱き合うこともできず、手を触れ合わせるだけの日々はアルビナにとっても長かった。

そして献身的なイェオリの態度にもう一度思い知る。

イエオリが極上の男であるということを。

真剣な顔をして主治医と話しているイエオリを見つめていると、リーズと目が合った。気まずくて視線を逸《そ》らすと、向こうも同じように逸らした。やはり気まずいのだろう。

（皆がいるところで話す内容ではないわ）

結局体位を考慮した上で明日くらいからなら、と主治医から言質《げんち》を取ったイェオリは満足げにソファに寛《くつろ》ぐ。

長い足をゆったりと組んで優雅に茶などを啜《すす》り、なかなか部屋に戻ろうとしない。

「明日ということは今日が終わった瞬間、解禁されるということだ」

堂々とそのようなことを言うイェオリはきっと浮かれているのだろう。そんな彼を見て、アルビナは目を細める。

（主治医が良くてもわたしはいいと言った覚えがないのですが……でも、だからといってしたくないというわけでも……ごにょごにょ）

イェオリの意図を汲《く》んでか、室内にはメラニーが快気祝いにと華やかな香りの香《こう》を焚《た》いてくれていて、ムードもある。

このままいけば今夜、乗り気なイェオリと『そうなる』可能性は非常に高い。メラニーとリーズがあれこれと立ち働いているのは、きっとその準備なのだ。

視界の隅でタオルや替えのシーツ、柑橘《かんきつ》を仕込んだ水差しなどが補充されると、どうしてもその目的を考えざるを得ない。

アルビナは内なる猛牛と折り合いをつけるべく瞼《まぶた》を閉じた。

「明日が解禁日ならば、今日は誤差のうちでは」

「……違います。明日といったら明日の夜のことです」

夜も更け湯浴みを終えガウンを羽織ったイェオリは、ベッドの上で寛いでいるアルビナの隣に腰を据え、銀の髪を手で梳《す》いている。

仕草が優しく丁寧で、アルビナは頬がにやけないようにするのが精いっぱいである。

このように手放しで喜ばれるとアルビナとしては些か複雑である。

(だって、この喜びよう……っ、まるで大型犬じゃないの！)

もしもイェオリに尻尾があったら尻尾が捥《も》げるくらいにブンブンと振り回しているだろう。

頑として意見を曲げないアルビナに対してイェオリはしつこかった。なんとか今夜から同衾しようと懐柔してくる。

「本当に、今日はしませんから！」

素っ気なく押し問答をしていると、メラニーとリーズが暇《いとま》を告げる。

「王太子殿下、アルビナ様。そろそろ私たちは下がらせていただきます」

「ええ、ゆっくり休んでね」

アルビナは笑顔で二人を送り出した。

特にメラニーはアルビナが負傷して以来、初めてアルビナと離れて眠ることになる。

リーズが夜の見回りは自分がするからゆっくり寝てほしい、とメラニーを労《いたわ》っていた。

周囲がお膳立てをしてくれたこともイェオリの機嫌を上向かせている。

二人きりになるとイェオリの唇がアルビナの頬に鼻先にと降りてくる。

予想された行動ながら、アルビナの鼓動は徐々に高まっていくのを感じた。

しかしアルビナは流されるわけにはいかない。

明日解禁ということは、チャンスは今夜しかないのだ。

アルビナはイェオリの胸に手を当てて一旦身体を遠ざけると、声を潜めてお願いをする。

「期待しているところ申し訳ないのですが、今夜は本当に、このまま致さずにいましょう」

「……は？　それはどういう……」

アルビナの声の硬さに、本気の拒絶を感じたイェオリは眉を顰めた。

「お願いします、頼みたいことがあるのです。とても大事なことですから、ね？　どうか、言う通りに」

上目遣いで頼まれたイェオリは、眉間にしわを寄せ葛藤《かっとう》していたが、アルビナの真剣な眼差《まなざ》しに己の中で決着をつけたのだろう。大袈裟なため息をつく。

「しかたがないな。アルビナにそこまで言われては……。で、なにをすればいいのだ？」

「もしかしたら空振りさせてしまうかもしれないのですが……」

アルビナはイェオリの耳に顔を寄せて内緒話をする。

最初はふんふんと聞いていたイェオリは、だんだんと無表情に、そして最終的に気分を害したように眉間にしわを寄せて目を細める。

「おい、それは……」

アルビナがしようとしていることの意味に気付いたイェオリが言及しようとした口を、彼女は人差し指で封じる。

「大丈夫、準備は万端ですし……こういうことはイェオリ様のほうが慣れていらっしゃるでしょう？」

「……っ」

すぐ近くでキラキラと輝く新緑の瞳に見つめられたイェオリは、ぐっと喉を詰まらせて呻く。

それを了承と受け取ったアルビナは隠しておいたいくつかの小道具を準備する。

手際の良さを複雑な表情で眺めるイェオリは深くため息をつくのだった。


その夜、イェオリとアルビナの部屋の前を警護していた騎士たちは部屋の中で言い合う声を聞いた。

「……もう、信じられない！　こんな酷《ひど》い人だとは思いませんでしたわ！」

てっきり今夜は仲睦《なかむつ》まじくしているのだろうと思っていた騎士たちは、驚いて顔を見合わせる。そしていけないと思いながらも扉に耳を当てて中の様子を窺《うかが》う。

「それはこっちにセリフだ！　なんて礼儀知らずな女だ！」

ドン、と壁を叩《たた》くような音も聞こえる。

（これは……もしや夫婦喧嘩《げんか》？）

アルビナがフェルン王国に来て以来、このようなことは初めてで騎士たちは慌てた。

夫婦喧嘩は犬も食わないというが、まともにやり合うにはイェオリとアルビナは体格差がありすぎる上に、アルビナは怪我から回復したばかりである。

仲裁に入ったほうがいいのでは、と目で会話をした騎士たちの背後から咎《とが》めるような声が掛けられる。

「あなたたち、なにをしているのです？」

そこには片眉を吊り上げたリーズがいた。騎士たちは慌てて弁解をする。

「違うのです！　実は中で……」

騎士たちが小声で説明をすると、リーズも扉に耳を寄せて中の様子を窺う。

アルビナとイェオリはまだ激しく舌戦を繰り広げており、室内で時折物が投げられる音までする。

「止めに入ったほうがいいと思いますか？」

不安げな騎士の声にリーズがしばらく思案していると、ひときわ大きな声がした。

「もういい、勝手にするがいい！」

苛立《いらだ》たしげなイェオリの声に続いて、続き扉が激しく閉まる音がして中の音がやむ。

廊下で息を詰めてその後の状況を静観していたが、リーズが扉から顔を離してため息をつく。

「……どうやら収まったようですね。久しぶりのことでなにか齟齬《そご》でもあったのでしょう。このことは内密に。私はアルビナ様をお慰めしますので、ここはいいから少し休憩でもしていらして」

しかし、と職務中の騎士は持ち場を離れることを渋ったがリーズは眉をハの字にする。

「――女性にとって婚約者と寝室で口論になるのは、悲しくつらく、そしてなにより恥ずかしいこと。そしてそれを他の人が聞いていたとなればさらにショックを受けられてしまいます……私がとりなして、落ち着かれたらまた呼び戻しますから」

そこまで言われては強硬に反対するわけにもいかない。

騎士たちは少し離れたところまで下がって見守ることにした。

「アルビナ様、入ってもよろしいですか？」

ノックの後、リーズがいつもと変わらぬ声音で声を掛ける。

中から応答はないが寝てしまったわけではないのはわかっている。

恐らく不貞腐《ふてくさ》れているのだろう。

リーズはゆっくりと扉を開け、中に入った。

大きなベッドの上には布団を被《かぶ》った塊があった。

「アルビナ様、お怪我はないですか？」

「……ないわ」

ベッドの上の塊が返事をした。

まるで拗《す》ねた子供のようなアルビナに、リーズはクスリと笑みを零《こぼ》す。

「お怪我がないのならいいのです。なにか欲しいものはございますか？」

喧嘩のことには触れずに声を掛けながら、リーズはあたりを見回した。

床には香炉やクッションなどが散らばっている。喧嘩の際に投げたのだろう。

「……ミルクが飲みたいわ」

根気よく待っていると、アルビナがポツリと呟いた。

飲み物のリクエストまで子供のような稚《おさな》さに、リーズは思わず笑みを零す。

「承知しました。よく眠れるようにブランデーをお入れしましょうね」

リーズはすぐにホットミルクを作って持ってきた。

アルビナは泣いたのか、赤い目を擦《こす》りながら布団の塊から這《は》い出てカップを受け取ると、息を吹きかけて一口啜る。

「ブランデー多めね。美味《おい》しい」

「王室秘蔵のものを拝借しました」

リーズが茶目っ気たっぷりにウィンクをすると、アルビナはようやく表情を緩めた。

「ありがとう、落ち着いてきたからもう眠れそう」

「ようございました。身体が温まりますから全部お飲みになってくださいね。それと落ち着いてよく眠れる香を持ってきましたので、焚いておきます」

アルビナが投げた香炉を拾い上げるとササっと掃除して香炉灰を均《なら》し、火をつける。

しばらくするとふわりとよい香りが広がり、アルビナはリーズに笑顔を向けた。

「ありがとう、リーズ」

「いいえ。では、……ゆっくりと、お休みなさいませ」

アルビナはベッドに入り布団を被った。


夜もとっぷりと更け、風すらも眠る真夜中。

アルビナの部屋のドアが細く開いた。

そのまましばらく間をとり、中の様子を窺ってから小柄な人物が入ってきた。

顔の半分を布で覆っており、誰かはわからない。

小柄な侵入者は忍び足でベッドに近づく。

布団からは豊かな銀髪が覗いているのが見えた。

きっと布団の中で身体を丸めて眠っているだろうと、侵入者は耳をそばだてる。

すうすうと健《すこ》やかな寝息を認めた侵入者は、背中側に腕を回すと用意していた短剣を抜き、アルビナ目がけて振りかざす。

ギラ、と凶刃が鈍く光った。

「……しね、アルビナ」

小さな呟きと共に振り下ろされた刃は、空気を切り裂きアルビナに迫った。

だが次の瞬間、ベッドの上の塊が弾《はじ》けるように布団を跳ね上げ、襲い来る短剣を巻き取った。

「あっ！」

「誰だっ！」

低く鋭い誰何《すいか》に侵入者が怯《ひる》んで身体を硬直させる。

ベッドの上にいたのはアルビナではなく、憤怒の形相《ぎょうそう》で侵入者を睨むイェオリだった。

(確かに銀髪だったのに……！)

焦った侵入者の目の端に、シーツの上にある銀色の物体が映る。

(……かつら？　こんな、子供だまし……っ)

ぎりり、と歯軋《ぎし》りをした侵入者は逃走するべく踵を返すが、その肩に小さなナイフ突き刺さる。

イェオリが隠し持っていた暗器を投げたのだ。

「あうっ！」

侵入者は肩を押さえて呻くが、なおも逃走をあきらめない。

イェオリが侵入者の足めがけてもう二本ナイフを投擲《とうてき》すると、命中した小柄な身体が今度こそ傾《かし》いで倒れた。

「イェオリ様！」

「危ないからまだ出てくるな！」

続き扉の向こうに隠れていたアルビナが飛び出してきそうになるのを止めると、イェオリが素早い動きでベッドから下り、侵入者の背を踏みつけ逃走を阻止した。

「あぁっ」

痛々しい声にアルビナが眉を顰めたが、イェオリは眉ひとつ動かさない。

彼の顔からはさきほどまでの憤怒の表情は消えていたが、それが余計に怒りを感じさせる。

「貴様、自分がなにをしたか――わかっているのか」

まるで地獄の底から響いてくるようなイェオリの声音に、アルビナがビクリと肩を竦《すく》める。自分が言われたわけでもないのに身体が恐怖を感じてしまったのだ。

「う……、あぐ……っ」

侵入者が身動《みじろ》ぎをするがイェオリは容赦しない。

両手を背中側で拘束し、逃げられないように膝で強く押さえながら覆面を剥《は》ぎとる。

「アルビナ、灯《とも》りを」

「は、はい！」

燭台《しょくだい》の蝋燭《ろうそく》に火をつけてイェオリの側まで持っていくと、痛みに顔を歪めた侵入者の顔が露わになった。

「お前は、リーズ……」

イェオリに名を呼ばれたリーズは項垂《うなだ》れてハラハラと涙を流した。


ずっとイェオリ様のことが好きだった。

駆けつけた騎士に連行されたリーズは、牢の中でそう言って泣いているという。

リーズは伯爵家の令嬢で、十六歳から侍女として王城に上がった。

伯爵家としては行儀見習いのための短期出仕で、すぐに善き縁を繋《つな》いで縁談を整えようとしたが、リーズは『嫁には行かない、ずっと王城で働く』と言って聞かなかったそうだ。

イエオリに憧れ、王妃の座を夢見る令嬢は多くあれど、大抵は素っ気なくされるとあきらめて結婚していくものだが、リーズはずっと想いを温め続けていたのだろう。

そして王太子妃としてアルビナが輿入れしてくると、イエオリを奪われたと思い違いをした。

いつかイエオリの目を覚まさせてやるのだと、アルビナの侍女に名乗りを上げるも思い通りにいかず、シュミットをけしかけて失敗。思い余って自ら手を下した……。

ソファに並んで座りながら顛末《てんまつ》を総括していると、イエオリが目を細めて硬い声でアルビナに問う。

「いつからわかっていたのだ？」

アルビナが気付いていて自分が知らなかったことを不甲斐《ふがい》ないと思いながらイエオリが問うと、

「最初から」と返ってくる。

「最初？　最初とはいつだ」

眉を吊り上げて質問を重ねるイエオリに、アルビナは呆《あき》れたように瞼を閉じた。

「イエオリ様が到着したばかりのわたしを攫《さら》って、浴室で乱暴したとき……」

ぐ、とイエオリが言葉を呑み込んだ。

傍《かたわ》らで控えていたメラニーが必死に笑いを堪えようとしているが叶《かな》わず、目に涙を溜《た》め、小刻みに身体が震えているのが非常に面白かった。

「あの時リーズ、床に手をついて謝ったんですよね。『イエオリ様をどうぞ許してあげてくださいませ』って」

動揺のあまり出た言葉かもしれなかったが、あまりに『内側から』の謝罪にアルビナの内なる猛牛が反応した。

普通に考えて、たとえ貴族であっても単なる城仕えの侍女が王族の不手際を謝罪することはない。然《しか》るべき手順を踏んで、然るべき人物から謝意が示されるのが望ましい。

「だからわたし、リーズはあなたのお手付きだと思ったのよね」

「なんだと？」

イエオリが眉を吊り上げ声を荒らげる。

「だって、イエオリ様の好みは熟知していると豪語するのに、前にすごく子供っぽい夜着を着せられたことがあって」

その夜着を纏《まと》ったアルビナを見たイエオリが、僅《わず》かに興を削がれた顔をしたことがあった。あのときも『あれ？　おかしいな？』と思ったが、あれは恐らくリーズの消極的ないやがらせだったのだ。

孤児院慰問の際に自分の手を必要としないアルビナに機嫌を悪くしたこともあったし、イエオリと同衾した次の日はあからさまに機嫌が良くなかった。

褒めると微妙な顔をして戸惑うのだって、きっと『お前に言われても……』という気持ちだったのだろう。

イエオリが反論してくる勢いを感じたが、アルビナは手のひらで彼の口を塞ぎ、それを封じた。

「それなのにあなたは当然のようにわたしに手を出すし、リーズの態度はどこかおかしいし」

実際リーズの態度はどうとでもとれるものだった。

親切と嫌味ギリギリの態度は気のせいと言われればそれまでの、アルビナの考えすぎと言われれば本当にそれで済まされるような程度の違和感。

しかしアルビナの内なる猛牛は彼女をずっと警戒していた。

湖で舟のへりが滑りやすいように細工されていたのも、部屋のバルコニーに毒が塗られた棘《とげ》が仕掛けてあったのもリーズの仕業だったことがわかっている。

それにレンガを落としたのも毒草入りのお茶も自作自演、矢を射かけたのもリーズ本人……そしてシュミットが襲撃した際の、警備の隙をついたのも……。

「シュミット侯爵が例の会議のあと急に行きだした教会が、リーズもよく寄進している教会だというところから根気よく足跡を辿ったの」

シュミットを警戒するのと同時に、周囲の人物で『いつもと違う動きをする人物』を報告してもらうことにしたことでそれは明らかになった。

「違う動き?」

「そう。いつも行かないのに急に墓参りに行くとか、急に庭仕事を始めるとか。いつもと違う動きをする人は変化を求めている。なにかしようとしている証《あか》しよ」

シュミットとリーズを繋ぐ細い糸を切らないように注意して手繰《たぐ》り寄せ、とうとうリーズとシュミットが繋がっている確信を得た。

「リーズはあなたへの恋心を隠してシュミットに近づいた。あの日わたしが部屋の警備を緩ませたら、それを見るやチャンスだと思ったんじゃない? すぐに彼を引き込み、わたしを殺させようとした」

読みが当たったときのことを思い出しているのだろう、アルビナは瞳を輝かせて嬉々《きき》として語った。あまりに夢中になっていて、それを聞いているイェオリの表情がうっすらと険しくなっていっていることに気付いていないようだった。

アルビナはさらに続ける。

「おそらくクララを王太子妃として推挙するとでも言ったのではないかしら。侯爵に中道派のシャウテン伯爵がついて推せば理解を得やすいでしょう？　わたしを始末したら多分シュミット侯爵を脅して黙らせるか……殺すつもりだったと思うわ」

「……」

調べに対してリーズはアルビナの推理通りに自白している。

リーズの実家シャウテン伯爵家は娘の犯行にまったく気付いておらず、大騒ぎになった。しかし伯爵は潔い人物で、今は屋敷の門を固く閉ざし蟄居《ちっきょ》して沙汰《さた》を静かに待っているという。

中道を貫き、王家のご意見番ともいわれる由緒ある家門の令嬢が起こした不祥事はシュミット侯爵の件に引き続きフェルン王国を騒がせた。

アルビナは自分が輿入れしてこなければ起こらなかった出来事に胸を痛め俯く。

イェオリも押し黙ったままだ。

凛々《りり》しい顔がさらにしかつめらしく強張《こわば》っている。

イェオリは自分を巡って起きてしまった争いを憂いているのだろうと考えたアルビナは、なにか気の利いた慰めの言葉はないかと探した。

だが、アルビナの考えは外れていた。

「警備を緩ませた……。それはつまり……アルビナは自分を囮《おとり》にしたということか」

低く床を這うようなイェオリの声に、アルビナはぎくりと肩を竦める。

リーズを制圧したときと同じような冷たい声音だ。

「だ、だって確信はあっても状況証拠だけでなかなか決定的な証拠は出ないし、いつ仕掛けてくるかわからなくてびくびくしているよりわざと隙を作って罠《わな》に嵌《は》めたほうが楽な……っ、むいっ！」

話の途中でイェオリがアルビナの頬を片手で掴んだ。

むぎゅっとされ、唇を尖らせて抗議したアルビナを、イェオリは射殺せそうに鋭い視線で睨み返す。

「貴様……、私の婚約者をそんな危険な目に遭わせておいて、よくそんな能天気な顔をしていられるな……っ！　素手で男に立ち向かうなど、なにかあったらどうするつもりだったのだ！」

イェオリの迫力に『貴様』とは誰なのか、『私の婚約者』とは誰なのか、アルビナの脳は一瞬混乱する。

（……いや、どっちもわたしのことじゃないの！　それに他の誰かを巻き込んだんじゃないもの、いいじゃない……）

反論しようとしたアルビナは、イェオリの表情に思わず瞳を奪われる。

意志の強そうな眉が切なげに顰められ、揺るぎないと思っていた黒曜石の瞳が揺れている。

感情の深いところを揺さぶられて言葉に詰まると、イェオリが頬を解放してアルビナを抱きしめた。

「アルビナがバルコニーから落ちた瞬間、……あのときの光景が瞼にこびりついて……っ」

ぎゅう、と腕に力が籠る。低く力強い声が震えている。

アルビナは助かるつもりでテントの上に飛び降りたが、なにも知らずにその場面を見せられたイェオリにしたらたまったものではないだろう。

（ああ、この人はわたしのこと大事に思ってくれているんだ……）

今回の捕り物も、アルビナは自分がベッドで囮になるから、確実な殺意を認めたところで犯人を捕らえてほしいとイェオリに頼んだ。

しかしイェオリは断固として拒否し、自分が囮になると言って譲らなかった。

大丈夫だと笑うアルビナの目をまっすぐに見て「アルビナを危険に晒すわけにはいかない」と言い切ったイェオリに、内なる猛牛すら押し切られてしまったのだ。

フェルンの次期国王となるイェオリを危険に晒すことこそ避けなければいけないとわかっていたのに、結局アルビナは隠れていろというイェオリに頷いてしまった。

（だって、ときめいてしまったんだもの！）

急に実感が胸に広がり、鎖骨のあたりがキュウ、と軋《きし》む。

アルビナはイェオリの背に腕を回そうとして、メラニーがコッソリと部屋を出て行くのが目に入り苦笑いする。

「イェオリ様、驚かせてしまって本当にごめんなさい。でも、わたしは絶対イェオリ様が戻ってくるまで死ぬ気はなかったし、絶対笑顔でお迎えしようと思って。それに今日も」

顔を上げたイェオリのじとりと湿った視線を申し訳なく思いながら、アルビナは彼の額に口付けを落とす。

「明日からなんの柵《しがらみ》もない状態で、イェオリ様と夜を過ごしたかったので頑張ったんですよ？」

「……っ」

アルビナの言葉に目を見開いたイェオリは一瞬目を眇《すが》めると強引にアルビナの唇を塞ぐ。急《せ》くように唇を割って舌を侵入させると、激しく互いのそれを絡ませる。

「ふ、……っ、ん、んん！」

口内を余すところなく舐《ねぶ》られ舌を吸われ、飲みきれずに口の端から零れた唾液を舐《な》め上げられる。

呼吸までも奪うような口付けにくらくらしているアルビナを、逞《たくま》しい腕が再び抱きしめる。

「アルビナが側にいてくれることこそが女神の奇跡なのに。もう絶対に離さないからな」

「あはは、そんな大袈裟な！　たかが髪の色と目の色が偶然一致しただけの身代わり王女にそんな女神の奇跡など……」

あまりに大仰《おおぎょう》なイェオリの言葉を笑い飛ばしたアルビナだったが、当のイェオリはひどく真剣な眼差しをしている。

「……ん？」

なにかおかしいぞ、と首を傾げたアルビナに、イェオリは噛んで含めるようにゆっくりと言葉を紡ぎ始めた。

「私が結婚相手に、とアンザロード国に打診したのは『女神と同じ吉祥色を持つ高貴な女性』だ」

それは知っている。だからヨセフィーナ王女と同じ銀髪、緑の目のアルビナが身代わりとして輿入れしてきたのだ。

頷くアルビナに対し、イェオリは僅かに目を細める。

「私はヨセフィーナ王女を思い浮かべて打診したわけではない。父の名代でアンザロード国に出向いた際見かけた、儀式をつつがなく進行するために奔走していた眼鏡《めがね》の侍女殿が来ればいい、と思ったからだ」

イエオリの言葉に、アルビナはうまく反応できなかった。

高鳴る胸の音がうるさくて思考に集中できない。

「なにを、言って……。だって、そんなの」

アンザロード国の侍女で銀髪、緑の瞳なんて——わたししか、いないじゃない。

声に出さなくとも、アルビナの考えはイエオリに届いたようだった。彼はおもむろに頷くとアルビナの手をとり、その甲に口付けた。

「目についたのは女神フェルンと同じ髪の色だったからだが、眼鏡の奥の美しい新緑の瞳であちこちに気を配り、くるくると誰より忙しく立ち働いているのにその所作が美しく、目が離せなかった」

ちゅ、ちゅ、と音を立てて指に爪《つめ》に、と口付けるイエオリの視線が熱を帯びるのがわかる。

「あの、イエオリ様……っ」

「同盟を強固にする意味がある婚姻ゆえ、相手はヨセフィーナ王女になるのは明らか。だが、私は悪足掻《あが》きをした……もし万にひとつでもあの侍女殿が輿入れして来てくれる可能性があるならば、と」

だからあんなおかしな条件の書き方をしたのか。

アルビナはようやくあのまどろっこしい文章の意味を理解した。

「望みはしたが、それが叶うとは思っていなかった。だから馬車から降りたアルビナを見たときは偽物だと疑った」

ぎくり、とアルビナは身を固くする。

しかしイエオリの言葉はアルビナが思っているような意味ではなかった。

彼はどこか熱に浮かされたような瞳でアルビナを見た。

「眼鏡の君によく似た女性が髪を染めて私を謀《たばか》ろうとしているのだと。だから、あんな真似《まね》をしてしまった。彼女の名を知らなかったから、アルビナ王女なる人物がまさか侍女をしているとは思わなかったし」

（あぁ～、そうなのね……）

アルビナはようやく初対面での狼藉の意味を知る。

目の色は変えられずとも、髪は染めることができる。

アンザロード国がそこまで不誠実な国だと思われていたのは遺憾であるが、実際に王女の身代わりを立てたことに変わりはないので反論のしようがない。

吉祥色を纏う人間は多くない。

アルビナなのか、赤の他人なのか確かめるために、イエオリはあのような行動に出たのだ。

（だからあのとき銀髪を確認できてすぐ、濡《ぬ》れネズミのわたしの唇を奪ったのね）

髪の色がまさしく銀で、瞳の色と容姿を至近距離で確認したイエオリはそこでようやく輿入れしてきたのは自分が望んだ侍女だったと確信したのだろう。

つまり、それが示す事実とは。

（わたし、最初からイェオリ様に想われていたということ……？）

身体の中からじわじわとむず痒《がゆ》い熱が湧き上がってきて、アルビナは身を捩《よじ》る。

なんとかして一旦気持ちを立て直したかった。

だが、イエオリは別の捉え方をしたらしい。

アルビナを抱きしめる腕にさらに力をこめる。

筋肉が緊張しているのか、服の上からでも胸板も腹も固いことがわかる。

「あの、イエオリ……」

「私から逃げることは許さない。アルビナは私のものだ」

一途《いちず》というよりはどこか病んだような眼差しにぎくりとするが、誤解だと胸を押すと僅かに力が弱まる。

「あまりに熱烈な愛の告白だったから、恥ずかしくて……少し気持ちを整理する時間をもらえないかしら」

今だってふにゃふにゃと萎《な》えてしまいそうな腕を猛牛が必死で支えているのだ。

しかしイエオリは再び腕に力を込めてアルビナを抱き込む。

「気を落ち着けるなら私の腕の中でしたらいい」

どうしたらそうなるのかと天を仰ぐと、イエオリは無防備になった首筋に鼻先を擦り付けてくる。

「ひゃ！」

「猫は顎を擽《くすぐ》ると気持ちがいいようだが、アルビナはどうだ？」

ならばせめて指で擽ってくれ、なぜ鼻先でと言いたいが擽ったいのが先に立ってしまいうまく言葉にならない。

「あ、……待って、ふっ、ふふ……っ、こんなの、落ち着けないったら……っ」

自分の口から出た言葉が甘えるように震えたことに驚いたアルビナだったが、それに反応する前にイエオリが舌で舐り、甘噛みをされると、もっと甘い声が漏れる。

「あ、ふ……っ、や、……イェオリ……っ」

反らしていた顎がイェオリによって引き戻され、唇を奪われる。

舌を絡めながら薄目を開けると、情欲に濡れた黒い瞳がギラギラとした光を放っているのが見えた。

（……うわ）

目が合った途端イェオリはさらに深く、まるで食いつくように口付けを深めた。

アルビナは呼吸すら奪われそうな勢いに目を白黒させる。

「んっ、んんぅ……っ、ぷは！」

ようやく唇が解放されたアルビナは溺れる寸前のように息を乱して大きく息を吸う。

「はっ、肺活量の差を考えてください……っ」

涙目で訴えるとイェオリは上を少し見てから「善処しよう」と口角を上げた。


まだ明るいうちから若い男女が寝室に籠《こも》ってすることは、そんなに多くない。

気を利かせたメラニーが部屋を出たからには、適宜人払いをしてくれているのだろう。

ドレスを脱ぎコルセットの紐《ひも》を緩め、下着姿になったアルビナは、同じように衣服を脱いでいく目の前の男を不思議な気持ちで見ていた。

均整の取れた体躯《たいく》にしっかりと付いた筋肉。

引き締まった腰、そして昂《たか》ぶりを隠そうともしない男性の象徴。

「あの、ちょっとは遠慮とか……恥じらいとか……っ」

アルビナは思わず生唾を飲んでしまう。

知らない身体ではないのに、どうしてこうも気持ちが昂ぶるのか——目が、離せない。

アルビナの顔は火照《ほて》るばかりだ。

「遠慮も恥じらいもなくアルビナを抱けるのに取り繕う必要が？」

「え？」

戸惑うアルビナに伸《の》し掛《か》かるように身体を寄せてきたイェオリは、まだ何か言いたげな唇を塞ぐ。

大きな手のひらはアルビナの胸に添えられゆっくりと揉《も》みしだいていく。

「あっ、やぁ……っ」

いつもよりもねちっこく膨らみを堪能する様子に、アルビナは羞恥を炙《あぶ》られて腰を戦慄《わなな》かせる。

そのつもりがないのに身体が勝手に逃げを打ってしまう。

（なんで……っ、今日はどうしてこんなに……っ）

触れられているイェオリの手が燃えるように熱くて、アルビナは思考がぼやけるのを感じていた。

もはや何も考えられない。

ただ、自分に触れているイェオリの息遣いと体温、そして汗の混じる香り……それだけを感じるのに精いっぱいだ。

「なんだか、いつもと違うな」

熱い息を吐きながらイェオリが言う。

自分と同じことを考えていたのだと思うとなんだか嬉しくて、アルビナは口角を上げる。

「ふふ……っ、わたしもそう思ってた……っ」

おかしくなっているのは自分だけではないという安心感からなのか、アルビナは締まりのない表情を惜しげもなく晒す。

「……っ、本当に男心のわからないやつめ」

イェオリは片眉を吊り上げるとアルビナの胸の尖りを指で弾く。

固くしこった乳嘴《にゅうし》は真っ赤に熟れていて、少しの刺激でもビリビリと激しい官能を伝える。

「あぁ……っ！」

アルビナの甘い声に興が乗ったのか、イェオリはしつこく乳嘴を捏《こ》ねまわす。

抓《つね》り押し込み、摺り上げてアルビナの反応を楽しんでから敏感になったそこを口に含んだ。

「はぁ……っ、ん、んんっ！」

散々指で構い倒された挙句、今度は吸われる。

アルビナは身体が大きく跳ねるのを止められず、イェオリの頭を抱き込む。

「あっ！　やぁ……っ、吸わないで……っん、んんっ」

吸われるたびに触れられてもいない腰が、なにかを求めるように動いてしまうのが居た堪れない。

アルビナはイェオリに知られないように必死に唇を噛んでいたが、顔を上げたイェオリと目が合いあっさりとバレてしまった。

「……前に声を我慢するために唇を噛むなと言った気がするのだが」

「……そうでした？　っ、うんん!!」

とぼけたアルビナの口の中にイェオリの指が押し込まれる。

舌で押し返そうとしてもとても敵《かな》わない。

「唇を噛むくらいなら舐めて濡らしてくれ」

「ふぁ、ぁあ……エオリ……っ」

うまく話せないアルビナを見て目を細めたイェオリは、指で舌を弄《もてあそ》びながらもう片方の乳嘴に舌を這わせる。

さきほどよりも大きく身体を跳ねさせるアルビナを片手で押さえつつ、吸い上げ甘く噛み跡を残し舌で転がすとくぐもった声と共にすらりとした脚がぴんと張る。

「軽く達したか」

愉快そうなイェオリの声に対してアルビナは低く唸ると、口の中に入れられたままの指に歯を立てる。

甘噛みとは言えないそれは皮膚を破るほどではなかったが、明らかに歯形だとわかる跡をイェオリに刻む。

「おお、噛まれてしまったな」

「ぷは……っ、意地悪するからよ！　噛みちぎられなかっただけよかったでしょう？」

口許を拭《ぬぐ》いながらイェオリを睨みつけるアルビナは、上体を起こして肩で息をする。

フルリと揺れた胸の膨らみにイェオリが喉を鳴らす。

「確かに、噛みちぎられずに済んでよかった」

そう言うとイェオリはアルビナの膝を割り拓き、あわいに指を差し入れる。

潤沢を帯びた秘裂は易々とイェオリを受け入れる。

「ひぁ……っ」

「こうしてアルビナを喜ばせることができなくなってしまうからな」

異物感と共に侵入してくる太い指は、さきほど達したばかりのアルビナの隘路《あいろ》を著しく刺激した。

ザラザラとしたところを指の腹でしつこく捏ねられると、勝手に腰が動いてしまう。

「ああ、しかし中が随分潤んでいる……、指を舐めてもらわずとも大丈夫だったな」

「……っ、この……！　なんでそんなに意地悪なことばかり言うの？」

まるで人のことを淫乱のように言うイェオリを非難の声と共に睨みつけると、彼は心外だと目を見開く。

「意地悪をしたつもりはない。あぁ、そうだな。久しぶりにアルビナを抱けると思ったら、浮かれているのだな」

気に障ったならすまない、と額にキスを落とすイェオリに、アルビナは顔を真っ赤にする。

（つまりこれは……いちゃいちゃしているということ……っ）

普通の恋人同士や夫婦がこのようにするのかはわからないが、浮かれて常にない行動をしてしまいそうな気持ちは理解できる気がする。

アルビナは火照る顔を押さえながらも、ぼそぼそと呟く。

「そ、そういうことだったら、わたしだって……、久しぶりだし。もっとくっついたりキスしたりしたかったし……」

言っているうちにだんだん声が小さくなっていく。

よく考えなくても恥ずかしいことを口にしていると気が付いたのだ。

「アルビナ……」

「だ、だって今までずっとしていたのに、急にしては駄目と言われたら、それは滾《たぎ》ってしまうのは仕方ないというか……っ」

内なる猛牛が暴走しているのを自覚しながらも、嘘《うそ》ではないことが伝わればいいと思って見上げると、イエオリは嬉しそうに目を細めて見ていた。

「あの……、イエオリ様？」

「ああ、愛している」

急に愛の言葉を囁《ささや》かれて、アルビナは目を剥《む》く。

しかしなにを言っても自分の正直な気持ちを伝えるのに十分ではないと感じたため、敢《あ》えてイエオリの唇を自らのそれで塞ぐ。

厚みのあるイエオリの唇を割り舌を差し込むと、すぐに熱い舌が絡められる。

さきほどの指のように半ば無理矢理ではなく、互いに欲しているとわかる口付けで、アルビナの身体が蕩《とろ》けていく。

「んっ、……ふ、ぁあ……っ」

舌を絡ませているといつの間にか主導権が入れ替わり、イエオリがアルビナを圧倒し始める。体重をかけて伸し掛かり、胸が押し潰される。

苦しさに顔を歪ませると口付けが解かれ、息を深く吸うことができた。

「っ、はあ……っ」

下着越しに胸を揉みこまれ、吸われる。

たかが薄い布切れ一枚隔てただけなのにひどくじれったい。

アルビナが身を捩ると、イエオリが赤く熟れた乳嘴をきゅう、と摘まむ。

「これは好きじゃないか？」

アルビナにいいと言わせたくて、イエオリは両方の尖りを同時に捏ねる。

「あっ、違う……っ、イエオリ様……っ」

アルビナはビクビクと身体を戦慄かせながら下着の裾を捲《めく》り上げる。

「直に、してください……っ」

「……っ、お前というやつは……っ」

一瞬息を詰めたイエオリはひったくるように下着の裾を強引に引く。

途端にアルビナの背中でビリリ、と下着が悲鳴を上げた。

「あっ」

「……、軟弱な布だ」

バツが悪そうに言い捨てたイエオリは、直にアルビナの豊かな膨らみに舌を這わせる。

誤魔化《ごまか》されないぞ、とジト目で睨んでいたアルビナも身体の火照りと共に怒りが掻き消えていく。

（わたしが煽ったのも悪いし……）

それにイエオリがそんなにも自分を欲しがってくれたことが嬉しい。

アルビナは胸に吸い付いているイエオリの頭を抱きしめたときに触れた耳殻を擽る。

指の裏で形をなぞって、耳朶《みみたぶ》を挟んで揉む。

これがなんだか楽しくて繰り返し触れていると、おもむろにイエオリが顔を上げる。

その瞳がどこか不本意そうに歪められている。

「……？」

どうしたのかと小首を傾げると、イェオリは小さく息を吐いて胸の谷間に顔を伏せた。

「無自覚なのが一番狡《ずる》い」

いったいなにが狡いというのか。

アルビナは眉を寄せて考えるがまったく思い当たらない。

今の発言はなんだと尋ねようと、上体を起こしかけたアルビナはツキリとした痛みを覚える。

イェオリが胸の柔らかいところに強く吸い付き跡を残したのだ。

「ちょっと、イェオリ様。跡は……」

着替えのときに困るのでやめてほしいと前に頼んだのに、と非難めいた口調はすぐに悲鳴に置き換わった。

アルビナの声を無視するようにイェオリが周辺に次々跡を残し始めたのだ。

「やっ、待って！　駄目だったら！」

まるで聞き分けのない大型犬のように、イェオリは胸元から首に赤い花を散らす。

跡を残そうと吸い付かれるたびにジリジリと胎《はら》に熱が溜まっていくような感覚がアルビナを苛《さいな》んでいく。

「他の誰に見せるわけでもない、私だけのアルビナの肌だろう？」

じゅうう、と鎖骨にも跡を残すイェオリは目が据わっていてやめさせるのは難しそうだった。アルビナはあきらめて瞼を閉じる。

(着替えのときにメラニーはじめメイドさんに見られちゃうのが恥ずかしいんだってば……！)

それに思い至らないイェオリでもないだろうに、いったいなにが彼をそのように頑なにするのか、アルビナにはわからなかった。

胸の下や臍《へそ》の周り、そして臍下へと徐々に降りていくイェオリの顔を意識しながら、アルビナの期待は高まっていく。

既にアルビナの秘所は蜜に濡れ快感を逃がし切れずにいた。

(あぁ、とうとう……っ)

待ち望んだ感触があわいに触れた。

ぴく、と腰が跳ねるとイェオリは口角を僅かに上げた。

わかりにくい機嫌の表現だったが、それを感じ取れることが、アルビナは嬉しい。

吐息と一緒に声が漏れる。

隠しようもない悦楽の色に身体が染まっていくようだった。

「あぁ……、イェオリ様……っ」

しとどに濡れたあわいの襞《ひだ》を擽るように指が繊細に動かされるたびにはしたない声が上がる。ぬくりと太い指が入り込むと、それだけで中がきゅ、と締まる。

「ふ、期待しすぎだろう……、まだこれからだぞ」

「あ、だって……っ」

蜜を纏った指は小刻みに蜜口を擽る。

ちゅくちゅくと濡れた音が耳を犯すとゾクゾクと背筋を快感は走り抜けていく。

「アルビナは入り口も弱いな」

喜色の浮かぶイェオリの声に内なる猛牛が反発を見せるが、恥ずかしいだけで事実であるため、奥歯を噛んで耐える。

唇を噛んだら大変なことになると骨身にしみているのだ。

「あっ、あぁ、ふぅ……っ」

中のザラザラしたところをこそぐようにされると、ビク！　と大きく腰が跳ねてしまう。蜜洞が締まり、イエオリの指を締め付けるのを我慢することができない。

「あっ、イエオリ……っ」

軽く達したアルビナの中が身体を戦慄かせると、熱い吐息が下腹部に掛かる。

ゾクゾクとした予兆がアルビナの全身を駆け巡ると同時に、吐息よりも熱い舌が花芽を舐った。

「ひ、ぁ……っ！」

瞼の裏に火花が散るような鮮烈な快感がアルビナを貫く。顎を大きく反らして身体を震わせるが、それで終わりではない。

イエオリは舌先を尖らせて花芽を愛撫《あいぶ》する。

被っていた皮を剥き、むき出しの神経の塊を撫で吸い上げると同時に中に入れた指を二本に増やし奥に突き入れた。

「あっ、ああっ！」

降りて来られないほどの高みに上り詰めたアルビナを、イエオリはまだ解放しない。締め付けてくる蜜洞の奥を指の腹で押し上げるのと同時に敏感な花芽に強く吸い付く。

どこよりも繊細なそこがまだ知らぬ刺激を自らの手で刻み込みたかった。

プリプリとした花芽は充血して可哀そうなくらいに震えている。

ゴクリと喉仏を上下させたイェオリは舌で宥めるように舐め上げて、優しく吸い上げる。

緩急のついた愛撫に翻弄されたアルビナは全身を震わせて達した。

「はぁ……っ、あ、あぁ……っ」

荒い息を繰り返すアルビナは過ぎた快楽に脱力して涙を流していた。指を引き抜いたイェオリはそれを舐めとると額にキスを落とす。

それに反応してぼんやりとした顔を向けるアルビナが稚《いとけな》くて、イェオリは眉を寄せる。あまりにアルビナへの想いが強すぎて自分でも恐ろしく感じたのだ。

その証拠に彼の雄茎は痛いほどに勃《た》ち上がっていた。

臍に付くのではないかというくらいに天を向き、涎《よだれ》を垂らしてアルビナの隘路を求めている。

「アルビナ……」

昂ぶりを数度扱《しご》くとイェオリは先端をアルビナの秘所へ宛《あて》がう。太い血管が浮き出た裏筋を蕩け切ったあわいに擦り付けるとアルビナの細い腰がくねる。

「イェオリ……、来て……っ」

「……っ、くっ」

掠《かす》れた声がイェオリを存分に煽りたてる。

息を詰めたイェオリが一息に蜜洞を貫くとアルビナが高い声を上げる。

しかしその声は苦痛よりも多分に甘さを含んでいて、イェオリの心を高ぶらせる。

「ひっ、ぁあ……っ、イエ、オリ……っ」

長大な陽物で最奥まで摺り上げられたアルビナは、細切れに喘《あえ》ぎながら両腕を伸ばしてイェオリの首に絡ませる。

「あっ、んんっ！　キスして……っ、イェオリっ」

「もちろんだ、いくらでも……っ」

唇を合わせながら律動を速めていく。

なにかに縋《すが》りたくてアルビナが腕に力を込めると応《こた》えるようにイェオリが腰や脇腹を撫でる。

（あぁ、もっと……ひとつになりたい……っ）

アルビナは無意識のうちに両足をイェオリの腰に回す。

そうすると中を締める強さが増してイェオリのモノの形が鮮明になる。

「……っ、アルビナ……、くっ」

アルビナの中でまた力強く脈動する雄芯は、雄々しく奥を押し潰すようにするとそのまま捏ねるように押し付ける。

「ひ、ぁ……っ」

そのたびにアルビナの口からは甘い声が漏れ、ますますイェオリを煽る。

「あ、あぁっ、んあ……っ」

「アルビナ……、私の……っ」

ぐりぐりと責められる奥がぎゅううう、と強く引き絞られると、アルビナが顎を反らせて達する。

それを受けてイェオリも激しく中を穿《うが》ち、くぐもった声と共にアルビナの中に白濁を放つ。

「あ、ぁく……っ」

熱い飛沫《しぶき》を胎に受けたアルビナは、僅かな隙間をも埋めるようなそれに、やっとひとつになれたと

笑みを浮かべ、気を失った。


穏やかな空気の流れとさわさわとした人の気配を感じて、アルビナは覚醒した。

低く唸るとすぐ隣からギシリとベッドが軋む音がして頬が撫でられる。

「目が覚めたか」

「う、……イエオリ？」

低く穏やかな声に反応して名前を呼ぶ。

疑問符がついたのはまだ目が開けられないからだ。

昨夜の行為は久しぶりなせいもあり大変な疲労だったらしく、身体がまだ休息を欲している。

「ああ。起きられるか？」

「無理ぃ……まだ寝たい……」

声に向かって身体を半回転すると逞しい胸板に行き当たる。

アルビナは重怠《おもだる》い腕を広げてその胸にしがみつく。

「まだ大丈夫でしょ、……一緒に寝よ？」

ぐりぐりと額を胸板に擦りつけると、遠くからさわさわとした気配と一緒にクスクスと笑い声のようなものが聞こえてくる。

（なによ……イエオリの寝室に笑い声なんて……っ⁉）

途端に意識が覚醒して、あれだけ重かった瞼がばちっと音を立てて開いた。

目の前には張りのある鍛えた胸筋。

その上には昨日よりもいくらか柔らかい表情のイェオリ。

朝から美形である。

「って、そうじゃない！」

アルビナはあらゆる関節が悲鳴を上げるのを無視して上体を捻《ねじ》り振り向く。そこにはメラニー他、顔見知りのメイドが部屋の隅で背中を向け、肩を震わせて団子状になっていた。

その様子からさきほどのさわさわとした気配が彼女たちのものだと悟ったアルビナは、寝ぼけてイェオリに甘えるようなことをしてしまったすべてを見られていたことに気付く。

「あっ！　待って、違うの！　いつもはこんなじゃなくて……っ」

「存じ上げておりますよ！　イェオリ様の前でだけ、そうなんですよねっ」

フォローしているつもりのメラニーの言葉が、アルビナの内なる猛牛に深刻なダメージを与える。

「はあああ……っ、あの、違うんだってば！　わたしったら寝ぼけてて……っ」

「ええ、ええ！　たいそうお疲れのご様子でしたものね。お湯の準備ができておりますのでゆっくり疲れを癒《いや》してくださいませ！」

そう言うと、足音もなく彼女らは寝室から出て行く。

絶望の只中《ただなか》にいるアルビナの背後からクツクツと籠った笑い声が聞こえる。

「……っ！　知っていたなら教えてくれればいいのに！　わたしのなけなしの威厳がぁっ！」

振り向いて両の拳《こぶし》をイェオリに振り下ろす。

イェオリはそれを笑って受け流すと自らも身体を起こしてアルビナを抱きしめる。

「貴重な寝ぼけたアルビナを長く堪能したくてな。結果的に傷つけてしまったのならすまなかった」

意外に素直に謝罪の言葉を口にしたイェオリに、アルビナは眉を寄せる。

こんな甘い男ではなかったはずなのに。

口には出さず首を捻るが、それは余すところなくイェオリに伝わったらしい。

「アルビナが私を受け入れてくれたから、素直になろうと思ったのだ」

こめかみへの口付けを受け入れながら、アルビナは胸に明かりが灯ったような気持ちになる。

(もしもわたしの気持ちがイェオリを変えたのなら……嬉しいことだわ)

有能で強く、美しく。

完璧ゆえに人を寄せ付けないところがあったイェオリが、人に歩み寄るようになったことは素直に喜ばしい。

(わたし、もしかして猛獣使いとして有能なのでは?)

ニマニマと頬を緩ませたアルビナだったが、イェオリの言葉に目をひん剥く。

「さあ、せっかく準備してもらったのだから、冷める前に風呂に入ろう」

「あ、はい……、うん? 『入ろう?』」

その響きが「一緒に」という言葉を内包しているような気がしたのだ。

まさか、イェオリは一緒に風呂に入ろうと言っているのではないだろうな?

目に力を入れて真意を探ろうとすると、イェオリは口の端を上げてアルビナをひょいと抱き上げる。

「あっ、ちょっと!」

「風呂が冷めてしまってはせっかくの心遣いが無駄になってしまうからな」

確かに風呂の準備は重労働だ。それを無駄にはしたくない。

でも、だからといってイェオリと一緒に入ることを容認することにはならない。

「わ、わたしは後からにします……！　ほら、起きたばっかりだし、寝ぼけて溺れてしまうかもしれないから！」

「ならば余計に一緒に入らねば。妻の危険を回避するのは夫の務めだ」

「ま、まだ妻でも夫でもないし！」

「まもなくそうなる」

ああ言えばこう言う、イェオリは明らかに饒舌になっている。

言い負かすことができずに唇を尖らせると、そこにイェオリが触れるだけのキスをした。

「！」

「髪を洗わせてくれ。最初は痛くしてしまったから、今度は優しくする」

そんなふうに言われてしまっては反対もできない。

アルビナはあきらめてイェオリの首に腕を回すと頬に口付けた。

「わたしの髪は繊細だから、気を付けてくださいね！」

そう注文を付けるとイェオリは「仰せのままに」とおどけたように言ってアルビナを抱いたままくるりと回った。

「女神のごとく扱うと誓う」


王太子イェオリとアルビナは、傍《はた》から見てもわかるくらいに『仲が良く』なった。

もともと仲が悪かったわけではないが。

「空気が甘くなりましたよね」

メラニーはにこにこと顔を綻ばせながらアルビナの髪を梳《くしけず》る。

「いやね、そんなことないわよ」

自分でもそう思うものの、ここで同意をしてしまえば『そういう扱い』をされているのだと認めることになってしまうと考えたアルビナはぐっと堪える。

しかし顔がニヤけてしまいそうだった。

「でも私、イエオリ様から、アルビナ様の髪の手入れについて熱心に聞かれましたよ？　愛されている証拠じゃないですか」

「ひえっ？」

まさかメラニーにそんなことまで聞いているとは思いもよらず、アルビナは顔を赤らめる。

確かに大事にされていると思う。

初顔合わせのときからは考えられないほど。

「……もう、そんなこと知ってしまったらどんな顔をして会ったらいいのよ」

そう言って唇を尖らせるアルビナの横顔は、まんざらでもないように緩んでいた。

メラニーはそれに気付きながら顔を伏せ、戦友ともいえるアルビナが掴んだ幸せを喜ぶのだった。


そして翌年、満を持してアルビナとイェオリの結婚式が執り行われた。

大国フェルンの慶事ということもあり、周辺国からたくさんの貴族や王族が招待され参列した。

その中にはアルビナの母国・アンザロード国の王と王妃もいたが、チェスカ子爵とその母親も招かれた。

他国の下位貴族であるチェスカ家が招かれることは異例だったが、イェオリはそれを押し通した。

対外的にはレゾン国との小競り合いのときにチェスカ子爵に世話になったという名目だったが、いかにも線の細い子爵がフェルン王国軍の最高司令たるイェオリの、なにをどうすれば世話することになるのか――知らぬ者からしたら大いに疑問だ。

その口実がどういう意味を持っているのかは、事情を知る両国の間ではわざわざ口にすることはなかった。

他人に関心がないと思われていたイェオリの思わぬ恩情を目の当たりにし、フェルン王国の社交界や他国の貴賓はよほどアルビナ妃がお気に召したのだと噂し合った。

アルビナは婚儀でのその気遣いにいたく感激し、イェオリに抱きついて涙を流したという。


「噂というものは本当にあてにならぬものよ」

結婚披露の宴を早々に切り上げた花嫁と花婿は並んでベッドに凭《もた》れていた。

互いに楽な夜着に着替えており、クッションに身体を預けている。

しかし初夜の甘い雰囲気などまったく感じさせぬ憮然《ぶぜん》とした表情のイェオリに、アルビナはだって、と頬を膨らませる。

「まさかお兄様とお母様を呼んでくれるなんて思わなかったんだもの」

そう言うアルビナは夜着からはみ出した自分の脚を見てため息をつく。

彼女のほっそりとした右足首には包帯がギチギチに巻かれていた。

母国を出る際、アルビナはもう家族に会えぬ覚悟でフェルン王国にやってきた。

本来ならば手紙のやりとりも憚《はばか》られるというのに、まさか花嫁衣裳《いしょう》を見せることができるなんて思いもしなかった。

アルビナは、家族の列席を知ると喜びのあまり飛び上がり、着地をしくじって足を挫《くじ》いたのだ。

「それになにも当日に知らせなくても……前もって知っていたらこんなことにはならなかったわ」

『またですか』と言いたげな医師から、一週間は大人しくしているようにと厳命されたのがよほどショックだったらしい。

いつもの猛牛が鳴りを潜めている。

「アンザロード国との調整が難航していたのだ。あいつらめ、自分たちが元凶だという意識があまりにも薄い」

やりとりを思い出したのかイェオリが苦い顔をする。

「万が一来られなくなってしまったときのことを考えると、ギリギリまで知らせることができなかった。意地悪からではない、わかってくれ」

わかる。わかりすぎる。

アルビナはそれがイェオリの思いやりだとわかっている。

式の間もずっとアルビナの足が痛まぬよう、支え続けてくれた。

体力や膂力《りょりょく》から言えばイェオリにとってそれは簡単なことかもしれない。

だが、可能だからといって、みんながそうしてくれるとは限らないことも知っている。

せっかくの結婚式でイェオリに要らぬ世話をかけてしまったのも、アルビナを落ち込ませる一因となっていた。

イエオリとは対等な関係でいたいのに、その記念すべき門出が既にマイナスなど、不吉この上ない。

「せっかくの式だったのに……それに今夜はこの足じゃ」

本当ならもっと幸せな気持ちでベッドに入ったはずなのに。

今夜のために特別にあつらえられた夜着を手で手繰りながら、アルビナは情けなくてため息を漏らす。

「あぁ、それは気にするな」

「え？」

あまりにさばさばとした言葉に、アルビナは思わず顔を上げ隣の夫を見る。

「やりようはいくらでもあるからな。なに、私の女神の捻挫を悪化させるようなヘマはしないから、安心するといい」

彼はにっこりと微笑んだつもりかもしれなかったが、アルビナにとっては、とてもではないが安心できるものではなかった。


女神フェルンを国の名に戴《いただ》くフェルン王国に輿入れした隣国アンザロード国の王女は、女神の如き容姿と逞しい性格から王太子に愛された。

婚姻後、いくつかの騒動の中心になりながらも子宝にも恵まれ幸せに暮らしたという。

おまけ・日傘の美女

結婚式の翌日、イェオリの計らいでチェスカ子爵とその母親が特別に王族専用の庭に招かれた。

二人が護衛騎士に案内され庭を訪れると、ティーセットが準備されたテーブルには新婚夫婦であるイェオリとアルビナが既に待っていた。

「あ、……」

アルビナが気付いて手を上げる。腰を浮かしかけた彼女を制して、イェオリが出迎える。

「わざわざお呼び立てしてすみません」

「いいえ、こちらこそお招きいただき、感謝しております」

席につきお茶が準備されると、イェオリはすっと手を上げて人払いをする。護衛すらも声が届かない距離まで下げてから肩の力を抜く。

「さあ、もういいぞ」

イェオリがやれやれというように肩を竦《すく》めると、途端にアルビナが口を開く。

「お母様、お兄様、お久しぶり！　元気にしていた？」

これまで完璧な淑女の顔をしていたアルビナが、途端にいつものアルビナになったことに、ユアンもヘレナも驚く。

「アルビナ、お前その態度……っ」

大国フェルンの王太子の前でとる態度ではない。

そもそも人質同然で輿入《こしい》れした身代わり王女であることを隠さないでどうする！　と顔を青くするが、当のアルビナはあっけらかんとしている。

「ああ、大丈夫。イェオリ様は全部知っているし」

「なに……っ」

ユアンが息を呑《の》んでイェオリを見る。

イェオリは澄ました笑みを浮かべてそれを見返した。

「王女という肩書きなどなくても私はアルビナを妻に迎えたでしょう。むしろ肩書きは不要かと」

当初考えていた王太子像と印象が違うことに混乱しているユアンとは違い、ヘレナはすぐに雰囲気に馴染《なじ》み、華やかな笑顔を振りまく。

「あらぁ、嬉《うれ》しいこと！　アルビナをそこまで愛してくださっているなんて、母親としてこれ以上ない喜びですわ」

いつでもどこまでも幸せそうな母を見て、アルビナは満面の笑みになる。

「そうなのよ、イェオリ様ったら私のことをとっても大事にしてくれるのよ」

時々やりすぎるほど、と付け加えるとアルビナの脇腹をイェオリがつつく。

肩を竦めて笑う妹を見て、ユアンはなんとも言えない顔になった。

近況報告をしあう際、アルビナは気になっていたことを尋ねる。

「ところでヨセフィーナ様と宰相のご子息の結婚話は進んでいるの？」

あの二人が恋仲になったためにアルビナにとばっちりが来たようなものなのだ。気になるのも道理だろう。

今も暑苦しいくらいに仲睦《なかむつ》まじいのかと思いきや、ユアンの表情は冴《さ》えない。

「いや、それがな……」

言葉を濁すユアンの隣でヘレナがほほほ、と笑う。

「宰相閣下のご次男は公園で見かけた誰とも知れない日傘を差した美女に懸想《けそう》なされたらしいわ。それが爆速でヨセフィーナ様にバレてね？　うふふ、進むどころか後退しているのよ。そのせいで国王陛下と宰相閣下の間もぎこちなくてね……ふふふ！」

おかしい要素がないのに、ヘレナは笑いを堪《こら》えきれないようでしつこく笑っている。それをどこかおかしいなと思いながらもアルビナは相槌《あいづち》を打つ。

「あら、そうなのね。でもヨセフィーナ様ほど美しい恋人を持ちながら、あのバカ息子いったいどこの誰を……」

言葉の途中でアルビナが息を止める。

そう言えば王都の公園はヘレナが好きでよく行くところだ。亡《な》き夫との思い出の場所だと聞いたことがある。

日に焼けやすいので日傘必須なのも知っている。

そして母親は年のわりに若く美しく、人を魅了してやまない……。

しかし、だがしかし。

そんなことがあり得るのか、アルビナはギギギ、と錆《さ》びたブリキのおもちゃのようにぎこちなく首を傾《かし》げる。

「お、お母様？」

まさかそうなのか？　という必死の視線にユアンが答える。

「母の名誉のために言っておくが、本当に偶然なのだ。別に母から誘惑したわけでもなければ、そうなるように仕向けたわけでもない……」

「つまり、日傘の美女は義母上《ははうえ》だということか」

ふむ、と顎《あご》に手を当ててイェオリが興味深そうに呟《つぶや》く。

「え、ちょ……、なにその事実、気まずい……」

「ああ、フェルンまでの道中、王族と顔を合わせるたびに胃の腑《ふ》が痛んだぞ。母上は母上で日傘を差す姿を隠しもしないし」

ユアンが思い出したように顔を、歪《ゆが》め腹をさする。

同じ馬車に乗ることはないにしても、それは道中つらかったろう。

「……お兄様、どうぞご自愛なさって……」

それ以外に言えず、アルビナは口を噤《つぐ》む。イェオリは気に病むなとでも言うようにテーブルの下でアルビナの手を握ってくれた。

そこにイェオリの護衛がやってきた。

「ご歓談中失礼いたします、殿下……」

中座を詫《わ》びてから席を立ち、少し離れたところで話をしているイェオリを見ながらユアンは小声でアルビナに尋ねる。

「以前国境で顔を合わせたときとは、まるで違う人物のようだが……」

未《いま》だにイェオリのことが掴《つか》めない様子のユアンに、アルビナは目を細める。

「そうね、あの頃より今はもっと仲がいいわ」

イエオリの背中を眩《まぶ》しそうに見つめるアルビナを見て、ユアンが目を細める。

「本当に幸せなのだな。おめでとう、アルビナ」

「結婚おめでとう、アルビナ！」

母と兄からの突然の祝福にアルビナは目を見張るが、次の瞬間嬉しそうに破顔する。

「ええ、ありがとう。わたし、本当に幸せよ！」


【おわり】

あとがき

こんにちは、小山内慧夢《おさないえむ》です。

この度は拙作『身代わり令嬢は人質婚でも幸せをあきらめない！』をお手に取ってくださり、ありがとうございます。

以前は『偏食閣下～』のときですから……約五年ぶりのメリッサさんですね！

ついこの前のような気もしますが、月日が経つのは早いものですねぇ。

さて今回は全編書き下ろしです。身代わりをキーワードに話を考えたところ、なんやかんやで生まれたのが心に猛牛を飼うヒロイン、アルビナです。

彼女にはいろいろ裏設定がありますので、披露できる機会があればいいのですが。

イラストを担当してくださったのは、アオイ冬子《ふゆこ》先生です。

小山内はアオイ先生のイラストが大好きなので、憧れの先生に描いていただけてまたひとつ夢が叶いました。アオイ先生ありがとうございました!!

様々な悩ましいことがある昨今、少しでも読んで下さった皆様の息抜きになれば幸いです。またどこかでお会いできることを願って。

小山内慧夢

身《み》代《が》わり令《れい》嬢《じょう》は人《ひと》質《じち》婚《こん》でも幸《しあわ》せをあきらめない！

小山内慧夢

2024年4月5日　初版発行

著者　小山内慧夢

発行者　野内雅宏

発行所　株式会社一迅社
〒160-0022　東京都新宿区新宿3-1-13　京王新宿追分ビル5F
電話　03-5312-7432（編集）
電話　03-5312-6150（販売）
発売元：株式会社講談社（講談社・一迅社）

印刷・製本　大日本印刷株式会社

DTP　株式会社三協美術

装丁　AFTERGLOW

ISBN978-4-7580-9629-4

●本書は書き下ろしです。
●この作品はフィクションです。実際の人物・団体・事件などには関係ありません。

MELISSA